作家刑事毒島の嘲笑

中山七里

幻冬舎文庫

作家刑事毒島の嘲笑

目次

一　大いなる

1

出版社改新社《かいしんしゃ》のビルから火の手が上がったのは、四月十五日午前二時二十分のことだった。

通報を受けて消防隊が現場に向かったところ、築四十年を経過した同社ビルの裏口辺りから上がった火は既に一階部分のほとんどを焼き尽くしていた。不幸にも四人の編集者が校了明けで仮眠室に寝泊まりしており、消防隊の活躍で救助されたものの三人が大火傷《おおやけど》を負って意識不明の重体に陥っていた。

出火元と原因を探るべく東京消防庁と警視庁捜査一課が臨場、現場周辺は規制線が張られ、野次馬や報道陣を巻き込んで騒然とした雰囲気に包まれる。

警視庁公安一課の淡海奨《あわみすすむ》務は彼らの動きを遠巻きに眺めていた。現在時刻は午前六時三十八分。そろそろここが勤務先となっているサラリーマンたちが姿を見せ始め、規制線の外は結構な人だかりができている。

改新社のビルは千代田区神田神保町にあった。この界隈は書店のみならず出版社も集中しており、さながら紙文化の中枢を担っている印象がある。

こうして現場を眺めている最中も、煙と消火剤の混ざった刺激臭が鼻腔をずんと刺激する。

ハンカチで鼻と口を塞いでおかないと涙を強請《ゆす》り取られる。

「ビル内に残っている者は本当にいないんだな」

「調査員はどこだあっ」

「警察の現場責任者を呼んできてくれ」

「おおいっ、そこに入らないでくれ」

鎮火したとはいえ、まだ火災の余熱が周囲に立ち込めている。被害者全員を救出しても尚、彼らの仕事はこれからが正念場だ。煙と熱の蔓延する現場は想像するのも不愉快だった。淡海も同じ警察官だが、捜査し尾行する場所は往来であり相手の動静が分かる建物内であり、幸か不幸かこの手の現場にはまだ足を踏み入れたことがなかった。その淡海が火災現場に寄越されたのにはもちろん公安ならではの理由がある。

改新社はその筋には有名な保守系出版社だった。昨今の右傾化の波に乗って過激な言動で注目を集める国会議員や文化人が増えたが、そうした輩《やから》が本を出すと版元は大抵改新社だ。出る杭は打たれる。保守礼賛の書籍を出版する度に、改新社には左翼団体から抗議の声が上がっていた。脅迫まがいの文書も送られてきたという。

国内の極左暴力集団について情報収集と組織壊滅を担当するのが公安一課だ。保守系出版社が放火されたのであれば、まず左翼の犯行を疑うのが淡海たちの務めだった。この火災は放火か否か、放火なら左翼の関与は存在するのか。淡海は早急に結論づけて課長に報告を上げなければならない。従って、いつまでもここで指を咥《くわ》えている訳にはいかない。

淡海は野次馬の波を掻き分け、現場に足を踏み入れる。思った通り、建物に近づくにつれて異臭がきつくなる。煤煙は眼球にも突き刺さる。

捜査一課に仁義を通す必要はない。消防庁から派遣された火災原因調査員から情報を訊き出す。訊くだけ訊いたら後は独自調査に移行すればいい。焼け跡を歩き回る消防隊員と捜査員の姿を見ているうち、意外な人物を発見した。

「あれっ、淡海じゃないの」

こちらが声を掛ける前に向こうが見つけた。

「久しぶりだな、高千穂《たかちほ》」

「警察学校以来ね。元気してた?」

「そっちこそ。捜査一課に異動したと聞いた時には少し驚いた」

「わたしだって淡海が公安に配属決まった時には驚いた。どう考えても性に合ってなさそうだったし」

「そういう切り返しは相変わらずだな」

高千穂明日香《あすか》。警察学校の同期で、最初の配属は所轄署だった。当時から物怖じしない性格で目立っていたが、様子を見る限り捜査一課でも同様に振る舞っているらしい。

「で、どうして公安のあなたがここにいるのよ」

公安の仕事は一にも二にも情報収集だから自ずと秘密主義になる。同じ警察官であっても追っている対象を軽々《けいけい》に教える訳にはいかない。だが単に極左暴力集団との関与を仄《ほの》めかすだけなら問題はないし、明日香なら根掘り葉掘り訊きもしないだろう。

「もし放火だった場合、左翼系の犯行である可能性も出てくる」

「そうか。最近、改新社はネトウヨの読者を取り込んで部数上げてるって話だし、そりゃあ極左の攻撃対象になってもおかしくないか。でもさ、改新社が右寄りの雑誌を乱発するようになったのは、ここ最近の話じゃなかったっけ。確か以前は碌《ろく》に売れもしない青年マンガを出して」

「ちょっと待て」

淡海は途中で遮《さえぎ》った。

「えらく改新社に詳しいじゃないか。出火の第一報が入ってまだ間がないのに、もうそんなことまで調べたのか」

「え。この程度なら常識じゃないの」

「青年マンガ云々《うんぬん》の話は俺だって初耳だ」

するると明日香はたちまち渋面になった。まるで己の悪癖を指摘されたような顔だった。

「……毒されたのかな。あの名前は伊達《だて》じゃないや」

「いや、あのさ。今コンビを組まされている相手が出版関係に詳しい人なのよ」

「何を言っている」

「一緒に仕事をしているうちに高千穂も詳しくなった訳か。しかし妙なジャンルに精通しているヤツがいるものだな」

「本人が作家兼業なのよ」

一瞬、冗談かと思ったが、明日香は本気のようだった。

「確かに表現の自由だから、公務員が小説を書いていけない訳じゃないが、そんな変わり種が警視庁に在籍しているのか。大体、捜査一課に所属していて原稿書いてる暇なんてないだろ」

何が気に食わないのか、明日香は苦虫を噛み潰したような顔で説明する。彼女によれば不祥事を起こして一度退官した刑事が刑事技能指導員として再雇用されたのだが、その空白期間に何と作家デビューしたのだという。

説明されても俄《にわか》には信じ難かった。警察官僚ＯＢで作家に転身した例は知っているが、作家活動をしながら未だに刑事を続けているというのは見たことも聞いたこともない。

「技能指導員に請われるんだから、相当優秀な刑事なんだろうな」

「……うん」

「作家デビューしちまうんだから、そっちの才能も凄いってことになる」

「……うん」

「何だよ、その歯切れの悪い返事は」

「淡海の言っていることに間違いはないけど、多分間違ってる」

「おい、訳が分からんぞ」

「わたしだって分からないよ。刑事として優秀だし作家としての才能もあるんだろうけど、人間性にはとんでもなくクエスチョンマークがつく。あの人を理解できる人間なんていないかもしれない」

「一筋縄ではいかなそうな先輩らしいな」

「百筋縄でも足りない」

明日香は不貞腐《ふてくさ》れたように唇を尖らせる。よほど相棒が気に入らないらしい。

「それでどうなんだ。やっぱり放火なのか」

「火災原因調査員は放火だと判断した。出火元は裏口にあるゴミ置き場。行って嗅げば素人にも分かるらしいんだけど灯油が撒《ま》いてあるんだって」

「シンプルだな。だったら放火の瞬間が防犯カメラに映っているだろ」

だが明日香は首を横に振る。

「神田神保町はとても賑やかだけど、同時に古い街でさ。メインストリートの靖国通りならともかく、三つも裏に入ったこの近辺にはあまり防犯カメラは設置されていない」

「しかし灯油を持ち歩いていたらさすがに目立つはずだ」

「調査員の話だと500mlのペットボトルで事足りるんだって。ゴミ置き場に捨ててあったのは、ほとんどが書籍かシュレッダーゴミ。灯油は着火剤みたいなもので、一度火が点いたらもう手がつけられない」

「しかし犯人が映っている可能性は無視できない。どうせ近辺に設置してある防犯カメラをチェックし始めたんだろう」

「別働隊が走り回っている頃だと思う」

「情報を共有できるか」

「そういう話を下っ端に持ち掛けないで」

途端に明日香は冷淡な態度を示す。

「共有っていうのは公安からも提供があっての話でしょ。公安って情報秘匿をモットーとしている部署だと思うんだけど」

警察学校で青い理想論を語っていた時分よりは慎重になっている。捜査一課で現場を踏んだ経験が新たな素地を作ったといったところか。

「いちいち上を通している間に、犯人が逃げるかもしれんぞ。初動捜査における情報は賞味期限が短い」

「何げに相手を追い詰めていくやり方は健在ね」

「お前には、もう効かないってか」

「相手を追い詰めるんなら、もっともっとエグいやり方をこれでもかってくらい見せつけられているから」

明日香は溜息交じりに言う。慎重ではあるが、それ以上に気苦労が多い相棒らしい。どんな相棒なのか改めて尋ねようと思った。

「ここじゃあ何だ。いったん外に出るか」

明日香とともに建物から出ると、立ち入り禁止のテープの向こう側で手を振る男が目に入った。

「やあ、高千穂さあん」

瞬間、明日香の表情に嫌悪が走ったのを淡海は見逃さなかった。明日香は渋々といった体《てい》で男に近づいていく。

「興味津々って目ですね」

「何言ってるのさ。僕の事務所の目と鼻の先なんだよ」

「そうでしたね」

「しかも焼かれたのが改新社。もう絶対に放火だよね、これって。さっき麻生《あそう》さんの部下が靖国通りやすずらん通りをうろついてたのは、防犯カメラに不審な人物が映っていないかをチェックして回ってるんでしょ」

明日香はうんざりした様子を隠そうともしなかった。

「毒島《ぶすじま》さん、彼はわたしの同期で公安一課の淡海奨務くん。こちらは刑事技能指導員の毒島真理《まさと》さん」

「やあやあやあはじめまして」

噂をすれば何とやらか。

毒島は親しげに笑いかけてきた。保育士並みに温厚そうで、とても捜査一課の若手に技能を伝授するような海千山千には見えない。明日香は人間性に疑問があると論《あげつら》っていたが、ひょっとしたら別人の話ではないのか。

「ああ、ふんふんふんふんふんなあるほど。改新社が放火されたのなら左翼系過激派の犯行という可能性は否めないものねえ。それで公安一課のお出ましという訳か。ただ改新社を目の敵《かたき》にするのは、ちょおっと的外れのような気がしないでもない」

「的外れ、ですか」

「ええっと、保守系出版社については詳しいですか」

「公安一課は極左暴力集団が専門でして」

「じゃあ、レクチャーとか必要かな」

毒島は明日香に視線を移す。

「毒島さん、この事件を担当するつもりですか」

「うーん、麻生さんからの指示はないけど興味はあるかな。何せご近所の出火だし、被害を受けたのは満更無関係でもない出版社だしねえ」

「だったらテープのこっち側まで来て調べたらどうですか。いつもの毒島さんらしくないです」

「嫌」

「はあ？」

「ここにいてもいい加減臭ってるんだよ。未だ煙の燻《くすぶ》っている焼け跡なんかに立ったら、服に臭いが染み着いちゃうじゃない」

「わたしの服にも充分に染み着いているんですけど」

「高千穂さんはね、いいの。上司の命令で捜査を担当してるんだから。僕は今のところ遊軍みたいなポジションだし、淡海さんは焼け跡に残った痕跡よりは背後関係の方に興味があるみたいだし。じゃあ、そういうことで」

毒島は淡海がテープの下を潜るのを確かめると、明日香に向かってひらひらと手を振る。後に残された明日香こそいい面《つら》の皮で、唖然とした顔でこちらを見送っている。

「本当にいいんですか、高千穂を残して」

「無問題《モウマンタイ》、無問題。どうせ火災原因調査員の見立て以上のことは分からないだろうし、調査報告書は後で回ってくるんだから。それにさ、残留物で犯人の目星がつくくらいだったら、僕が合流するまでもないよ」

毒島は淡海を従えて、すずらん通り沿いのベーカリーショップに入っていく。中はさほど広くないが、イートインのコーナーが設《しつら》えられている。

「この時間帯だと、ここしか開いてなくって。まだ食べてなかったんだよね。朝食がてら話をしましょうか」

「神保町のど真ん中じゃないですか。出版関係者が紛れ込んでいたらまずくないですか」

「今から話すのは出版関係者だったら周知の事実。それに出版社の社員さんはこんな朝早くに出勤しやしないよ。あの人たち、ほとんど夜型だから」

念のために他のテーブルを盗み見たが、誰も淡海たちの会話に聞き耳を立てていそうには思えなかった。

毒島はクロワッサンとコーヒーをそれぞれ二人分注文し、さっさとぱくつき始める。

「確かに最近の改新社の出版している本というのは目立って保守的、というかネトウヨにターゲットを絞っている感が強いんだよね。ほら、与党議員の『ＬＧＢＴは生産性がない』とか、自称文芸評論家の『ＬＧＢＴの権利を保障するのなら、痴漢の権利も保障するべき』とかいう文章を掲載して各方面から大非難を受けた『春潮48』って雑誌、知ってるでしょ」

「ええ、結構なニュースになりましたからね」

「でもさ、『春潮48』なんて創刊当時は四十代以上成人男子向けの健康雑誌だったんだよね」

「それは初耳ですね」

「執筆陣もやたらに豪華な面子《メンツ》でね。ところが部数が次第に落ちてくると右傾化するようになって。ちょうどバブルが弾けて国力が下がり中高年の退職者が増えるのと、『春潮48』の右傾化は足並みが揃っている。これはさ、創刊当初からバリバリ保守系雑誌だった『Ｎａｈａ』とか『極論』とかが出版不況の折にも安定した売り上げだったから、三匹目のドジョウを狙ったんだよね」

「出版不況というのは知っていますが、その保守系雑誌二誌の売り上げが安定しているのは定期購読者がいるためですか」

「そうそう。国力が弱くなるのと同じくして自分の経済力や影響力が弱くなった層が売り上げに貢献してるんだね。会社をリタイアした人とか昔の栄光に縋《すが》っている人、今まで自分の信じてきたことは正しいと証明してほしい人。地位とか名誉とか収入とかのアイデンティティを奪われてもう国籍とか性的マジョリティとかの最小限のアイデンティティにしか拠り所がなくなった人たちが、このテの雑誌を支えている。ほらほら、最近のテレビで日本と日本人を自画自賛する番組が増えたでしょ。あれも同じ構図」

聞いているうちに、この毒島という男が見掛けよりは温厚ではないことに気づき始めた。

「で、『春潮48』はそういう人たちをターゲットにしたんだけど、既に先行誌がシェアを獲得していたものだからすぐに頭打ちになっちゃった。焦った編集サイドはより過激な記事を掲載して読者を奪おうとしたんだけど、選りにも選ってとんでもない人のとんでもない原稿を載せちゃった。言うなれば自爆みたいなものなんだけど、僕はちょっと引っ掛かっていて、そんな原稿を掲載したからといって『春潮48』が過激な右翼思想を持っているかというとそうじゃない。ただ商売として出版していただけで、仮に左翼思想が台頭している世の中だったら平気でそういう雑誌を作っている。これはどの出版社も一緒で、売れそうだから思想的に偏った雑誌を作っているに過ぎないんだよね。新聞とかテレビはともかく、こと出版に関して思想信条は単なる商品でしかない」

「つまり改新社も商品として保守系雑誌を出していたということですか」

「だってさ、改新社って青年マンガ出していた時代から何度も何度も編集方針が変わって、ひと頃なんか反戦反米の本だって出していたんだよ。そんな相手に主義主張の違いで異議申し立てしたってまるで意味がない」

毒島の目が不穏な色を帯びる。目以外は穏やかに笑っているので余計に不気味だった。

「少し穿《うが》った見方じゃないんですか。年がら年中思想犯を追っているからこんな風に思うのかもしれませんが、思想信条は麻薬みたいなもので、偏執的なものがなければやっていけないのではないかと」

「えっとね、たとえばバブルの時はカネに余裕があったから色んなモノが世に出せたんだよ。出版・音楽・映画、みぃんなそう。大体どんな分野でも突出した傑作とか尖った表現が商品化されるのはカネが有り余っている状況下でさ。何故かというとそういう傑作って他の数百数千の凡作・駄作に紛れていることが多いから、どうしても大量供給が前提になっちゃうんだよね。逆に、今みたいにジリ貧になっている時はまず売れることを考えなかったら出版業を維持できない。だからお言葉を返すようだけど、性根を据えて右やら左やらを声高に叫んでいる出版社なんてなかなかお目にかかれないよ。威勢のいい保守系論壇だって、そういう出版社の道具にされてるだけだし。うふ、うふふふ」

その笑い方で毒島の第一印象は完全に吹っ飛んだ。

「今、僕の言ったことなんて全然目新しい話じゃなくて、およそ出版に携わっている人間なら周知の事実。従って改新社を思想信条の動機で放火したのなら犯人は出版関係者以外の人間だし、出版関係者だったとしたら思想信条以外の動機という結論に落ち着く」

性格に難があっても、刑事としての論理は真っ当らしい。淡海は毒島のつけた見当に同意を示さざるを得ない。

「犯人の絞り込みには有効な条件づけですね。それ以外に何かありますか」

「思想信条以外の動機だったら、公安の出る幕じゃなくなる。純粋に捜査一課の事件になって、淡海さんはお役御免」

「違いない。しかし逆の場合はどうでしょう。極左暴力集団が示威行動の一環として保守系出版社を標的に定めたのなら、事件はこれで終わらない。第二第三の犯罪が行われる危険性があります」

うーん、と唸《うな》って毒島は腕組みをする。

「公安にも何人か知り合いがいるけど、あなたたちはよくそういう思考するよね。何かっていうと示威行動だテロだ政府転覆だって。公安部の性格上、そういう思考回路になるのも仕方ないんだけど少々大袈裟な気がしないでもない」

「まさか毒島さんは地下鉄サリン事件をお忘れですか」

「あれはカルト教団の犯行でしょ。左翼思想は関係ない」

毒島は手にしたクロワッサンを左右に振ってみせた。

「いやいやいや、革共同から派生した革マル派や中核派についても、各派閥が現存している事実も知ってます。連合赤軍が過去に起こした事件もね。だけどどれもこれも現在は例外なく弱体化しているじゃない。各党各派閥とも新しい人材を獲得できずに高齢化する一方で、転向者も増えた。昔だったら反政府デモが開催されるとなったら何万人も動員できたけど、今は百人二百人が精一杯。まさか後期高齢者が武装して政府転覆を目論むなんてSFを通り越してギャグにしかならないでしょう」

「それは極端ですが、弱体化しているからこそ市井《しせい》の様々な団体に潜むという戦術を展開しているんです。原発問題・基地問題・ワーキングプア問題が取り沙汰される時、その陰にはいつも左翼勢力が存在しています」

「まあねー、そんな風に捜査対象作っておかないと公安部の存在意義もなくなっちゃうしね」

「警察官であるあなたがそれを言いますか」

安保闘争が終息した頃から、公安不要論は度々囁《ささや》かれていた。長らく平和な時代が続き、諸外国のようなテロ事件が起きない日本では、思想犯を監視する必要がないという理屈だ。一般人の考え方として理解するのは吝《やぶさ》かではないが、同じ警察官に言われれば反駁《はんばく》したくなる。

「毒島さん、個人的な質問をさせてもらってもいいですか」

「答えられることなら何でもどうぞー」

「我々警察官は、個人の思想信条はともかく国と国民の安寧のために働いている。公務員であり国家権力の側です」

「大時代的だけど、大筋賛成。言ってみれば国のために働く犬だからね」

「しかし戦後からこっち、知識人という人種はほぼ例外なく左翼でした。作家は特にその傾向が顕著で、政府に迎合する作家は作家に非《あら》ずという風潮さえありました」

「最近はずいぶん変わったんだよ」

「それでも政府の方針に異を唱える作家がほとんどでしょう。では毒島さんはどうなんですか。警察官として国の方針に従うのか、それとも作家として異議を唱えるのか」

一瞬、毒島の表情が凝固した。

「どうして、そんなことを訊くの」

「これからあなたと行動をともにするのなら、最初にお互いの立場を明確にしなきゃならんでしょう」

淡海は内心してやったりと溜飲を下げる。大人げないと言われればそれまでだが、物事を斜に見てへらへらと笑っている毒島を追い込んでやりたい気持ちがあった。刑事と作家、仕事を両立できたとしても体制と反体制を兼ねるのは不可能なはずだ。

大いに悩むに違いない、いや悩んでほしい――ほくそ笑んだのも束の間、毒島はすぐに表情筋をだらりと弛緩させた。

「何故かと思えばそんな理由？　淡海さんって案外、案外なんだねえ」

「何ですか、その案外というのは」

「僕の口からは言えないから自分で想像してみてください。まずですね、警察官の本懐としては違法行為を許さないというだけで充分でしょう。作家としての思想を問われるなら、最初っからそんなものはありません」

「思想がなくて創作活動ができるんですか」

「いくら政府の方針が気に食わないといって、総理大臣の箸の上げ下ろしにまで文句を言い始めたらただの偏屈だし、私設応援団みたいに万事オーケーになっちゃっても無節操だしね。

大体、一つの思想に縛られるなんて物語を構築する上では邪魔でしかない。創作はもっと自由なものだと思うよ」

「作家らしい、耳に心地よい建前ですね」

「だって作家だもん。あのさ、さっき戦後の知識人はほぼ左翼だと言ったでしょ。それはその通りなんだけど、あれって知識人の自責の念や免罪符だった側面もあるからね。事実、大戦中には時の内閣情報局が著名な作家たちに従軍を要請して、大勢の音楽家・画家・作家が国策に協力している。彼らが戦後左翼に転向したのはその反動だったともいえるんだよ。たられればの話をしてもしょうがないんだけど、もし日本があれほどこっぴどく戦争に負けなかったら、現代の論壇はずいぶん違ったものになっているんじゃないかな。所詮作家をはじめとして知識人なんてひ弱な生き物なんだし、右だの左だの大声で言っていられるうちは平和な証拠なんだよね」

「思想というものを、ずいぶん軽く見ているんですね」

「ええっと、小説書いて糊口《ここう》をしのいでいる身分でこんなことを言うのは忍びないんだけどさ。思想信条でお腹はこれっぽっちも膨れないから」

どこか人を小馬鹿にした口調はいささかも揺るがない。次第に淡海は、目の前に座る男が薄気味悪く思えてきた。

「これから僕と行動をともにすると言ったよね」

「毒島さんは刑事であり、同時に出版界の人間ですからね。我々公安の人間が侵入できない場所でも、あなたなら足を踏み入れることができる」

「おおっと、僕をエス（情報提供者）に仕立てようって肚《はら》ですか」

「警察官の端くれなら、そのくらいの協力は当然でしょう」

「あっはっは、当然ときましたか。そういう居丈高な態度、嫌いじゃないなあ」

尚もへらへらと笑う毒島を前に、淡海はこの男の扱いに困惑を覚えていた。

その時、淡海のスマートフォンが着信を告げた。発信先は課長だった。

「はい、淡海ですが」

電話の向こう側で緊張した声が流れる。報告を受けた淡海も口元を引き締める。

通話を終えてから、淡海は毒島に向き直った。

「毒島さん。さっきの二択ですが、やはり犯人の動機は思想的なものです。よって犯人は出版関係者以外ということになります」

「根拠は」

「たった今、〈急進革《きゅうしんかく》マル派《は》〉を名乗る組織が犯行声明を出しました」

2

『本日、改新社に火を放ったのは我々急進革マル派の同志である。我が国の前途はまことに憂うべきものであり、真垣《まがき》首相と国民党《こくみんとう》の独裁政権が招いた格差社会と希望なき政策が未曽有の右翼国家を形成しようとしている。我々はこうした現状に楔《くさび》を打ち込み、この国に蔓延《はびこ》る有象無象《うぞうむぞう》の歴史修正主義者及びグローバリストたちに鉄槌を下すものである』

〈急進革マル派〉の犯行声明は、各マスコミの公式ホームページに書き込まれるかたちで送られてきた。一斉送信だったらしく、各社の発表もほぼ同時だった。

死者は出ていないものの、三人が大火傷を負って未だ意識不明の重体であること、更に最近では珍しい極左暴力集団の犯行であること、加えてこれも日本では珍しく犯行声明が発信されたことが重なり、新聞・テレビ・ネットニュースの各メディアがトップで取り上げた。今までも左翼集団の活動がマスコミを賑わすことはあったが、暴力による被害者が出た事実が報道を煽ったかたちだった。

『保守系出版社放火事件。犯行は国内極左ゲリラ』

『日本で発生した極左テロ　警視庁厳戒態勢』

『保守系論壇に衝撃。第二第三の事件の可能性』

『眠っていたテロ集団』

『狙われた改新社　以前は左翼系の書籍も出版』

『出版社襲撃　真の狙いは何か』

ニュースの見出しを眺めているだけでますますキナ臭くなるようだった。だが不安を煽るニュースには皆が飛びつく。現に駅売りの新聞は多くの売店で完売を記録したらしい。

事件の翌日、淡海は早速課長室に呼び出された。

「新聞、読んだか」

公安一課長、浅井《あさい》貴史《たかし》はいつものように無表情で問い掛けてくる。公安一課は四セクション八つの係で構成されている。浅井はそれらを束ねる責任者だが、淡海はこの男が狼狽や驚愕した顔を一度も見たことがない。立場上、感情の起伏を面《おもて》に出すのを抑えているのだろうが、外見と裏腹な言動をする毒島とは別の意味で困りものだった。

「大手三紙にＮＨＫとネットニュース。右寄りから左寄りまで、ひと通り目は通しました。論調は各メディアで若干のブレがありますが、降って湧いたようなテロに面食らっているのはどこも一様ですね」

「改新社が焼かれた時点では、どのメディアも様子見だったが、犯行声明が出た途端に大騒ぎだ。騒ぎ立てさせるのがテロの第一目的だというのを知らんのか」

浅井はデスクの上に投げ置かれた新聞を一瞥《いちべつ》する。

「ワンクリックで各メディアのホームページに一斉送信、それで日本中が大騒ぎだ。何ともお手軽な犯行声明じゃないか」

「追跡調査は進捗しているんですか」

「発信元はすぐに摑めた。だがフェイクだ。ネットカフェに常備してあるパソコンだった」

「例の、海外サーバをいくつも経由するやり口ですか」

「こっちがスキルを上げても、向こうは更に上の技術で翻弄してくる。イタチごっこだな。だが一番の問題はそこじゃない」

「本当に〈急進革マル派〉なる組織が存在しているかどうか」

「そうだ。今までどんな網にも掛かっていない名前だ。ネットの書き込みだけで存在を信じる訳にはいかない」

浅井の言うのも、もっともだった。離合集散を繰り返す思想集団であっても、公安部はリアルタイムで詳細を把握している。

七〇年安保の時代とは違い、思想集団といってもすぐテロに直結するような組織は現在皆無と言っていい。一般にも膾炙《かいしゃ》している左翼集団といえば革マル派と中核派だろうが、今日びは両派ともセクト色を隠し、労働組合や市民運動を通して組織の拡大を図っている。また直接加入させるのではなく、関連の下部組織に入会させる手法を採っている。そのため、一般市民や学生がそうとは知らず左翼集団の一員にされている例も珍しくない。因《ちな》みに二〇一四年版の警察白書において極左暴力集団と指定されているのは、革マル派・中核派・革労協の三派だ。

「名前から革マル派の分派かと思ったが、当の革マル派が否定している。彼らも濡れ衣を着せられるのは嫌なのだろう」

「痛くもない腹を探られるのではなく、痛い腹を探られるんですからね」

「市民運動を通じて組織を拡大しようという時に、わざわざテロを起こして国民の左翼アレルギーを刺激したりはしないだろう。もっともどこまで本当かという疑問もあるがな」

疑い出せばきりがないが、昨今の左翼運動の実態を鑑《かんが》みれば、〈急進革マル派〉が突然変異のように出現したという解釈が一番しっくりくる。

「公安には、現存する思想集団のデータが集積されている。情報収集戦略はこれらのデータを基に策定されるが、どの組織とも接点がない新たな集団となると既存の捜査手法はあまり役に立たん」

浅井は感情の見えない目でこちらを見る。明らかに相対する者の能力を推し量る目だった。

「現状、もっとも効果的な捜査手法は何だと思う」

「放火犯から直接訊き出すことですかね」

「そうだ。単独なのか複数なのか。自発的に犯行に及んだのか、それとも上からの指示だったのか。組織の規模はどのくらいで、どこに拠点を置いているのか。そしてリーダーは誰なのか。実行犯を締め上げるのが一番効率的だ。是が非でも捜査一課より先に犯人を逮捕するか、先を越されたとしても公安が主導して尋問できるようにしたい。これだけ世間の耳目を集める事案だ。捜査一課に検挙されたら、公安の立場がなくなる」

「ええ、承知しています」

淡海は現場で出くわした捜査一課の担当者が自分の同期であった事実を報告する。

「その高千穂とかいうのは手懐《てなず》けられるのか」

「いや、それの相棒で保守系出版社についてやたら詳しい作家兼業の技能指導員と知り合い、彼と情報共有することになりそうです」

「作家兼業の技能指導員だと」

珍しく浅井の声が跳ね上がる。

「ええ、毒島という人ですが、課長はご存じでしたか」

「ああ、知っている」

「最初に聞いた時は耳を疑いました。作家兼業の刑事なんて見たことも聞いたこともありませんでしたから」

「兼業になる前から知っている。警視庁では有名人だよ。お前が配属される前に退官したから知らんだろうが」

奥歯に物が挟まったような言い方だった。

「上の機嫌を損ねて辞めさせられたんですか。ずいぶん癖の強そうな人ですからね」

「違う。刑事部長は彼を買っていた。多少、性格に難があっても刑事としての資質は一級品だったからな」

「よくご存じですね」

「お前と高千穂何某《なにがし》と同じさ。毒島は俺の同期だ」

浅井は舌の上に不味いものを載せたような顔をする。これも普段の浅井には珍しいことだった。

「退官した経緯、本人は何と言っていた」

「何も。懲戒絡みの退官だったんですか」

「処分される前に本人が依願退職したんだ。現場では惜しむ声が多かったが、彼なりの責任の取り方だったんだろう。現に技能指導員の制度が導入されると、あっさり再雇用された」

「いったい何をやらかしたんですか」

「ある事件で取り調べ中だった容疑者が隙を見て自死し、捜査本部は容疑者死亡のまま送検するしかなかった。事件の全容を解明しようとしていた矢先だったから、悔やんでも悔やみきれない不祥事だった」

「取り調べ担当が毒島さんだったんですね。確かに隙を作ってしまったのは大きなミスですが、それで依願退職というのは責任の取り方としては重すぎる気がしますね」

「事情を知らない人間は重すぎると感じただろうが、事情を知っているヤツは妥当な線と考えた。毒島を知るヤツなら、彼がみすみす容疑者を逃がすはずがないと思ったさ。そんな迂《う》闊《かつ》な男じゃない」

「どういうことですか」

「彼と話してみた印象はどうだった」

「一見へらへらしているようですけど、かなり底意地の悪そうな人物です。結構な毒も含んでいて寸鉄人を刺すというのとは違いますが、あれでねちねちやられたら敵わないでしょうね」

「それを実行したんだよ」

浅井は昏《くら》い目をして言う。まるでシリアルキラーの手口を解説するような口ぶりに聞こえた。

「ネコがネズミをいたぶるように退路を断ち、徹底的に追い詰め、容疑者の自尊心をずたずたにし、衝動的に自殺させた。毒島本人から聞いた訳じゃないが、俺をはじめ上層部の何人かはそれを信じて疑わなかった」

「まさか」

「まさかと思うのはヤツをまだ知らない証拠だ」

突拍子もない話なのですぐには信じられなかったが、浅井はその類の冗談を口にする男ではない。

「毒島とのコンビなら悪くない。元々手柄には興味を示さん男だったし、技能指導員の立場ならそれほど優先権に拘《こだわ》るとも思えん。だが決して油断するなよ」

「何に注意すればいいんですか」

「取り込まれるなということさ。技能指導員として再雇用されるくらいだから、尋問のノウハウを盗むのはいい。だが危険な男であることには違いない」

「容疑者を自死に追い込んだからですか」

「公安部には公安部の、刑事部には刑事部の正義がある。警察官個人にしても同様、全ての警察官が抱く最大公約数とは別個の正義がお前にもあるはずだ。だが毒島の正義というのは、我々のそれとは大きく性質が異なる。考えようによっては極右や極左よりも危険な正義かもしれない」

浅井の目が、不意に部下の身を案じるように細くなる。

「しかし、いくら何でも同じ警察官を巻き込んだり見殺しにしたりはしないでしょう」

「そう願いたいものだがね」

火災原因調査員や鑑識の報告書程度は公安部でも入手することができる。

火災原因調査員の作成した実況見分調書は様式第3号を基に、様式第5号の現場図面、同じく様式第6号から第8号までの現場写真が添付されていた。明日香から聞いていた通り、ビルの裏口が火元であったらしく、見事なまでに焼け落ちている。これで死者が出なかったのが不思議に思えるほどだ。

脇に退けられている燃えカスはひと目でシュレッダーゴミと分かる。燃えにくいとされているシュレッダーゴミも灯油を沁み込ませることで長時間の燃焼が保証できる。放火魔にはうってつけのアイテムだろう。

裏口から出た炎は一階部分を焼き尽くし、校了明けの社員たちが眠る階上へと舌を伸ばし始める。火災報知器が異状を検知してビル内と消防署に警報がもたらされるが、その時には既に一階は火の海で社員が自力で脱出するのは不可能な状況にあった。

様式第9号の質問調書には軽傷で済んだ被害者の証言が記載されている。

『校了明けで四人とも泥のように眠っていて、煙の臭いに気づいて起きた時にはもう遅かったんです。非常階段を下りようにも裏は燃え盛っているし、消防車の到着を待つしかありませんでした』

現場となった神田神保町は古い街であり、違法駐車はないものの道路幅が四メートル未満の道もそこここにある。はしご車が改新社ビルで救出活動を行うには諸々の試行錯誤があった由《よし》も報告されていた。

次は鑑識報告書だ。ガスクロマトグラフィーによる成分分析表を見ると、使用された灯油は市販のもので元売会社の名前も明らかにされている。言い換えれば成分分析からエンドユーザーを特定するのはほぼ不可能ということだ。

放火したのなら犯人の毛髪なり下足痕《ゲソコン》なりが残存していてもいいはずだが消火活動のお蔭で採取不能になっている。頼みの綱は防犯カメラの解析だが、こちらは近辺に設置されたカメラの映像を掻き集めている段階で、未だ報告は上がっていない。

淡海は軽い溜息とともに報告書を閉じる。初動捜査段階ということもあり、犯人に繋がる手掛かりは皆無といってよかった。

問題は未だ文書になっていない内容であり、こればかりは現場の捜査員と接触する以外に手はない。淡海は捜査一課から情報を得るべく刑事部屋を出ようとしたが、その時スマートフォンが着信を告げた。発信者は毒島だった。

「はい、淡海です」

『どうもどうもどうも毒島です。今、時間空いてますか』

「ご用件をどうぞ」

『放火事件で意識不明だった被害者が目を覚ましたんで、事情聴取してくるんだけど』

「一緒に行きます」

会話を畳むと、淡海は指定された病院に直行した。

都内の救急病院に赴くと、毒島が先着していた。

「先に確認しておくけど重篤患者に事情聴取したことありますか」

「いえ」

「じゃあ、ここは僕に任せてください」

きっと身体に障るような質問は極力避けるのだろうと思ったが、大間違いだった。

「ドクター・ストップのぎりぎりまで切り込むのって、なかなか難しいんだよね」

意識を取り戻したのは山崎智《やまざきさとし》という男性編集者だった。面会する直前、主治医からは五分以内で切り上げるように指示されたが、毒島が履行するかどうかは定かでない。

山崎はやっと集中治療室から一般病室に移されたばかりで、呼吸するのも苦しげだった。

「この度は災難でしたね。警視庁の毒島と淡海です」

毒島は敢えて淡海が公安の刑事であることを伏せた。公安一課の名を告げて、山崎が緊張あるいは萎縮するのを避けたのだろう。

「毒島……ひょっとしてミステリー作家の毒島真理《しんり》先生ですか。警察官との兼業とは聞いていましたが」

「やあ、改新社の人に名前を知られていたとは光栄ですね」

「ウチは文芸を扱っていないのでオファーはできませんでしたけど、個人的にファンです」

横で聞いていた淡海は意外の感に打たれる。同じ警察官であるにも拘わらず、自分は初対面まで毒島を知らずにいた。それなのに山崎は文芸担当でもないのに作家毒島のファンだと言う。ひょっとしたら毒島は刑事よりも作家としての世間が広いのかもしれない。

いずれにしても毒島が聴取役でよかった。相手が警戒心を解いてくれれば、これに越したことはない。

「聴取はなるべく早く済ませます。山崎さんたちは校了明けで四人とも眠っていたんですね。

最初に異変に気づいたのは誰でしたか」

「多分、わたしだと思います。息苦しくなって部屋の明かりを点けたのはわたしです。すると他の三人が遅れて目を覚ましました」

「しかし、その時既に一階は火の海だったと」

「非常階段に出ても脱出できないのが分かりましたから、すぐケータイで119番通報したんです」

その後の経緯については火災原因調査員による質問調書に記載されていた内容と同一だった。

「他に気づいた点はありませんか。ビルの前で不審な人物を目撃したとか、前日に抗議電話を受けたとか」

「……抗議電話なら前日どころか毎日受けてますよ」

山﨑は皮肉に笑ってみせたが、火傷の痛みですぐに顔を顰《しか》めた。

「編集部内、誰一人として右翼っぽい人間なんていないんですけどね。毒島先生なら分かってもらえるでしょう」

「ミステリー小説の担当者で、本当に人を殺した編集者さんなんて希少ですからね」

「……すいません。あまり笑わせないでください。表情筋が上手く動かせなくて」

「作品イコール作者、出版物イコール編集者と考えているおっちょこちょいは、人を殺した編集者よりずっと多いでしょう」

「でも、保守系雑誌ってそういう単純な人たちが買ってくれるから部数がキープできるんで……」

雑誌の愛読者にはとても聞かせられない会話だったが、ふと山崎は言葉を途切らせた。

「……そうだ。電話……」

「何か思い出しましたか」

「仮眠室の明かりを点けた直後、仮眠室の隣だった編集部の電話が鳴ったんです。動顛《どうてん》しているうちに呼び出し音は止んでしまったんですが……」

その時、看護師がひょいと顔を覗かせた。

「五分経ちました。もうお引き取りください」

毒島は肩を竦《すく》めて椅子から立ち上がる。

「こういう締め切りも多少はサバを読んでくれるはずなんですけどね。まあお医者さんを怒らせても碌なことがないんで退散します。どうぞお大事に」

「あの、毒島先生。よろしければウチの雑誌にご寄稿をお願いできませんか」

淡海は思わず耳を疑った。重篤のベッドの上で吐く言葉とは思えない。

「編集者の鑑《かがみ》ですねえ。その気力があれば来週辺りには原稿督促《とくそく》ができそうだ」

病室から追い出されても、毒島は上機嫌そうだった。放っておいたら病棟の廊下で鼻歌でも歌い出しかねない。

「毒島さん。何か収穫があったみたいですね」

「まあたまたあ。駄目だよ、いくら再雇用だからって先輩を試すようなこと言っちゃあ」

「火事の真っ最中に掛かってきた電話の件ですね。でも何の意味があるんですか。抗議電話は毎日のように掛かってきたと証言していたじゃありませんか」

「火の手が目撃されたのは深夜の二時二十分だったんでしょ。そんな夜更けに抗議電話を掛けるような物好きは少ないと思うよ」

「思想的に拗《こじ》れた人間に常識は通用しませんよ」

「常識というか体力気力の問題。第一、抗議の相手が寝ているだろう時間に電話したってしょうがないじゃない。それにも増して気になるのはタイミング。電話のベルが鳴ったのは、仮眠室の明かりが点いた直後だったんでしょ。偶然にしては出来過ぎ。外から改新社ビルを眺めていた何者かが、明かりの点いたのを見て慌てて編集部に電話したんだよ。目的はもちろん警告だろうね。何をしている、一階が燃えてるんだぞってね。社員もろともビルを燃やすつもりだったら、そんなことはしない。言い換えればさ、犯人はビルの中に社員が残っているのを知らなかったばかりか、そもそも死傷者を出すつもりがなかったことになる。何とも心優しきテロリストじゃないの」

3

翌日、警視庁に戻った淡海は毒島の言葉を反芻《はんすう》していた。

心優しきテロリスト。毒島は皮肉を込めてそう言った。裏を返せば、テロリストの犯行説に懐疑的ということだ。

だが一方、〈急進革マル派〉の犯行声明は紛れもない事実で、放火が同組織の仕業であるのは間違いない。つまり二つは真逆の内容なのだが、懐疑を抱いたのが毒島なので余計に判然としない。彼と話してみて分かったのは皮肉な物言い以外に、冷徹なほどの論理性だ。しかも犯行声明が出された直後のコメントだったので、何かしら意味があるのではと深読みしてしまう。

警察学校を出てから今まで数多くの警察官に会ってきたが、毒島のような男は初めてだった。浅井によれば、毒島の正義は我々警察官が抱いている最大公約数の正義とも個人的に秘めている正義とも大きく性質が異なっているという。では、それはいったいどんなかたちをした何色の正義なのか。

いかん。

淡海は慌てて頭を振る。放火犯の捜査をしている最中だというのに、どうして組んだ相方の倫理観を気にしなければならないのだ。どうしてこんなに苛《いら》つかなければならないのだ。

悶々としているとスマートフォンが着信を告げた。相手は噂をすれば何とやらの毒島だった。

「はい、淡海」

『毒島です。今、捜査一課にいるんだけどなかなか興味深いものがあってさ。こっち来れますかー』

例によって軽薄な口調だが、捜査に関わるものなら行かねばならない。今すぐ向かう旨を告げて、刑事部のフロアへと急いだ。正直、公安部の自分が刑事部のフロアに立ち入るのに若干の抵抗があるが、そんなことは言っていられない。

「やあやあやあ、お疲れ様でした」

淡海が顔を見せると毒島は読んでいた書類から顔を上げた。こちらに向けた顔は温和そのもので、とても毒舌が服を着ているような人間には見えない。

「何か進展がありましたか」

毒島の見ていた書類を覗き込み、淡海は思わず舌打ちしそうになる。彼が読んでいたのは火災原因調査員の作成した実況見分調書で、淡海自身が何度も読み返したものだった。

「おっやー、何だか不満そうな顔してるねえ。駄目だよ、刑事ともあろう者がいちいち感情を表に出しちゃ」

「同じ刑事同士でもですか」

「同僚に向ける顔、容疑者に向ける顔。そういう切り替えがちゃっちゃとできる人なら構わない。第一、今の不満そうな顔で、淡海さんが事前にこの調書を読んでいるのがバレバレじゃん。公安が捜査関係の書類を横からくすねるのは公然の秘密みたいなものだけど、そこは演技でもいいから初見のふりしてくれないと」

気まずい思いでいると、正面に座っていた明日香がこちらを見て笑いを噛み殺していた。淡海がねちねち弄《いじ》られるのを最初から予想していたとしか思えない。癪《しゃく》に障ったので睨《にら》んでやったが、相手は蛙の面に何とやらで忍び笑いまで始めた。警察学校にいた頃はこんなに意地の悪い女ではなかったはずだが、捜査一課に配属されてから性格が変わったとでもいうのか。おそらくは誰かの影響でと考えた途端、影響元に思い至った。

毒島だ。明日香が自覚しているかどうかは知らないが、この男とコンビを組まされて底意地の悪さが伝染したに相違ない。

「……興味深いものというのは何なんですか」

「これ」

毒島が指差したのは様式第6号から第8号の現場写真だ。火災の火元となった裏口ではなく、建物の正面や側面が写っている。

「火元以外の現場写真がどうかしましたか」

「現場写真と周辺地図を組み合わせてご覧よ」

周辺地図は改新社ビルを中心に拡大したもので、それぞれのビルにどんな店舗・会社が入居しているかも明記されている。

「一見して妙だとは思わない？」

「改新社ビルは角地に建っていますが、道路幅はどこも四メートルしかなくて消防車が入るのに苦労したと聞いています。犯人はそこまで織り込んだ上で犯行に及んだんでしょうね」

「そうじゃなくてさ、ビル周辺の店舗に注目。道路を挟んで向かい側のビルは雑居ビル。一階が歯科医院、二階が理髪店、三階と四階が居酒屋、で、五階が中古レコードの販売店。次に火元となった裏口だけど、道路を挟んだ正面がコンビニ。どう、違和感すごいでしょ」

毒島は何故か嬉しそうに地図の上を指で叩く。これは正解を出さなければどんな皮肉や嫌みを言われるか分かったものではない。

「雑居ビルに入っている店舗ですが、一番遅くまで営業しているのは三階と四階の居酒屋でしょうが、それでも十一時くらいには閉店するでしょうね。でもコンビニだったら二十四時間営業です」

「正解。確認してみると居酒屋が閉まるのが十一時で、店員さんが施錠してビルから出るのが深夜零時過ぎでした。歯科医院と理髪店は午後七時で終い、中古レコード店は午後八時で営業終了。つまり放火されたと思われる午前二時頃、正面の雑居ビルは無人で中の明かりは全部消えている」

「一方、コンビニからは煌々と明かりが洩れている」

「午前二時ともなればさすがに人通りは途絶える。その時間、コンビニの店員は品出しやら何やらで客がいない限りはレジにいない。実際、店員は事件当時バックヤードで雑用をしていて放火の現場を目撃していない。でも、レジに人の姿が見えないからといって、これから放火しようとする人間の心理としてはとてもじゃないけど納得できない」

毒島はこちらを窺うように上目遣いで見上げる。

「でも毒島さん。裏口には放火するのにちょうどいい火種になるシュレッダーゴミが放置されていたんですよ。ビルへの侵入ではなく放火が目的なら、火を点けやすい場所を選ぶのは当然ですよ」

「うんうんうん、それは確かにその通り。でも犯人は灯油を持ち歩いていたと考えられているんだよね。燃料があるのならひと工夫すればどこでも火は熾《おこ》せる。この現場写真では焼失しているんだけど、改新社ビルの正面玄関脇にはフリーペーパーのスタンドがあったんだよ。僕もよく目にしていた。フリーペーパーだから薄手で、スタンドの中身を引っ繰り返せば、これもいい火種になるんだよ。つまり人目につかないけれど火を点けるのにひと手間かかる場所か、火は点けやすいけれど明るくて心理的抵抗が大きい場所かの選択だよね」

「重要なんですか」

「この上なくね。さて、行きましょうか」

毒島は突然立ち上がる。

「行くってどこに」

「現場周辺の防犯カメラを解析したら、犯行時刻にうろついていた不審者三人がピックアップされた。その条件は三人ともペットボトルを手にしていたか、またはリュックを担いでいたこと。今日、神田署に任意で出頭する予定だけど当然、淡海さんも同行するよね。しない訳ないよね」

「こちらの都合はお構いなしですか」

「現状、放火事件より重要な案件抱えてるってのなら話は別だけど、さっき僕が具体的な用件告げてないのに速攻でやってきたよね。つまりそんな重要案件は抱えていない」

淡海の抗議をさらりと流し、毒島は刑事部屋を出ていく。淡海は明日香のにたにた笑いに見送られて後をついていくしかなかった。


事前に毒島が根回しをしていたらしく、神田署に到着するとすぐ取調室に通してくれた。案内してくれたのは強行犯係の北島和《きたじまなごみ》という男で、どうやら毒島とは面識があるらしい。

「担当は毒島さんでしたか」

「警察も人使い荒いよね。僕、ただの技能指導員なんだよ。ああ、こちらは今回コンビを組む淡海さん」

公安と口にしないのは毒島の気配りなのだろう。淡海が軽く一礼すると、北島はイジメに遭った子どもに向けるような目をした。

「人使いが荒いのは認めますが、今回は適材適所かもしれませんよ」

「厄介な容疑者でもいますか」

「三人ともです。わたしも少し話しただけですが、まあ改新社の悪口が出ること出ること。火災の被害者だというのに何ら配慮していない」

「まあ北島さんみたいな人なら頭にくるでしょうね」

「毒島さんは、そういうの気にならんですか」

「んー、仕事ですからね」

取調室では既に二十代前半と思《おぼ》しき青年が待機していた。金髪で、二人が入室しても携帯端末を弄るのをやめようとしない。毒島が正面に座ると、ようやく他人の存在に気づいた様子だ。

「毒島です。こちらは淡海」

「有馬優羽稀《ありまゆうき》、二十一歳、大学生。あの、これって取り調べですか。俺、夜中に神保町を歩いていていただけなんスけど」

「ただの目撃情報集め。いくら東京のど真ん中でもさ、深夜の二時に出歩いている人はそう多くないから。ここは一つ警察に協力してください」

「協力ねえ。個人的には改新社が火事になってもあまり心が痛まないんですけどね。確か死人は出ていませんよね」

「死人が出てなきゃ、どんな被害が出てもいいってことかい」

「だって、あの改新社ですよ。現政権礼賛の本ばかり発行するわ、雑誌の記事は思いきりネトウヨに迎合してるわ、とても真っ当な大学を出た人間が編集したとは思えない」

「有馬さんはどこの大学ですか」

有馬は誰でも知っている大学の名前を告げた。

「へえ、大したもんだ。で、有馬さんは現政権に批判的なんですね」

「真垣政権に批判的じゃない人間は既得権益にしがみついているか、まるでものが見えていないかのどちらかですよ。政権奪還時に叫んでいた脱原発は未だに手付かずのままだし、相変わらず人としておかしい議員を抱えているし。大体ですよ、真垣総理といえばいくら日本大使館といえどもアルジェリアに自衛隊を派遣したA級戦犯じゃないですか。それだけ取ってみても完全な右翼政権ですよ。支持率が高いとか右寄りの新聞は書いているけど、そんなことを言い出したらヒトラーのナチ党だって支持率は高かったんですから」

「因みに、あなたはどこの政党を支持しているのかな。または何かの団体に所属しているとか」

「特定の政党は支持していませんよ。政治団体にも所属してません。ただ色んな思想の人たちが連帯すれば理想的な民主主義が実現できると思ってます」

「いいなあ」

毒島は目を細めてみせる。

「あなたみたいな若い人が政治に関心があるなら日本の将来は安泰だ」

「俺一人関心あったってしょうがないスよ。こういうのは万単位で声を上げないと」

「でも、だからといって出版社が焼き討ちに遭って構わないというのは引っ掛かる。放火って重罪なんだよ」

「改新社だって、ネットを何度も炎上させているじゃないですか」

有馬はくすくすと笑い始める。自分では上手い切り返しとでも思ったのだろう。

「刑事さん、ネットとか見ます？　改新社が新刊出す度にネットは大炎上、心ある人たちの批判で燃え上がるんです。最近、新聞なんて誰も読んでいなくて、ネットに国民の意見が集中している。ネットこそが意見交換の場になっているんですよね。そこで火だるまになるんだから、いかに改新社が前近代的で政府の御用メディアかって話です」

「ふんふんふんふん。でもさ、真垣政権の支持率を底上げしているのはあなたみたいに二十代・三十代の若い世代だと思っていたけど」

「あーそれはですね。国民党政権ならこれ以上良くはならないけど悪くもならないっていう一種諦めムードで支持しているだけなんですよ。現状維持さえできれば何でもいいって、要は志が低いんです」

「志かあ。すごいねえ、すごいねえ。僕があなたくらいの頃にはどこに就職するかしか考えてなかったからね」

「僕くらいの頃っていつの話ですか」

「んー、バブル前夜だったかな」

「そりゃそうですよ。完全な売り手市場で、就職口は選り取り見取りで、内定者に海外旅行させる企業もあったんでしょ。刑事さん、よくそんな好景気の時期に警察官になろうなんて思いましたね」

有馬の目が邪《よこしま》な光を帯びる。毒島の背後でやり取りを見守っていた淡海は何故か心がざわついた。いかにも青臭い有馬の弁も浅薄だが、毒島が攻められる一方という図は見ていて爽快感がある。同僚の身分では好ましくない態度だが、毒島を知ってしまうと一度は凹むか感情を露《あら》わにする光景を見てみたいと思ってしまう。

しかし毒島は人のよさげな笑顔を一ミリも崩さなかった。

「性に合ってたんだよ。就職率が高いということは自分が好きな仕事、自分に向いた仕事に巡り合えた確率が高いという言い方もできるし。そう言えば有馬さん、大学四年生だよね。もう内定の一つや二つ、三つや四つ、五つや六つは当然のようにもらっているよね」

途端に有馬の表情が凝固した。

「……まだ就活の最中っスよ」

口調だけで不調なのが窺い知れた。

「あの、これって捜査に関係あるんですか」

「いいや、単なる世間話。ところで有馬さん、夜中の二時にどうしてあんな場所うろついてたんですか」

「あんな場所っていうのは神保町の住人に失礼だなあ」

「だって古書店が七時か八時には店じまいする関係で、夜の十時過ぎに看板出している店なんてほとんどないんだよ」

「知ってますよ、そのくらい。週一であの町に通ってるんですから。あのですね。終電を逃しちゃったんです。俺、三軒茶屋に住んでるんですけど色んなところ回っていたら時間を忘れて。学生の身分じゃせいぜいネットカフェに泊まるくらいしか手はないから神保町から神田駅方向にずっとネットカフェを探してたんですよ」

「ちゃんと見つけられたの、ネットカフェ」

「泊まりましたよ。ほら」

有馬がカードケースから取り出したのはネットカフェの会員証だった。なるほど会員登録日は事件当日の四月十五日になっている。会員証のみならず店内に設置してある防犯カメラにも有馬の姿が捉えられているに違いない。

だが、これはアリバイには成り得ない。ネットカフェに泊まろうが、有馬は出火前後に周辺を通過しているのだ。

「じゃあ最後の質問。あなた、この国が好き？」

一瞬の躊躇《ためら》いの後、有馬は答えた。

「そりゃあ、もちろん好きですよ。生まれた国ですからね。だけど、だからといって偏狭なナショナリズムを標榜《ひょうぼう》するつもりもないんです。一応、世界市民の一員だと思ってますから」

「あ、そ。ではご協力に感謝します」

有馬が退出すると、毒島はいきなり机の上に突っ伏した。

「どうしたんですか、毒島さん」

慌てて淡海が駆け寄ると、上半身がぶるぶると震えている。やがて身を起こした毒島は懸命に笑いを堪《こら》えていた。

「ひいひい。ああ、苦しかった。あと五秒遅かったら本人の前で大爆笑していた」

「彼、何か可笑《おか》しいことを言ってましたか」

「可笑しいも何も、言ってることの全部がコンドームより薄くってさ。ひいひいひいひい」

「まあ、主義主張の薄っぺらさは仰る通りなんでしょうけど」

腹を押さえていた手を離すと、毒島は例の温和顔に戻る。

「ふた言目にはネットネットって。あの子の思考は電脳空間にしかないのかしら。言葉も明らかにネットからの受け売りで、世界市民だとか連帯だとか聞いてて噴き出しそうになっちゃった」

「しかし今日びネットの影響は無視できないでしょう」

「でも僕ら警察官がネットの批判を気にして捜査活動に忖度《そんたく》や強化なんかしないでしょ。もちろん影響皆無とまでは言わないけど、さっきの坊やが喋っていたのは誇大妄想じみている。現実社会との接点が少ないせいもあるんだろうけど、それより現実の自分を直視するのが嫌だからついついネットに依存しちゃうんだと思う。たとえばネットに溢れる意見が本当に国民の声を代弁しているのなら、今の政権はとっくに潰れているよ。でも現実はそうなってない。彼はネットでの批判とか炎上とかを声高に叫んでいたけど、そもそも批判のうちどれだけが本気かは分からないもの」

「本気かそうでないかの区別はつきませんよ」

「ブログだろうがツイッターだろうが『TikTok』だろうが、基本タダだからね。思い出すのはさ、某サービスセンターでフリーダイヤルを廃止した途端にクレームが激減したって件。賭けてもいいけどSNSを全部課金制にしたら批判もディスりも誹謗中傷も炎上も同じように激減するよ。そしてカネ出してでも言わせてもらうって本気だけが残る。言っちゃあ悪いけど、タップ一発で気軽にできる批判なんて貧乏人の娯楽でしかないんだもの」

口が悪いと思ったが、反駁すると倍以上の言葉が返ってきそうだった。

「公安刑事の立場で言わせてもらうと、あんな薄っぺらな思想信条の持ち主が出版社への放火を計画するとはとても考えられません」

「それはねえ。淡海さんが今まで相手をしてきた極左が古いタイプの暴力集団だったからです」

「今は違うとでも言うんですか」

「極左だろうが極右だろうがみぃんなソフト路線に舵《かじ》を切っているでしょ。そうでなかったら一般市民を取り込めないもの。で、そのソフトなソフトな集団が結局は傍迷惑《はためいわく》な振る舞いをしたり過激なプラカード掲げたり、挙句の果てには警官隊をまるでショッカーの戦闘員呼ばわり。多分、公務執行妨害の境界線も知らずにやっている。そういう輩だから敵対する相手を攻撃する、建物に放火するまでにはこれっぽっちの間しかない」

毒島は親指と人差し指でわずかな隙間を作ってみせる。

「普段、そういう連中を監視する立場ですが、毒島さんの説明を聞いていると果てしなく愚かな集団に聞こえます」

「いつだって誰だって、行いが思いを超えることなんて滅多にありゃしません。じゃあ二人目いってみましょうか」

二人目は田村和巳《たむらかずみ》、七十二歳。前職はＪＲ東日本職員、現在は地下街清掃のバイトをしているという。

「善良なる市民として捜査に協力しようと馳せ参じたのだが、警察ではお茶も出さんのかね」

のっけから田村は居丈高だった。

「すみませんねえ、どこも官庁はおもてなしに関心が薄くて」

「元々、事件現場の近くを歩いていたというだけで事情聴取というのが納得いかん。お前らはたったそれだけの理由で一般市民を容疑者扱いにするのか」

「いやあ、現場から立ち去る怪しい人物を目撃してくれていたら幸いなんですがね。田村さんは、どうしてあの時間に現場近辺を歩いていたんですか」

「わたしは神保町駅の地下街で働いている。地下鉄出入口のシャッターが下りるのが午前一時過ぎ。その日は遅番で、着替えを終えて外に出るともう二時近くだった」

「普通、終電を過ぎればすぐ帰宅できるでしょう」

「色々あって遅くなったんだっ」

「その時間だと当然電車もバスもないし、自宅までどうやって帰ったんですか」

「自宅は水道橋だ。神保町からは歩いて帰れる。そんな年寄りではない」

「放火された改新社についてですが、田村さんは同出版社をご存じでしたか」

「ああ、知っているとも。わたしに言わせれば亡国の徒だ。ああいう出版社とその読者がこの国を亡ぼす。焼き討ちに遭って当然だ」

「少しは言葉を控えられた方が」

「放火の犯人でもないのに、わたしが言葉を控える必要はあるまい。ああいう時代に逆行するような出版社は一社残らず壊滅すればいい」

「逆行しているんですかね」

「逆行しているし危険でもある。今の国民党の政策を知っているだろう。富裕層優遇に法人税減税の一方、消費税は増税する医療費負担は増額する、社会的弱者などまるで一顧だにしておらん。けしからん、全くもってけしからん」

「ええと、政府批判はそのくらいにして改新社についてですね」

「さっきから言っておるだろう。国民党に追従するものは何であろうと悪しき観念にとり憑《つ》かれている。一党独裁容認、格差社会肯定、自己責任論、新自由主義、改憲、みんなそうだ。このままでは、日本は戦前のドイツのような独裁国家になってしまうぞ。今のうちにそれを煽動しているような出版社は潰してしまうか、逆に進歩的な編集方針に大転換するべきだ。

そうは思わんかね」

「進歩的な本というのは売れないんですよ」

「売れる売れないの問題ではないっ。出版社として世に問うことが重要なのだ」

「売れなきゃ世に問うこともできませんよ」

「それなら無償配布すればいい。わたしが学生の頃はガリ版刷りの機関紙を何百部も無償で配布したものだ。今では印刷技術も向上しているし、紙が駄目なら電子書籍という手段もある。半世紀前にできたことが何故今できん。要はやる気の問題だ」

淡海は次第に居心地が悪くなるのを感じた。有馬の時も決して愉快な気分とは言い難かったが、この老人の場合には世を拗《す》ねて人間を拗らせてしまったひねくれ者の悪罵を耳元で聞かされているようだった。

「へえ。田村さん、昔は学生運動に身を投じていたんですね」

「輝かしい革命の季節だった」

田村は感に堪えないように呟く。

「この国の学生という学生が熱く政治と日本の将来を語り、あと少しで醜悪な資本主義から脱却できる機会だった。それを考えると、一部左派の突出した行動で大衆が離れてしまったことが悔やんでも悔やみきれん」

嘘を吐《つ》け、と思った。

何が突出した行動だ。あいつらがやったことは破壊活動と仲間のリンチだったではないか。淡海の歳でも七〇年安保の実態くらいは聞き知っている。徒《いたずら》に学生運動が脚光を浴びたために学生全体のムーヴメントと捉えられがちだが、当時運動に参加したのは全大学生の一割か二割で、他の学生は大学封鎖で迷惑を被っただけだ。

公安一課に身を置いていると、田村のような左翼老人によくお目にかかる。反政府デモがあると勇んで参加するものの、過去の自慢話と武勇伝ばかりするものだから、若い参加者から嫌われている。しかも本人にはその自覚がないという最悪のパターンだ。

「出版社に放火するのも革命の一つだとお思いになりますか」

「死人は出ず、右翼雑誌の編集者数人がちょいと火傷をした程度なのだろう。ネトウヨどもの抑止力にはちょうどいい」

「ご高説は確かに拝聴しました。捜査へのご協力、大変大変感謝しております」

田村が退出した後、毒島はこちらを振り返って笑いかけた。

「いやあ緊張したなあ」

「そんな風には見えませんでしたが」

「田村さん相手にじゃなくて、いつ淡海さんが爆発するかと、そっちの方が気懸かりで。公安刑事としては噴飯ものの演説だったでしょ」

「演説というよりは譫言《うわごと》に近いでしょうね。あの年齢で清掃のバイトで深夜まで働く羽目になっているなら、現状への不平不満は当然でしょうし、老人や低所得者に冷たい印象のある国民党政権に否定的なのも理解できます。昔日の自分を美化したがるのも、ああいった左翼老人の典型ですよ」

「あの手の困ったお年寄りなら、改新社への放火も頷けますか」

「世の革新のためなら人命も軽視するという姿勢に、やや危ないものを感じますね。毒島さんこそどう思いますか」

「うん、あれは口だけ爺さん。色々威勢のいいこと言ってるけど実行が伴ってない。だって実行が伴っていたらとっくの昔に公安一課がマークしているでしょ」

「それはそうですが」

「若かりし頃の話に花が咲いていたけど、おそらく田村さん自身は大した示威行動はしなかったと思う。その他大勢の傍観者に過ぎなかったにも拘わらず、自分で記憶補正しているだけだよ。履歴見てごらんよ。大学卒業と同時に旧国鉄に入社している。当時の三公社五現業が、入社即労組委員長候補になるような学生を採用するはずないじゃない。うふ、うふふふ」

三人目の容疑者は竹澤友美《たけざわともみ》。パート勤め、四十二歳の主婦だった。

「改新社のことは知っています。以前から問題のある出版社で有名でしたから」

友美はにこりともせずに言う。

「改新社の出版物をご覧になったんですか」

「とんでもありません、あんな卑猥《ひわい》な雑誌」

右翼雑誌のどこが卑猥なのか、事前に毒島からレクチャーを受けていなければ奇異に思ったに違いない。改新社は右翼雑誌の他、アダルト系の雑誌も刊行しているのだ。この事実をもってしても改新社が思想信条によって出版業を営んでいないことが分かる。

「最近はエロ本以外にも右翼雑誌にまで手を伸ばしていますけど二重の意味で全女性の敵、全フェミニストの敵だと思っています」

「ほう、フェミニストの敵ですか」

「そうですよ。男性優位、オスの原理、家父長制度、性差別、世界のありとあらゆる悪徳を商売にしている三流雑誌です」

「失礼ですが、何かの団体に所属していますか」

「団体とか大層なものじゃないんですけど十人くらいのママ友の集まりみたいなのはありま

す。その集まりの中でも改新社の評判は最悪で、火傷した社員はちょっと可哀そうだけど、これであのいやらしい雑誌が発行されなくなったと思うと胸がスカッとします」

「因みに竹澤さんお薦めの本とかありますか」

「『新世界』とか『エトランゼ』とかは女性への目配りがあって良本だと思います」

雑誌名に淡海の耳が反応した。『エトランゼ』は初耳だが、『新世界』は名うての左翼系雑誌ではないか。淡海自身が毎号目を通しているから常連執筆者の名前まで暗記している。

兼業作家の毒島がそれを知らないはずもないが、本人は相変わらず温厚な顔で対応している。

「竹澤さんご自身もフェミニストを標榜されているんですか」

「わたしがですか。いいえ滅相もない。わたしはただの主婦ですよ。その、ただの主婦でさえ改新社の出版物というのは許せない存在なんです。あの、でも改新社に抗議電話を掛けるとか、そういうのはしたことないです」

「でも改新社の本なんて刊行されない方がいいんですよね」

「どんな内容の本でも出版するのは自由ですよ。憲法に定められていますからね。でも販売するとなると話は別です。右翼雑誌もエロ本も、もっと人目につかない場所でこっそり売ってほしい。通販でしか売れないようにするのが一番いいと思うんです」

「じゃあ、コンビニとかに置くのはもってのほかですね」

「当たり前ですっ」

友美はひときわ大きな声で同意する。

「コンビニには小さい子も来るんですよ。そんな子たちにあんな卑猥で扇情的でおぞましい表紙を晒《さら》すなんて犯罪です。よくわいせつ物陳列罪でコンビニの店長が逮捕されないものだと憤慨します」

「わいせつ物ですか」

「どう見たってそうじゃないですか、エロ本なんて」

「青年向け情報雑誌も表紙はグラビアアイドルの水着姿が多いですよ。エロ本だって最近の表紙は着衣姿のアイドルがほとんどで」

「エロ本はエロ本です。何を馬鹿なことを言ってるんですか、お巡りさんともあろう人が」

何が気に障ったのか、友美の声がひどく尖り始めた。

「じゃあ今後の取り締まりのために一つご教示ください。エロ本とそうでない本の境界線は何になるのでしょうか」

友美の声が途絶えた。

「肌を隠す布の面積ですか？　表紙になっているモデルの肩書ですか？　見出しに使用して

いる文言ですか？　裏表紙に掲載された広告の内容ですか？　それとも性行為描写の有無ですか？」

「それを決めるのは、わたしたち女性です」

「ほう、そうですか」

「セクハラと一緒です。男の側から見て健康的なお色気でも、わたしたちが見て卑猥だと感じたらエロ本なんです。こういうのは常に被害者目線で見ないと本質を見誤ります」

「被害者目線っ。仰る通りですねえ」

毒島は囃《はや》し立てるように言う。少しでもこの男と話し込んだ人間なら、ただの揶揄《やゆ》と分かるはずだ。だが初対面の友美は温厚そうな顔と相俟《あいま》って、相手が同意してくれたものと勘違いしているようだった。

「すると、お子さんとコンビニに行った時もチェックが厳しいんでしょうねえ」

「子どもと一緒の時ばかりじゃありません。一人でチェックする時もあるんです」

「おおお、それはそれは」

「コンビニでは日付が変わった時点でその日発売の雑誌を品出しするところが多いんですけど、わたしと有志のママ友はその時間を見計らってコンビニ全店を回るんです。そこでエロ本が陳列してあるのを発見次第、もっと目立たない場所に移してくれとお願いするんです」

「はいはいはいはい、やあっと分かりました。竹澤さんがあんな深夜に現場にいらした理由が」

「ええ、改新社のビルの向かいにあるコンビニをちょうど巡回していたんです」

「お勤めご苦労様です」

「刑事さん、一つお願いがあるんです」

「何でしょうか」

「いずれ放火した犯人さんが捕まるかもしれませんけど、死人は出てないんだから何とか穏便にしてやってくれませんか。そういうの、刑事さんだったら可能なんですよね」

友美を解放した後、淡海は興味があったので毒島に訊いてみた。

「毒島さん、彼女どうでしたか。過激な行動をするタイプに見えましたか」

「過激な行動云々の前に過激な歪《ゆが》み方をしてるよね、あれ」

毒島は両側の口角を極限まで上げてみせる。まるで耳まで裂けているように見えた。

「彼女の口にした『エトランゼ』って最近創刊されたばかりのバリバリのフェミニズム雑誌。だけど竹澤さん本人がバリバリのフェミニストかというとそうでもない。あれはフェミニストの衣を纏《まと》った別の何かだよ」

「言っていることはフェミニストの言説そのもののように聞こえましたけど」

「元来フェミニズムっていうのは女性解放と性差別の撤廃が基本になっていて近来は自分らしく生きることにまで語義が拡大されているんだけど、彼女が額に血管浮き上がらせて力説したのはそんな崇高なものじゃない。大体、何が猥褻で何が猥褻でないかを決められるのは男でも女でもない。刑法第百七十五条わいせつ物頒布等の罪に抵触するか否かの裁判だけだよ。チャタレー事件・四畳半襖の下張事件・悪徳の栄え事件。過去に猥褻の定義について幾度となく論議された経緯を、おそらく彼女は知らない。いみじくも本人が言った通り、大事なのは自分たちの感性であって、言い換えるなら自分の気に入らないものをこれ見よがしに置かれているのが我慢ならないだけなんだよ。好き嫌いは主観的なものだから、他人に押し付けるために大義名分をくっつける。ひと昔前、マンガを焚書《ふんしょ》したりバラエティー番組は低俗だから放送するなと声を上げたりした人たちのDNAを彼女は着実に継承している」

「毒島さんは作家という立場もあるから、規制には尚更拒否反応があるんじゃないですか」

「うん、それは否定しない。表現なんていったん規制し始めたらどれだけでも拡大解釈が可能だしね。だけど竹澤さん流のフェミニズムが表現の自由に拮抗《きっこう》するかといえば、それは完全に的外れ。自分の好き嫌いじゃ多くの賛同が得られないから、フェミニズムの名前を借りて主語を大きくしているだけだよ」

「彼女にはいささか狂信的な面が見え隠れしますが、放火の動機としては薄いですか」

「それについてはちょっと確認したいことがあってさ。淡海さん、今から付き合ってくれないかな」

4

毒島が淡海を引っ張ってきたのは神保町に林立する書店の一つだった。間口の小さい〈マルクス書房〉という店で、何のことはない淡海もよく知る左翼雑誌の専門店だった。店名の由来であろうマルクス主義をはじめ近代共産主義関連の書籍がずらりと並んでいる。どれもこれも硬いタイトルなので、一見すると大学図書館の書架かと錯覚しそうになる。

「毎度ォ」

「おや、毒島先生」

どうやら店主とは旧知の仲らしく、毒島は事情聴取の時よりも一層穏やかな顔になる。

「何かお探しですか」

「ごめんなさいね。今日は本じゃなくて人探し」

断りながら、毒島は懐《ふところ》から三枚の写真を取り出す。覗いてみれば事情聴取を行った三人の顔写真だった。

「最近のお客さんで見覚えのある人はいますか」

「何だ、警察の方の仕事ですか」

「悪いね、協力してよ」

「ええと、ちょっと見せてよっと……ああ、この三人とも来てるよ。常連さんというほどじゃないけど顔は憶えている」

「確かですか」

「来店客、限られてっから」

「『新世界』とか買っていったのかしら」

店主は空しそうに首を振る。

「例によって立ち読み。あのさ、毒島先生。あなたに言ったことあるじゃないの。こういう左翼本を読むような客って大抵カネなんか持ってないって。それでもウチの経営が成り立っているのは公安のお兄さんが一括購入してくれるから。刑事さん一人に一冊ずつ買っていってくれるから、ウチの最大のお得意さんだよね」

どんな顔をしていいのか分からなかった。

「とにかく三人とも立ち読みする程度には興味があった訳ですね」

「あんな熱心に立ち読みするんだから興味の枠を超えているかもね」

次に二人が訪れたのは火災現場だった。鎮火してから既に二日経過しているにも拘わらず、焼け跡には未だに煙と消火剤の臭気が残存している。

「どうしたんですか、毒島さん。現場なら火災発生の当日に来ているじゃないですか」

「あの時は野次馬も大勢いたしね。条件が合致していなかった」

「何の条件ですか」

「まあ、それは追々」

それなら何故自分を連れて来たのだと文句を言いたくなったが、毒島は我関《われかん》せずといった風で現場周辺を逍遥する。

焼け落ちたビルの左隣は何の皮肉か焼き鳥屋だった。本来は鳥を焼いた香ばしい煙で客を呼び寄せるのだろうが、この異臭が混じってしまえば立派な営業妨害だ。

何を思ったのか、毒島は往来に立ってきょろきょろと辺りを見回し始めた。

突然、焼き鳥屋の立て看板の裏を覗いたと思いきや店の暖簾《のれん》を潜ったので、淡海も慌ててついていく。応対したのは前掛けエプロン姿の若い女性従業員だった。

「いらっしゃいませ。お二人様ですね。テーブル席でしょうか、カウンター席でしょうか」

「ごめんなさいね。僕たち警察の者でさ。ちょっと教えてほしいんだけど」

「はい、何でしょうか」

警察と聞けば大抵の者は警戒心で表情をわずかに硬くするのが相場だが、毒島の場合は地の顔が平和過ぎるために女性従業員も営業スマイルを崩さない。

「表の立て看板、営業後も置いてあるよね」

「ええ、ちゃんと店の敷地内ですから」

「いやいや、別に取り締まりとかじゃないから。訊きたいのは看板の裏に備え付けているボックス。あれって確か……」

そんなものが備えてあったのか。毒島の観察眼に舌を巻いていると、女性従業員は笑顔を返してきた。

「ええ、その通りです。前はよく出没して大迷惑だったんですけど、あの機械を置いてからはまるで今までが嘘だったみたいに寄り付かなくなって」

「ご協力ありがとうございました。でさ、早速だけどテーブル席。ランチで一番カロリー高いメニュー持ってきて」

「畏《かしこ》まりました。４番テーブルお二人様、焼き鳥全部乗せ定食二つお願いしまーす」

「ちょ、ちょっと毒島さん」

「いいじゃん、どうせお昼時なんだし」

「それはそうですが、まだ捜査の途中で」

「もう終わったも同然」

一足早くテーブルに座り、毒島は楽しげに頬杖を突く。

「後は所轄に依頼するだけ。多分、一日もかからないと思う」

翌日、神田署の取調室で毒島と淡海は容疑者の一人と対峙していた。

「今日は何を訊くっていうんですか。知っていることは前回、全部話しましたよ」

「ままままま」

毒島は片手をひらひらさせて相手の抗議を受け流す。

「他の方にも同様の協力をいただいています。あなた一人が拒絶すると、我々もあなたに疑いを向けざるを得なくなる。それで構わないというのでしたら、どうぞお帰りください」

「……すぐ終わりますか」

「それはあなた次第」

「じゃあ、すぐに始めてください。こっちだって忙しいんです」

「では早速。実は昨今話題になっている集団的自衛権と改憲についてあなたの意見を伺いたいと思いましてね」

相手は狐につままれたような顔をしたが、すぐに気を取り直したように饒舌《じょうぜつ》に話し始めた。三分ほども喋り続けただろうか、不意に相手は顔を顰めた。

「何です、この音」

「え、音」

「刑事さんも聞こえるでしょ、蚊が何匹も飛んでるような不快音」

「うるさいですか」

「生理的に受け付けないんですよ、この音。いったい何なんですか」

「これ、モスキート音ですよ。ほら、あれが発信源」

毒島が指したのは淡海が陣取っている記録用の机だった。その真下にはルービックキューブ大の筐体《きょうたい》が置いてあった。

「正確には高周波音発生装置と言います。13・5KHzから38KHzまでの周波数を網羅する優れもので、ネズミとかのげっ歯類、犬猫や中型動物は殊の外この音を嫌う性質を持っている。蚊の飛ぶ音に似ているからモスキート音と呼びます。改新社ビルの隣、焼き鳥屋さんでしょ。以前は店の前をネズミが行き来して客足が遠のいたらしいです。ところがこの高周波音発生装置を導入するや否や、ネズミたちはぱったり寄り付かなくなったそうでめでたしめでたし。閉店時間内に店に潜り込まれても嫌だから、ずっと稼働させているんですって」

「その音がどうしたんですか」

　毒島は現場の見取り図から、犯人が煌々と明かりの洩れるコンビニエンスストアの向かい側で犯行に及んだ不合理さを説明する。

「でも、この発生装置で疑問は氷解しました。犯人は焼き鳥屋の前を通る度にモスキート音を耳にして、いつしか裏のコンビニ前の道を歩く癖がついたんですね。週一で通っている道だから、深夜はコンビニのレジに人影がないのを知っている。改新社の裏口にシュレッダーゴミが置かれるのも知っている。あなたにしてみれば自分のホームグラウンドみたいなものです。ところが実際に放火して驚いた。無人とばかり思っていたビルの窓に明かりが点いたからです。あなたは慌てて編集部に電話を掛けたが時既《ときすで》に遅し、一階裏口から出た火はあっという間にビル全体に燃え広がり、あなたは恐怖のあまり逃げ出した、とまあこんな具合」

「今、あなたはと言ったな。証拠でもあるのか」

「あのですね、ちょっと悔しいけどモスキート音というのは二十代までの若者にしか聞こえない音なんです。若い人の溜まり場にならないように発生装置を設置する場合もあるくらいでね。念のために他の二人にも実験したけど、やっぱり何の反応もなし。だから僕はあなたが犯人だと思ったんですよ、有馬優羽稀さん」

　有馬は両手を机の上に叩きつけた。

「何が証拠だよ。二人とも聞こえないふりをしたかもしれないじゃないか」

「いや、ホント生物学的に聞こえないんだったら。深夜の神保町界隈《かいわい》で若い兄ちゃんたちが屯《たむろ》して商店街の由々《ゆゆ》しき問題になっている。それでいくつかの店が試験的に発生装置を置いたって話をやっと思い出したんだよね。ほら、僕は地元民だから」

「それでも他の二人が犯人じゃないという証明はできない」

「あのねえ、容疑者を一人に確定できれば後は外堀埋めるだけなの。有馬さん、編集部に電話したよね。当然発信記録は残っているはずだし、何より灯油の入手経路がね。灯油の貯蔵・管理には資格が必要だから販売しているのはガソリンスタンドくらいしかない。有馬さんの生活範囲でガソリンスタンドの店舗数なんて限られているから、すぐに裏が取れる。実際、スタンドのお兄さんが証言してくれたしね。長年スタンドの仕事をしているけど一リットルだけ量り売りしたのは初めてだって。そんな目立つことするから当然顔も憶えられる。せめてそんな時くらい一斗缶かポリタンク買っておきなよ、貧乏臭い」

有馬は、もう声も出ない様子だった。

「不幸中の幸いで死者は出なかったものの現住建造物等放火罪の法定刑は結構重いよお。長い懲役になるから、思う存分左翼本読んでいなさいね」

有馬の身柄を神田署の捜査員に委ねてから、淡海は毒島に問い掛けた。

「やっぱり有馬は〈急進革マル派〉のメンバーなんですかね。極左暴力集団の一員にしては思想が薄くて、しかも犯行が杜撰《ずさん》です。もちろん毒島さんの種明かしの後だから余計にそう思うんですけど」

「それについては今後の取り調べで明らかになるだろうけど」

毒島が言い淀んだので、淡海は不安を覚えた。

「どうにも相手の思惑が見えてこない。あんなど素人を実行犯に仕立てるってことはだよ、簡単に第二第三の有馬を野に放てるということなんだよ」

二　祭りのあと

1

「だっからあ、さっきから何度も何度も言ってるじゃないですか。〈急進革マル派〉なんて知らないって」

取調室の有馬はげんなりとした口調で言う。泣く子も黙る公安の取り調べで大した態度だが、十回二十回と同じ質問を繰り返されれば自制心が摩滅しても当然といえた。

答えるのは有馬一人だが、問い質す側は四人が交代制で当たっている。いくら有馬が二十代の若者であっても多勢に無勢、そろそろ精根尽き果てる頃だろう。最初の気合はどこへやら、今は眼光も弱まり頭を重そうに俯《うつむ》けている。

「ほら、顔を上げて」

淡海は有馬を下から覗き込む。

「知らないはずはないだろう。〈急進革マル派〉は改新社への放火は同志の犯行だと声明を出している。そして実行したのはお前。だからお前は〈急進革マル派〉の同志ということになる。簡単な三段論法じゃないか」

「俺は同志なんかじゃないですって。改新社に放火したのは認めますよ。認めますけど〈急進革マル派〉から命令された訳じゃなくて、俺の単独犯なんですって」

もし淡海が刑事部の刑事なら容疑者が犯行を自供した時点で、仕事の九割が終わったようなものだ。あとは員面調書を仕上げて他の捜査資料ともども送検すればいい。

だが公安部の眼目は情報収集にある。捜査対象である団体の動向と組織の実態を解明することが最終目標であり、犯人逮捕は単なる通過点に過ぎない。従って有馬から〈急進革マル派〉の情報を引き出せなければ逮捕したことすら無駄になる。

いや、無駄にはならないか。何しろ有馬が犯人であるのを見破り罠に掛けたのは、淡海でもなければ他の公安刑事でもない。技能指導員として再雇用された皮肉屋で、捜査の命を受けた淡海は彼をサポートしただけなのだ。

だからこそ肝心要《かんじんかなめ》の情報収集を完遂させなければ公安一課の恥になる。

「大学生の分際で放火なんて重大犯罪やらかしたんだ。よっぽど教育なり洗脳なりされてなきゃできない仕事だぞ。ひょっとしたら〈急進革マル派〉とは名乗らなかったかもしれないが、いったい誰に何を吹き込まれた」

「改新社が売り物にしている右翼思想を放置しちゃいけないってのは自分の中にあったんですよ。日本をまた戦争のできる国にしちゃいけない。先の大戦の反省に立って、過去の過ちに向き合い続けなきゃいけないって。そうでなければまたこの国は帝国主義に染まってですね」

「壊れたレコードみたいに同じこと喋ってんじゃないよ」

有馬の舌足らずの左翼思想は耳にタコができるほど聞かされた。印象としては毒島が寸評した内容から一歩も出ていない。主張の生硬さも含めてネットに蔓延する安っぽいスローガンを鸚鵡《おうむ》のように真似ているだけで、所謂《いわゆる》進歩的文化人の言説も、ましてや新左翼理想主義的ラジカリズムなんぞを充分理解しているとは到底思えなかった。

行動の過激さは思いの強さに比例する。放火などという大それた犯行をする者なら、その行為に見合うだけの理論武装をしていて当然だ。ところが目の前に座る実行犯は、毒島に言わせればコンドームより薄っぺらな人間ときている。このちぐはぐさは浅井も指摘しており、とどのつまりは有馬の背後に組織の存在があるとしか思えなかった。

「お前、神保町のマルクス書房に通っていたんだってな。立ち読みばっかりだったそうだが客には違いない。熱心に左翼本読み耽っていた割には喋っている内容が浅過ぎる」

立ち読み専門という箇所に引っ掛かったのか、それとも内容が浅いという指摘が気に食わないのか、有馬はひどくプライドを傷つけられたような顔をした。

「叩いたって何も出てきやしませんよ。俺の思想は長い長い思索の果てに辿り着いたものであって」

「じゃあ、その長い長い思索とやらの起点は何だったんだ」

瞬間、有馬は意表を突かれたように目を見開いた。

「お前の高校時代の関係者から話を聞いた。政治のセの字も知らず、クラスメイトの女の子のケツを追いかけ回す普通の高校生だったそうじゃないか。その普通の高校生が放火テロリストになるきっかけは東朋《とうほう》大学入学以降としか考えられない」

有馬のプロフィールはすっかり頭に入っている。キャンパス内での接点なら絞り込むのは容易《たやす》い。

「同じ教室で知り合ったのか、サークルか、ゼミか。学生の身分じゃ交際範囲もさほど広くない。虱潰《しらみつぶ》しに当たっていけば案外早々とお前の精神的指導者が名乗り出るかもな」

有馬の顔に、ふっと不安の色が過《よぎ》った。

「公安の聴取はひと味もふた味も違う。お前が喋らないばかりに、お前と知り合ったことを後悔する人間が出なければいいんだが」

傍からは恫喝としか思えないような台詞も、公安にあっては許容範囲だ。

知人・友人の顔でも思い浮かべたのか、有馬は急にそわそわし始めた。一瞬期待させたものの、結局は口を割らなかった。

「なかなか落ちないらしいな」

淡海を部屋に呼ぶと、浅井は開口一番愚痴り出した。

「逮捕してそろそろ三十時間だろう」

逮捕後の身柄拘束は四十八時間以内と定められており、その間に捜査資料と証拠を揃え身柄を検察庁に送致しなければならない。有馬の場合はそろそろ期限が迫っており、浅井はあと半日で決着がつくかどうかを問うているのだ。もっとも有馬が放火犯である証拠は揃えてある。放火に使用した灯油の入手経路も、火災発生時に編集部に電話をした履歴も押さえてある。加えて犯行を認める供述調書も完成している。四十八時間を待たずとも、今すぐにでも送検は可能だ。それにも拘わらず未だに有馬を手放さないのは、何としてでも背後関係を摑みたかったからに他ならない。

「あれだけ派手な犯行声明を出した組織だ。今回の放火事件は名刺代わりで、もっと大掛かりなテロを計画している可能性は充分にある。放火犯一人の送検よりも組織の全容解明が急務だ。くれぐれも優先順位を間違えるな」

浅井は懸念を示すものの、どこか嬉しそうな響きも混じっている。本人は口にしないが、明らかに〈急進革マル派〉による被害拡大を期待しているようだった。世間やマスコミの耳目を集める大規模なテロ事件の進行と、それを未然に防ぐ公安部——公安部の存在を内外に示すのにこれ以上の機会はない。

浅井に限らず公安部の人間は強烈なエリート意識の持ち主だ。歴代の警察庁長官の多くが公安ＯＢであることも無関係ではない。刑事部は公安部の下部組織だと公言する者さえいる。そうしたエリートたちは自分の活躍する場所を常に求めている。能力を発揮し、勇姿を見せつけるステージを必要とする。しかし最近は左翼勢力の弱体化と相俟って、公安部の存在意義自体が疑問視されつつある。予算と人員削減の波は警視庁にも押し寄せ、重要性の乏しい部署が対象として狙われている。いかに公安部がエリート集団であっても、タダ飯食らいは許されない風潮が高まっている。

ところが改新社の火災と〈急進革マル派〉の犯行声明が公安部に活気をもたらした。浅井延《ひ》いては公安部としては、〈急進革マル派〉が大規模かつ凶悪な暴力集団であってくれた方が有難い。

「本人は供述していませんが、有馬の生活範囲は至極《しごく》限られています。〈急進革マル派〉と接触したのは十中八九、大学内でしょうね」

「だろうな。しかしそうなると少し厄介になる。大丈夫か」

浅井が案じているのは場所についてだった。

公安の情報収集活動の一つに〈視察〉がある。集会やデモ、その他の行事や対象とする団体の本部や事務所等を視察するという最も基本的な行為だ。だが事前の届け出なしに、大学内に警察官が立ち入ることは原則的に許されていない。大学には憲法二十三条に保障された「自治権」があり、国家権力の介入を排除しているからだ。以前も京都府警の私服警官が京都大学構内に無断で立ち入ったとして問題になった事例がある。

「有馬が所属するサークルやゼミは把握しているな」

「サークルは〈邦画倶楽部〉に所属、ゼミは英文学を取っているようです」

「マルクスではなく英文学か」

「トーマス・カーライルだそうです。ゼミの教授は英文学科の立花知世《たちはなともよ》。現状、立花教授に際立った思想的背景は認められません」

「サークルは映画同好会か。思想の匂いが希薄だが」

「看板なんか、どうにでもなりますからね」

近年、思想団体は右によらず左によらず市民運動に潜伏している。一般人が何らかの抗議活動に何気なく参加しているかと思えば、ごく普通の自己啓発サークルが新人勧誘の窓口になることも度々ある。本人が自覚しないまま、いつの間にか一員になっているという寸法だ。従って有馬はどこの思想団体にも所属していないと証言しているが、本人が知らないだけという可能性も捨てきれない。

「ゼミにしろサークルにしろ、視察するにはまずキャンパスに入らなきゃならん。お前がいくら若いといっても、さすがに学生では通らないだろう。誰にも怪しまれないような手段を考えているのか」

言われて淡海は考え込む。

集会への潜入時については、警察庁警備局が作成した内部文書に留意点が記されている。

（1）集会には自然な形で入場し、その場の空気に溶け込むよう注意すること
（2）会場内では視察しやすく、連絡または退避しやすい場所に位置すること
（3）会場内に視察員が数名いるときは、一ケ所に集まることのないよう分散すること
（4）メモ・写真撮影・録音などは秘匿して行うこと。その場合、原則として防衛員をつけること
（5）視察員が関係者に不審を抱かれたと認めるときは、速やかに退場すること。退場時には休憩時間、手洗い、喫煙などの所用にかこつけるなど不自然でないように注意すること

もちろん以上五項目を必ず遵守する必要はないが、決して無視していいものでもない。しかも目的地が大学キャンパスとなるとハードルは更に上がる。

今のところ妙案と呼べるものはない。しかし退くことも許されない。

「潜入の方法はなくもありません。報告をお待ちください」

浅井の部屋を退出した淡海は思案に暮れながら廊下を歩く。上司の手前ああは言ったものの、まさか学生に変装するつもりも成功する見込みもない。

唐突に、あの毒舌男を思い出す。思想信条は単なる商品と嘯《うそぶ》き、有馬を含む容疑者三人の主義主張を腹の底から嘲笑した男。公安部に勤めていると、思想で性格を拗らせた人間と何度も対峙する羽目になる。幼稚であったり過激であったり偏向したりと拗らせ方は様々だ。拗れた理由も様々で、満たされぬ思いや恵まれぬ境遇が彼らを現状否定に走らせた。公安の刑事というより一人の人間として彼らの動機には同情できる一面もある。

一方、毒島は彼らの弱ささえ笑いのめしているように思える。思想で腹は膨れないと悪口を垂れ、作家としての思想など最初から持ち合わせていないなどと豪語する。傲慢で、軽薄で、その上にニヒリストときている。ところが口をついて出る言葉は皮肉に彩られているものの、説得力を備えているから始末が悪い。いったい、毒島はどんな経験を積んで人格を形成したのか。あの言動は三人の容疑者のように環境で拗らせたのではなく、自ら進んで捻《ね》じ曲がったとしか思えない。

通常、公安部の刑事が刑事部の人間に捜査情報を流すことは滅多にない。だが有馬の事件は毒島が一人で解決したようなものだ。せめて供述した内容を教えなければ今後の協力体制に支障が出るかもしれない。

またぞろあの声を聞かなければならないのかとうんざりしながら、スマートフォンで毒島の番号を呼び出す。

コール八回目でようやく繋がった。

『はいはいはいはいはい、こちら毒島』

「淡海です。有馬を尋問した結果を報告しようと思いまして。今、どこのフロアにいらっしゃいますか」

『警視庁にはいないよ。事務所で原稿を書いてる最中』

なるほど書きながら話しているらしく、声の後ろから忙《せわ》しなくキーを叩いている音がする。

「失礼。非番でしたか」

『技能指導員ってさ、週に一度登庁すればいいんだよね。だから今日は執筆活動』

改めて毒島の口から執筆活動と聞くと、刑事はあくまでも彼の一部分でしかないことを実感する。自分とはえらい違いだ。

「じゃあ、そちらの時間が空いた時に日延べしましょう」

『時間が空く時なんてないから』

多分に悲鳴じみた声だった。

『あのね、毎日毎日締め切りに追われていてさ。悪いけど供述内容くらいなら仕事しながらでも聞けるって』

まるで作家が本業で刑事は趣味のような物言いにかちんときた。だが、ここで感情を露わにするのは癪に障る。

「毒島さんさえよければ事務所にお伺いしますよ」

毒島は神田神保町の住所を告げて一方的に電話を切ってしまった。

毒島の事務所は昭和の香り漂う天ぷら屋の二階にあった。二階に続く階段の照明は薄暗く、壁は天ぷら油が沁みついたようにところどころが変色している。毒島の人物像と住まいが一致していないようにも思えるが、店の看板によれば天ぷら屋は昭和の文豪たちが行きつけにしていたらしく、その伝で事務所に決めたのかもしれない。

事務所のドアをノックすると「どうぞ」と毒島の声が返ってきた。

「淡海さん、お疲れー」

ドアを開けた途端、こちらに背を向けた毒島が声を掛けてきた。

「お邪魔します」

「もうちょっとでひと息つけるから、適当に座ってて」

先刻の電話の時と同じく、毒島は喋りながらキーを忙しなく叩いている。昨今の小説家は手書きよりもワープロで執筆しているという噂は耳にしていたが、こうして現場を目《ま》の当たりにすると物珍しさを覚える。

物珍しさの理由はもう一つあり、放火事件の際には傍若無人に振る舞っていた毒島が、今はパソコンを前に悪戦苦闘しているのが非常に興味深い。というよりも溜飲が下がる思いだった。しかし犯罪捜査と原稿執筆では勝手が違うのは理解できるが、小説家の仕事の方が大変そうだという事実に鼻白んでしまう。

「あーっ、終わった終わった」

毒島はそう叫んで万歳をするように両手を上げた。

「お疲れ様でしたね。これで今月の作家活動は終了ですか」

「とおんでもない。やっと一本終わっただけ。三日後には次の締め切りが待ってるんだよお」

「たったの三日後。いったいどれだけ仕事しているんですか」

「少なくとも刑事だけやっている頃よりは拘束時間が長いよ。何しろ原稿原稿、次また原稿の毎日。て言うか、週に一度の登庁が唯一の気休め」

「刑事の仕事を気休めにされちゃ敵わないですね」

「だって警察なんて楽な仕事だよ。犯人のしたことを後からなぞるだけであって、言ってみれば評論家と一緒じゃない。それに比べて小説家って何もないところから物語を構築していくんだよ。どっちが大変かなんて考えるまでもない」

「我々警察官は評論家ですか」

「ただの喩《たと》えだけどね。だけど現代の犯罪が絶えずアップデートを重ねて警察はその後を追っているだけだから、あながち的外れの比喩とも言えない。ええっと、例の左翼学生の供述の話だったよね」

　尋問の経緯と結果を聞くと、毒島は予想通りだというように頷いてみせる。

「それほど演技が達者にも見えなかったしね。彼が〈急進革マル派〉のメンバーじゃないと主張しているのは、おそらく嘘じゃない」

「しかし、現に犯行声明があったんですよ」

「嘘じゃないけど、真実でもない。有馬はれっきとしたメンバーだったからこそ、〈急進革マル派〉側も堂々と犯行声明を出した。要は実行犯である彼に自覚がなかっただけだろうね。どうせ淡海さんにだって、それくらい見当がついてるんでしょ」

「最近は大っぴらに左翼を標榜する団体も珍しいですからね。市民団体や自己啓発セミナーに入り込み、それらしい名前に隠れて活動しているのがほとんどです」

「大っぴらに標榜できない時点で、あまり誇れるような行動でないのを自ら暴露しているようなものなんだけど」

「極左ともなれば暴力集団という共通認識がありますからね」

「それにしたって自分の思想信条を公言できないんだから、そりゃあ性格も歪むよねえ」

「左翼がダミーの団体をこしらえるのも、一つには何も知らない善意の一般市民を巻き込む狙いがあるのでしょう。現に、各地で繰り広げられている市民運動の大部分に左翼団体の関与が報告されています」

「ほんのちょっと世間が広ければ自分たちが煽動されていることくらい、すぐに気づきそうなものだけれど」

毒島は有馬を念頭に置いて話しているようだった。なるほど有馬の印象は軽薄で、自分でモノを考えるという風ではない。長い思索の果てに辿り着いた思想などとのたまっていたが、そもそも長いだけで浅い思索ならあまり意味はない。下手の考え休むに似たりだ。

「思想にかぶれる人間には共通点があるんです」

淡海は今まで捕らえた容疑者たちの顔を思い浮かべながら話す。

「ほぼ例外なく真面目な者ばかりですね。決して犯罪傾向が顕著ではなく、日常生活は穏当で近所づきあいも悪くない。ところがいったん政治批判を口にし出すと、もう止まらない。

現政権のやること為すこと全部が全部間違いだから、早く政権交代しなければならないと譫言のように繰り返す」

「きっと人が善いから、すぐに借りものの思想を植え付けられちゃうんだろうねえ。その辺は新興宗教に騙される人たちと精神構造は似たようなものかもしれない。まあ、平たく言っちゃえばただの世間知らずなんだけどね」

毒島はいつもの温和な笑みを浮かべながら、嬉しそうに言う。

「最近流行りの自己責任じゃないんだけど、自分が理不尽な仕打ちを受けているとか恵まれないとか感じていて、それが自力では解決できないとなると、どうしても環境や政治の責任にしたがるんだよね。この辺りの事情は右翼も同じで、愛国主義やら民族主義を持ち出す人は大抵そう。考えてみればそれも道理で、富裕層や現状に不満のない人間が右や左に傾くはずもないからね。金持ちの起こすクーデターなんて聞いたこともない。言葉は悪いけど右や左を言い出す以前に、胃と財布の中身の問題じゃないかしらん」

「……本当に言葉が悪いですね」

「でも否定はしないでしょ。思想にかぶれた人間の物言いって批判じゃなくて非難になることが多いでしょ。感情が論理に優先している証拠。ああいう思想ってのは麻薬みたいなもので、弱った時に摂取すると覿面《てきめん》に効くし、しかもハマるとなかなか抜け出せない。さっきも言ったけど、傾倒していく仕組みは新興宗教と全く同じ」

「前から思っていたんですが、毒島さんはとても達観しているんですね」

「何がさ」

「わたしも公安の刑事ですから思想に蝕《むしば》まれる人間を見るのはしょっちゅうですが、毒島さんほど突き放した見方はなかなかできません」

「衣食足りて礼節を知るという諺《ことわざ》があるでしょ。言い換えれば、衣食が足りなければ礼節なんて知ったこっちゃないって意味。腹が減ると、大抵の人間は怒りやすくなるしね」

「それにしても問題は有馬が誰に左翼思想を植え付けられたかですよ。生活範囲の狭い男だから、大学関係者からだろうという推測は立つんですが」

「ああ、警察官は無闇にキャンパス内に立ち入ることができないものね。ひょっとして淡海さん、それで困ってたのかい」

「まさかこの面下げて学生のふりをする訳にもいきませんしね」

「有馬って東朋大の学生だったんだよね、確か」

「ええ、文学部英文学科ですよ。それが何か」

「いや、奇遇だと思ってさ」

毒島はいったんこちらに背を向け、何やらキーを叩き始めた。ややあってプリンターから排出された紙片を淡海に手渡した。

『毒島真理先生

拝啓　わたしたちは東朋大祭実行委員会です。東朋大創立祭は今年で六十五回を迎え、毎年多彩なゲストにおいでいただいています。

毎回、世田谷キャンパス内では著名な作家さんをお招きしてトークショーを開催しているのですが、実行委員会では今年のゲストとして毒島先生をお招きしたいと考えております。テーマは自由、時間は一時間から一時間半くらいを予定しています。もしご都合がよろしければご登壇いただけないでしょうか。実行委員会のみならず、東朋大生には先生のファンが多く、毒島先生の名前を出した途端、歓声が上がったほどです。

学生の身分ですので大きな金額は無理ですが、出演料は一時間五万円ほどで考えております。もしご不満でしたら相談に乗らせてください。

それではご返事をお待ちしております。

東朋大祭実行委員会　古城《こじょう》犀矢《せいや》』

淡海がプリントから顔を上げると、当の毒島はこちらの慌てぶりを愉しんでいるようだった。

「毒島さん、これは」

「これはも何も文面通り。呼ばれちゃったんだよ、東朋大の創立祭に。しかも世田谷キャンパスといえば理学部と文学部があって、当然有馬が通っていた場所でもある。渡りに船ってこのことだよね」

「もう返事はしたんですか」

「ううん、まだ。原稿で忙しいから断るつもりだったんだけど、ちょうどいい口実ができたみたいだよね」

「しかしゲストとして呼ばれているのは毒島さんだけですよね」

「あのさ、そういう依頼って大抵は版元経由でくるんだよ。つまり実行委員会は版元の編集者さん同伴を前提にしている。大学生に変装するのは無理があっても、出版社の社員に化けるくらいならお手のものでしょ」

突拍子もない提案だったが検討する余地はある。いや毒島が言った通り、これは渡りに船だ。乗らない理由はどこにもない。

「しかし出版社の社員を名乗る以上、絶えず毒島さんと行動をともにしなければなりません。有馬の在籍していたサークルやゼミを視察する時間が作れないんじゃありませんか」

「そこは僕も警察官だからさ。見学と称してキャンパスの中をうろちょろしたって、決して変な目で見られないと思うんだよね。後は淡海さん次第」

それで腹は決まった。

2

三十過ぎの大人にとって、ましてや警察官にとって大学というのは一番縁のない場所ではないのか。

毒島とともに東朋大世田谷キャンパスに足を踏み入れた淡海は、いきなり狂騒的な非日常に呑み込まれた。広いキャンパスは模擬店と各サークルのイベントに溢れ、呼び込みをする学生たちの多くはコスプレに興じている。お祭りだからと言ってしまえばそれまでだが、学生ならではのエネルギーに軽い嫉妬と懐かしさを覚える。

「タピオカミルクティー、一杯三百円ー。飲んでいってー」

「本場大阪の串カツだよ。一本八十円、二度付け厳禁」

「ユーチューバー育成クラブでーっす。あなたも一攫千金の夢をみませんかあ」

「他業種横断研究会、お昼の一時から発表会です。友だち連れて見にきてください」

「昭和アニメ同好会。あなたがかつて観たことのない、抱腹絶倒のアニメが勢揃い！　入場料五百円」

「いやあ、賑やか賑やか。気分転換にもってこい」

各ブースの呼び込みを横目で見ながら、毒島は陽気な声を上げる。

「あ、お嬢さん。そのタピオカミルクティー頂戴」

「毎度ありがとうございます」

「淡海さんもどう」

「いや、わたしはちょっと」

「そう。カエルの卵を啜《すす》ってるみたいで面白いのに」

「楽しそうですね、毒島さん」

「こういう場所にきて小難しい顔してたって誰も褒めてくれやしないよ。第一、淡海さんは目立っちゃいけないんでしょ。だったら周りの人間と調子合わせなきゃ」

「この歳になるとなかなか」

「じゃあ、あなたより年上の僕は何だってのさ」

毒島はひらひらと片手を振りながら学生たちの群れに馴染んでいく。相変わらずの摑みどころのなさに、淡海は短く嘆息する。

東朋大は都内に複数のキャンパスを擁し、学生数七万人を誇る我が国最大規模の私立大学だ。ここ世田谷キャンパスだけでも一万人以上の学生が在籍している計算だから、この賑わいも当然と思える。

トークショーの会場はキャンパスの中心に設けられたステージだった。脇にいたジャケット姿の青年が毒島の姿を見つけるなり、元気よく駆け寄ってきた。

「お待ちしていました、毒島先生。実行委員の古城です」

「どうもどうもどうも毒島です。本日はよろしくお願いしますよ」

「こちらこそ。今日は先生に会えると思って朝からドキドキしてたんです」

古城は緊張を隠しきれない様子で握手を求めてきた。毒島は日頃の温和な仮面を張り付けて対応する。

「いやあ大勢の前で話すなんてそうそうありませんから、僕だってドキドキしていますよ」

毒島の物腰は慇懃《いんぎん》であるものの、古城はそれが外面であることに気づいていない。多少なりとも本性を知っている淡海は背中がむず痒くて仕方がない。

「文学部には先生のファンが大勢いて、先生の登壇が発表されるなり整理券は一日でソールドアウトになりました。急いで席を追加したんですが、そちらもすぐに埋まってしまって」

見ればステージを囲むようにパイプ椅子が隙間なく並んでいる。ざっと数えても二百は下るまい。

「先生の『トリコロール』シリーズ、最新刊拝読しました。もう最高っスね」

「トークショーの後はサイン会を予定しているんですが、ブックセンターにあるご著書は完売になったそうです」

「どうもどうも」

つい淡海は毒島に耳打ちする。

「大変な人気じゃないですか、毒島さん。意外でした」

「失礼だねえ。もう少し言い方ってものがあるでしょ」

「あの、先生。こちらの方は」

「僕の担当者で淡海さんです。ええと、古城さんでしたね。まだトークショーまで時間がありますよね」

「はい。時間まで待合室でごゆっくりしていただこうと思いまして」

「それもいいのですが、キャンパス内を案内してくれませんか。大学の中を歩くなんて四半世紀ぶりでしてね。珍しくもあり懐かしくもあり」

「承知しました」

古城は快活に自分の胸を叩いてみせる。

「僕がどこへなりともご案内します。でも世田谷キャンパスも結構広いですよ。全部回ろうとしたら二時間は優に超えちゃいます」

「僕、学生の頃は邦画が好きで、よく観ていたんですよ」

「それならウチにも〈邦画倶楽部〉というサークルがありますが……」

急に言葉の切れが悪くなる。当然毒島も気づいているだろうが、敢えて知らぬふりをしている。

「ああ、それは興味深いなあ。最近の学生さんがどんな邦画を観ているのか、大いに気になります」

「サークルの中には看板と活動内容が大きく乖離《かいり》しているところもあって」

「それはそれで興味深い。是非そのサークルに案内してください」

「……では案内しますけど、がっかりしないでくださいね」

到着早々、毒島は有馬が在籍していたサークルに案内させようとしている。悔しいかな、この手際の良さには舌を巻かざるを得ない。

「ところで毒島先生。トークのテーマはもうお決まりですか」

「うん。ここ数日悩んでいたけど、今朝になってやっと決まりました」

「やっぱり過去作の解題や文壇のトピックスを話していただくと盛り上がると思うんですよ。文学部なので将来作家を目指している学生も少なくありませんし。できればどうすれば作家になれるのかを教えてくれれば一番いいです」

「うーん。僕のアドバイスなんて何の役にも立たないと思いますよ。資格を取得するとか、こうすればなれるという職業じゃないですしね。それにトークショーは文学部の先生たちが聴きにくるかもしれないんでしょ」

「本物の作家さんが登壇されるんですから、当然教授の何人かもやってきますよ」

「文学部の先生が現役の作家にリスペクトを捧げると思ったら大間違い」

毒島は愉しそうに人差し指を振る。

「むしろ古色蒼然とした自分の文学観に合致しないとかの理由で冷笑するか、さもなければ徹底的に無視を決め込む。それくらいに考えておいた方がいいです」

「そう、なんでしょうか」

「以前、他の大学に呼ばれて講義めいたことをしたけど、その時の反応が今言った通り。何ていうか、自分の流儀に合わない馬の骨《こうべ》が小説で飯を食っているのが許せないみたい」

古城は何故か恥ずかしそうに頭を垂れた。

呼び込みと嬌声の中を潜っていく途中、淡海の耳に罵《のの》り合いの声が届いた。

「殺すぞ、手前《てめ》ェ」

「やってみろよ、この野郎！」

この場に相応《ふさわ》しくない言葉の応酬にただならぬ雰囲気がある。毒島も同じ空気を感じ取ったのか、争う声の方向へ歩を速めた。

野次馬の集まり方で場所はすぐに分かった。人波の輪の中心で二人の男が対峙していたのだ。

「言ってることが典型的なネトウヨだな。お前も新大久保でヘイトスピーチしたクチだろ」

「貴様こそ典型的なパヨクじゃねーか。とっとと原発行って放射能浴びてこい」

二人はまさに一触即発といった体で睨み合っている。ほんのわずかなきっかけで格闘が始まる気配すら感じる。

「やめろよ、二人とも」

すんでのところで古城が間に入った。

「いつもいつも性懲りもなく。今日はいったい何が理由だ」

「このネトウヨが、衆人環視の中でヘイトスピーチを始めたんだ。人のことをキムチ臭いとか何とか」

「手前ェだって似非《えせ》フェミか狂産主義者じゃねェか」

ネトウヨ呼ばわりされているのは肉太りの小柄な学生で、他方似非フェミと詰《なじ》られた学生は髪を赤く染めた長身だ。二人ともさほど腕っぷしが強そうには見えないが、喧嘩慣れしていない者同士が殴り合いを始めると手加減を知らないので悲惨な結果に終わることが多々ある。

　思わず仲裁に入ろうとしたが、自分は目立ってはいけない存在であるのを思い出して足を止める。この場は古城に任せるべきだろう。

「おい、この人は今日のトークショーに登壇する毒島先生だぞ。先生の前であまり恥ずかしい真似はやめてくれないか」

　だが二人とも毒島を知らないのか、表情に全く変化がなかった。

「毒島だかブサイクだか知らないが関係ねえだろ」

「実行委員は引っ込んでろ。どうせいつかは白黒つけなきゃいけないんだ」

「いつでもいいなら創立祭が終わってからにしてくれ。どうして選りに選ってこんな日に」

　哀れ古城も収拾がつかない様子で困惑に顔を歪めている。これ以上紛糾したら本当に怪我人が出る惧《おそ》れがあった。

「はいはいはい、ちょおっとごめんなさいねえ」

　毒島の間延びした声で、いきなり空気が弛緩した。

「確かにあなたたちの諍《いさか》いに僕は関係ないけどさ、一応はこちらに呼ばれたゲストなんだから、醜態を見せると実行委員会延いては東朋大の恥晒しになる。古城さんもそう思うよね」

　古城はこくこくと首を縦に振る。その仕草を見ていたネトウヨと似非フェミは気まずそうに顔を見合わせる。

「第一いくらキャンパス内は大学の自治といっても、目の前で暴力が行使されるのを傍観している訳にもいかない。さあどうしようか。僕がゲストの小説家であることに免じて穏便に矛《ほこ》を収めるか、それとも通報されて創立祭に警官が乗り込んでくるか」

今まで睨み合っていた二人の顔に怯えと反発が同時に走る。古城は尚も首を縦に振り続け、周囲に集まっていた野次馬たちもすっかり静まり返った。

「これで創立祭に汚点が残ったら自治会も大学側もいい顔しないよ、きっと」

それで空気が沈静化した。ネトウヨと似非フェミは水を掛けられた犬よろしく、渋々と距離を空けた。野次馬たちも半ば胸を撫で下ろし半ば期待外れに落胆して散っていく。

似非フェミが背を向けかけた時、古城が声を掛けた。

「舘《たち》。毒島先生が〈邦画倶楽部〉を見学したいそうだ」

「へっ？」

舘と呼ばれた似非フェミはやぶ睨みのような目で毒島を見た。

「〈邦画倶楽部〉に。何でまた」

「おやおや、君もサークルの一員でしたか」

「舘弘明《ひろあき》。一応、部長なんですけどね」

「僕も学生時分は邦画ファンだったもので。物書きとしても、今の学生さんの嗜好は大いに気になるところでね。是非、部室を見学し、ついでに他の部員にも会わせてほしいな」

「急にそんなことを言われても」

見るからに舘は乗り気ではない。さては部室に見られたら困るものでもあるのではないかと勘繰ってしまう。

「半分以上は幽霊部員だし、折角来てもらっても部室には誰もいないかもしれません」

「いないならいないで構わないよ。邦画倶楽部という看板で何人集まっているかも知りたい」

「つまんないことに興味を持ってるんスね。作家ってのは皆そうなんですか」

「うん。森羅万象に興味を持てなかったら、こんな仕事続けてられないよ。さあさ、行った行った」

舘は背中を突かれるようにして歩いていく。

「ところで古城さん。さっき臨戦態勢だったもう一人は誰ですか」

「〈東朋政治研究会〉の茂呂《もろ》康史《やすふみ》ですよ。部長をしているんですけど、舘と顔を合わせるといっつもあんな風で。二人とも四年生なんだからいい加減落ち着かなきゃいけないのに」

「東朋大は学生運動とかが盛んなんですか」

「特に盛んということはないです。大抵は〈東朋政治研究会〉と〈邦画倶楽部〉が角突き合わせているだけで」

「そんなことはないっ」

いきなり舘が振り返った。

「東朋大にも確実に変革の波は押し寄せている。助成金欲しさに国に色目を使うような大学経営はもう古いんですよ」

「ええっと、あなたは邦画倶楽部に所属しているんだよね。邦画と大学変革と、どういう繋がりがあるのかしら」

「繋がりがないと、我々は思想を語ってはいけないというんですか」

「そうは言わないけれどさあ」

何が面白いのか毒島は歌うように喋る。奇矯な振る舞いであるのは間違いないのだが、バイアスが掛かっているのか毒島を見る古城の目は敬意に溢れている。大学生にとって作家という肩書はそれほど威光があるのだろうか、それとも毒島の著作が特段に人気を博しているのだろうか。

しばらく歩くと、ようやくキャンパスの南端に辿り着いた。〈邦画倶楽部〉の部室は別館一階フロアの隅に、追いやられるように存在していた。

部室の前で舘はふと立ち止まる。

「毒島さんでしたっけ。いくら作家さんでも部外者を部室の中に入れるのには抵抗がある」

「銃刀の類や違法薬物を隠匿しているとか」

「まさか。ウチは真っ当な映画サークルですよ」

「真っ当なサークルだったら第三者を部屋に入れても痛痒《つうよう》は感じないはずでしょ。あのね、何度も言うけど、これは僕の個人的な興味。長居するつもりもないし」

「じゃあ、どうぞ」

不貞腐れたように、舘はドアを開ける。部室の中は、なるほど映画サークルと頷けるものだ。スチール棚には邦画のＤＶＤが並び、壁には淡海も知っているような名作のポスターやチラシが無造作に張られている。窓すらなく、開口部はドアだけの息苦しくなりそうな部屋だった。

〈急進革マル派〉との関連を匂わせるものはないかと、淡海は室内に視線を走らせる。だが、暴力集団の片鱗を窺わせるようなものは何一つ見当たらない。どこにでもある、映画好きたちが集う部室だ。

毒島はと見れば端からＤＶＤのタイトルを眺めてにやにやしているだけで、犯罪捜査をしている素振りは微塵もない。本人が言った通り、ここには小説家毒島真理として訪れたということなのだろう。

「ところで舘さん、部員はあなたを除いて何人なんですか。幽霊部員込みの人数でいいから教えて」

「……四人」

「そう言えば新聞に出てたよね。東朋大文学部の有馬何某が現住建造物等放火罪の容疑で逮捕されたって。あの学生さん、このサークルの関係者なの」

「有馬はウチの部員ですよ」

「部員ですよ、か。過去形じゃないんだね」

「別に退部届をもらった訳じゃなし、逮捕されたくらいで除名処分するような狭量なサークルじゃありません」

「いいねえ、いいねえ、そういう侠気《おとこぎ》は嫌いじゃない。でもサークルから除名されるより先に、大学側が放学処分するだろうけど。うふふふふ」

毒島は人懐っこい顔のまま毒を吐く。この顔が小説家としてのものか刑事としてのものかは、淡海には判然としなかった。おそらく生まれついての性格なのだろう。

「これは純粋に物書きとしての興味なんだけど、容疑者有馬優羽稀はサークル内でどんな言動を繰り返していたのかしら。また、その言動に同調を示した者はいたのか。いたとすればそれは誰と誰か」

「部室で体制批判や思想信条を語ることは一切ありませんでしたよ。有馬を含めて全員がただの映画ファンですから」

ついさっき茂呂をネトウヨ呼ばわりしていたのと同じ口から出た言葉とは思えない。淡海は胸の裡《うち》で苦笑するしかなかった。

「ふんふんふんふん、ただの映画ファン。そうだね、右も左も関係なく無邪気に映画を鑑賞する。思想も批判もなく、出されたものを黙っていただく。令和の時代にはますますそういう鑑賞法が一般的になっていくんだろうなあ。いやあ、ありがとう。お蔭で小説のテーマになりそうなネタを仕入れることができたよ」

舘を残して部室を出た毒島と淡海は、古城に案内されて別室に通された。トークショーが始まるまではここで待機してくれとのことだった。

打ち合わせがあるからと毒島は人払いを申し出た。古城は名残惜しそうだったが、ゲストの要請には従うしかなく部屋を出ていった。

「さてと淡海さん。〈邦画倶楽部〉ならびに舘部長の第一印象はどうだった」

「舘本人は底の浅いプチ左翼という感じですね。口先ばかりで実行の伴わない学生運動家の典型です。サークルの方はありきたりな映画ファンの集まりといった印象で、正直肩透かしを食った気分です」

「左翼本の一冊も見当たらず、部室にあったものはどれもこれも映画関連だったしね。だけど僕の印象はちょっと違う。あのサークルは部員一人一人に監視をつけるべきじゃないかしらん。表層に見えるよりも思想に傾倒している可能性がある」

「根拠は何ですか」

「棚に並んでいたＤＶＤだけどさ、監督が初期の大島渚《おおしまなぎさ》とか篠田正浩《しのだまさひろ》とか吉田喜重《よしだきじゅう》の松竹ヌーヴェルヴァーグど直球。淡海さんには釈迦に説法だけどヌーヴェルヴァーグはフランス発祥で、日本においては似たような社会背景で主に松竹が流れを汲んだよね。社会的弱者の救済、社会構造と社会通念への批評、女性の社会的地位の向上。そういうテーマ性を前面に出して映画を製作していた。もっとも本家ヌーヴェルヴァーグほど長続きはしなかったんだけどさ。で、あの棚はそういう思想的な映画で占められていて同時代の東宝や東映・日活といった娯楽作品は一本も見当たらなかった。ただの映画ファンの鑑賞対象としてはえらく偏向している。ひょっとしたら新しく入部した学生を洗脳する教材に使用していたのかもしれない。もちろんＤＶＤのラインナップだけで左翼だと決めつけるのはとても危険だけど、所有しているアダルトビデオが全部熟女ものだったら、やっぱりそういう趣味なんだろうって思っちゃうよね」

「……性的嗜好と思想信条を同列に語ることに抵抗を覚えますが、好き嫌いが時として思想の衣を纏うことは否定しません」

「淡海さんらしい慎重な物言いだけど、嗜好と思想の差なんてこれっぽっちしかないんだよ。声に出せばたったの一字違いだしね。うふ、うふふふふ」


トークショーは午後二時きっかりに始まった。ステージ袖から眺めると癪なことに満席の上に立ち見まであり、その中には茂呂や舘の姿も認められる。ステージ上には椅子が二脚。司会を務める古城と毒島用に準備されている。トークショーといいながら、講演になるのか対話形式になるのか、まだ淡海は知らされていない。

「それでは登場していただきましょう。人気ミステリー作家、毒島真理先生です」

学生らしい派手な拍手の中、毒島がステージに上がる。

「はいはいはいはい、どうもどうも毒島です。本日はこんなにお集まりいただいてちょっとびっくりしています。物書きというのは日がな一日原稿を書いていて、たまーに書店さんや食べ物屋さんに行くくらいだから、人と話す機会があまりないんです。当然の帰結として喋るのが苦手になったり一方通行になったりしがちで反省する余地はあるけど、元々喋るのが求められる職業じゃないからまあいいかと。第一、文壇なんて社会不適合者の吹き溜まりだからコミュニケーション取るのが下手な連中が多くて。実は僕も例外じゃないんです。もうメチャクチャ口下手」

これだけの長台詞を息継ぎなしで一気に喋る人間の、どこが口下手だ。

「という事情もあって、今回は僕が一方的に喋るという形式にします。時々、司会の古城さんに振ったりして緩急はつけるつもり。ではよろしく」

毒島は小テーブルにあったペットボトルの水で唇を湿らせる。後から思えば、これが毒島独擅場《どくせんじょう》の合図だった。

「さて皆さん。聞けばずいぶんと僕の著作をご購入いただいたそうで有難うございます。折角書いた本人が喋るんだから、自作についてプロットはどう立てたかとか結局は何部売れたんだとか、はたまた世間を賑わせている例のお騒がせ作家の実態はどうなのかとか、まあ文壇あるあるを話すのも一興なんだけど、本日は趣向を変えて思想の話をしようと思います。それもテレビとかネットで話したら、あっという間に炎上しそうな話ね」

小テーブルを挟んで座っていた古城の顔に不安が広がる。

ようやく彼も気づいたか。毒島というのは他人からどう思われようと全く意に介さない人間で、それは人気商売であってもいささかも揺るがない。容赦も斟酌《しんしゃく》もなく、相手を言葉で殺しにかかる。

「実はこちらのキャンパスにお邪魔した際、学生さん同士の小競り合いがありました。互いをネトウヨだとか似非フェミだとか、何と言うか微笑《ほほえ》ましい限り。どうして微笑ましいかと言うと、今から半世紀も前、この国の大学生の多くがヘルメットにゲバ棒姿で毎日のごとく警官隊とバトルを繰り広げていたのね。ゲバ棒だけじゃなくて火炎瓶まで持ち出すんだかられっきとした犯罪なんだけど、まあそれくらい気合が入っていた。でもねえ、安保反対とか大学解体を叫んでいたお兄さんたちがその後どうなったかというと、大抵はヘルメットを脱いで企業に取り込まれて、学生運動は一部極左の犯罪が明るみに出たことも手伝って急速に衰退していった。今じゃ七〇年代の学生運動は一種のファッションだったなんて見方もあるくらい。ただムーヴメントが一気に終息したのは、一つに思想自体の危うさというか脆弱さがあって、それに皆が気づいちゃった面がある。今もそうだけど、どんな主義や主張にも一片のもっともらしさがあって、唱えている本人はそりゃもう本気も本気。保守だろうがリベラルだろうが当人にしてみれば唯一無二の正論で、実行するのが正義だと信じて疑わない。でもねえ、いくら正しくたって多数の共感が得られなかったら、そんなもの個人の妄想にしかならないんだよ。いい例が現実の政治で、国民党が政権を奪還した後、民生党《みんせいとう》をはじめとした野党がどれだけ正しい政治や理念を語っても、全然議席を増やせていないでしょ。それはさ、正しいことを語っていれば必ずいつかは受け容れてもらえる、理解できないヤツには理解してもらわなくて結構だという一種の思い上がりというか、はっきり言って自己満足だから。世の中を変えるのはあくまでも技術とおカネであって、人間は思想で腹は膨れないし救われもしない。政治家ですらそうなんだから、あなたたち学生がどんなに正しさを標榜しても、人一人幸せにできやしないし、新しい施設一つ作れない。でも、あなたたちが日頃軽蔑し馬鹿にしている政治家にはそれができる。権力があるからじゃないよ。あの人たちは思想より何より、有権者が欲しているものを的確に知っているし、実行する能力があるから。野党が負け続けているのは、実行力も定かでないのに理想を語ることに終始しているから。で、そのミニチュア版が、さっきのネトウヨくんと似非フェミくんの鍔迫《つばぜ》り合《あ》い。自分が正しいと信じるのも思想を純化するのもいいけれど、それを行動に反映させるかどうかは全くの別問題で、もっと言えば自己満足の正義だけを追求したって人は幸せにはなれない。現にお隣の国がそうでしょ。理想を掲げるのは決して悪いことじゃないけど、他人に押し付けようとした段階で迷惑にしかならない。その自覚が当人にないから喧嘩になる。だから責任ある大人は自分の主義主張はいったん胸に納めて、なるべく多くの人が幸せになる方法を考える。さっきのお兄さんたちが論争で摑み合いの喧嘩になっても大目に見てもらえるのは、あなたたち学生ごときには社会的責任が問われないからに過ぎない。まあ無知無力の極みだよね。じゃあ、あなたたちのできることは何かといえば」

毒島のワンマンショーは一時間十五分にも及び、二百人を超える聴衆は例外なく呆気に取られたようだった。トークが終了しても拍手はまばらで大部分は当惑顔をしていた。

待合室に戻ると、淡海は早速抗議した。

「さっきのトークはいったい何ですか。一から十まで学生を煽る発言で」

「テレビやネットではあっという間に炎上するって言ったじゃない」

「それにしたって挑発する必要はないでしょう。茂呂も舘も顔色を変えていました」

へえ、と洩らした毒島の顔がにやりと歪む。

あっと思った。

「まさか、わざと彼らを挑発するために」

「小説家も客商売なんだから理由もなく悪態を吐いたりしないよ。公衆の面前で恥を掻かされたら若輩者の理性なんて簡単に吹っ飛ぶ。あの聴衆の中に〈急進革マル派〉の関係者が紛れ込んでいたら、僕を決して許さないだろうね」

「自分で囮《おとり》になるつもりですか」

「二人が警察官であるのを伏せていたのは何故だと思ったの。傲岸不遜な小説家と無口な担当編集者。暴力を振るうには格好の相手じゃない。仮に暴力に訴えなくても何らかの動きは見せるかもしれないし。それに」

「それに、何ですか」

「あれだけ好き勝手に喋っても、講演料はちゃんと払ってくれる」

「講演料、いくらなんですか」

「六万円。まっ、学生さんだからね」

「たったの六万円で囮ですか」

安い命だとは、さすがに口にしなかった。

「どうせ安い命だとか思っているんでしょ」

「いえ」

「淡海さんが身を挺《てい》して護ってくれるのが前提の囮なんだからね。しっかり頼むよ」

「そんなの初耳ですよ」

「だろうね。僕も初めて打ち明けた」

囮になると嘯いた本人はこの先が楽しみで仕方がないという顔をしている。どれだけ人を食えば気が済むのか。いっそ、本当に暴漢が襲ってくれないものかと考える。

しかし毒島の思惑は最悪の方向に外れる結果となった。いきなりドアを開けて古城が飛び込んできたのだ。

「大変です、先生」

「どうしたんですか、そんなに泡を食って」

「舘が殺されました」

3

淡海は反射的に立ち上がったが、毒島は椅子に座ったまま目を丸くしている。

「これはまた意外な展開」

「何を呑気《のんき》なこと言ってるんですか。火薬庫でタバコ吸うような真似をしたのは毒島さんじゃないですか」

「まあ爆発したら、どこに火薬が置いてあるか分かるからね。でも、てっきり僕に火の粉が降りかかるものだと思っていたから意外なんだよ」

「古城くんだったね。もう警察には通報したのか」

いつの間にかジャケットを脱いでいた古城は、まだ肩で息をしている。

「はい、一応実行委員の一人が知らせたみたいです」

「現場を保存しなきゃならない。案内してくれないか」

死人が出たとあっては身分を隠しておく必要もないだろう。淡海は懐から出した警察手帳を古城の眼前に翳《かざ》した。

「刑事さん、だったんですか」

途端に古城は警戒心を露わにし、毒島へと向き直った。

「先生、刑事さんを同行させたのは護衛役ですか」

「まあね。担当者だと紹介したけど、警察官じゃないとはひと言も言ってないでしょ」

こじつけもいいところだが突発事件に気を取られているせいか、古城はそれ以上触れようとしない。

毒島と淡海は古城とともに待合室を飛び出す。なるほど外では、学生たちの集団が別館の方向に向かっている。

「走りながらで構わないから、現状分かっていることを教えてくれ」

淡海の求めに従って、古城が走りながら説明を始める。

「〈邦画倶楽部〉部室がある別館にいく途中、噴水広場がありましたよね」

淡海はすぐに思い出す。すり鉢状になった中庭の中心に噴水を設えてあったが、広場と呼べるような広さではなかった。

「舘は噴水広場の石段の下で、血を流して倒れていました」

「目撃者は誰だ」

「そこまでは、ちょっと」

するとと真横を走っていた毒島が話し掛けてきた。

「現場保存は僕がやっておくからさ、淡海さんは大学の総務課かどこかに掛け合って、今すぐ全ての門を封鎖してもらって。それから古城さんはキャンパス内にいる学生および来賓の皆さんに概要だけ説明した上で、しばらく敷地から出ないように指示して」

公安部という部署の性格上、殺人事件から遠ざかっていた淡海は初動捜査の基本を思い出した。殺人が行われて間がないのなら、犯人がまだキャンパス内にいる可能性は否定できない。そして再雇用とはいえ、毒島は今も尚殺人捜査の現場を渡り歩いている。

「承知しました。現場保存をお願いします」

淡海と古城は回れ右をして本館へと向かう。

「毒島先生がミステリー作家なのは承知しているんですが」

古城は走りながら感心しきりだった。

「本職の刑事さんに指示を出すなんてさすがですよね」

これから本格的な捜査が始まるのを考えれば、毒島の素性を隠したままでいることに無理がある。だがここに至っても毒島が現役の刑事だと名乗らないのには相応の理由があるのだろう。額から汗を流して走っている古城を眺めていると、少し気の毒になった。

「まあ、押しが強い人ではあるよ」

古城は実行委員会の連絡所に向かい、別れた淡海は本館一階のフロアで総務課の部屋を探す。

辿り着いた総務課では職員が浮足立っていた。

「こんなに早く警察が来てくれて助かります」

課長の福岡《ふくおか》三紀子《みきこ》は感謝と迷惑の入り混じった表情で淡海を出迎えた。大学関係者が初対面の警察官に向ける態度はどこも似たり寄ったりだ。

「世田谷署には通報済みと聞いています」

「はい、学生が死体を発見したと飛び込んできたので早速」

「では所轄の捜査員が到着するまでにお願いしたいことがあります。警察が許可するまで大学の門を封鎖して、人の出入りを止めてほしいのです」

少し考えれば当然の対応なのだが、最初のうち福岡は渋っていた。何か問題が起きた時の責任を取らされるのが嫌なのだろう。

「ひょっとしたらこれが事故ではなく事件であり、対応の遅れから容疑者が逃亡でもしたら、あなたは学内だけでなく学外からも非難を受けることになる。それでも構いませんか」

責任を回避したがっている者に一番有効なのは、より重大な責任をちらつかせることだ。

案の定、福岡は顔を引き攣《つ》らせた。

「学長に相談させてください」

「今、学内にいらっしゃるのですか」

「いえ、外出しておりますが」

「相談する間に犯人が逃げたら、福岡さんが責任を取ってくれるのですか」

我ながら意地が悪いと思ったが背に腹は代えられない。目論見《もくろみ》通り、福岡は職員たちを集めて門という門に向かうよう指示を飛ばした。

最寄りの世田谷署の捜査員も間もなく到着する頃だ。ここは放っておいてもいいだろう。

淡海はそう判断し、再び現場へ向かう。

噴水広場の周辺は早くも人だかりができていた。人波を掻き分けてようやく中心に辿り着くと、既に規制線の黄色いテープが張り巡らされている――と思いきや、よく見れば数人の学生が黄色い紙テープを持ったまま円形に広がっているだけだ。

学生たちの円の外側では、毒島が石段の下に転がった人間の身体を見下ろしていた。

「ああ、ご苦労さんでした」

「毒島さん、学生に何させてるんですか」

「見ての通り、鑑識が到着するまで現場保存を手伝ってもらってるんだよ。こうやって自分たちが捜査に協力しているとなると、変に騒ぎ立てたり邪魔したりしなくなるから学生さんたちって純真なんだよね」

いつもの温和な顔だが、聞こえよがしに喋っているのが毒島流だ。テープを持った学生たちは満更でもない顔をしているが、要は毒島の口車に乗せられただけではないか。

「僕が到着した時も、皆気味悪がって死体を遠巻きにしていたから、最低限現場保存はできていると思う」

「やはり死亡していますか」

「うん。それだけは確認したから」

顔がこちらを向いていたので死体の主が舘であるのはすぐに分かった。額が割れ、そこから流れて血溜まりができている。目に見える外傷はそれだけだが、致命傷であるのは間違いなさそうだった。

「石段の上から足を縺《もつ》れさせて落下……ではなさそうですね」

「転ぶとしても一番下まで落ちるってのは考え難いよねえ」

石段は一段一段奥行きが一メートルほどもあるが、高さは十センチほどしかない。毒島の言う通り足元がふらついたくらいではその場に倒れるのが関の山だ。

「ちら見だけど石段の上には争った跡もある。上から突き落とされたと見るのが妥当だろうね。これはれっきとした殺人だよ」

「目撃者は」

「偶然通りかかった中野《なかの》和美《かずみ》という女子大生さん。その時間帯、この辺は人通りが絶えていて、目撃者は彼女一人」

「変ですね。創立祭でキャンパス内は学生で溢れているのに」

「その時間、メイン会場ではミスコンが開催されていて観客が集中していたんだってさ」

「ざっと見渡しただけで会場内には千人近くもいるんですよ。そのほとんどがミスコン観覧だなんて」

「観覧だけじゃなくてさ。ミスコンは女性蔑視だとかセクハラだとかで抗議する一派が騒いでいて、それを収めようとする実行委員会側と、両者を焚きつけようとする野次馬たちで、これにも人が集まっていたらしい。いやあ、いつの世も学生さんたちは元気があってよろしい」

一度、この男がどんな学生時代を過ごしたかを訊き出してみたいと思った。

やがて遠くからサイレンの音が近づき、敷地の外で止まった。世田谷署の捜査員たちが現れるには五分も要しなかった。

傑作と言おうか気の毒と言おうか、先頭切ってやってきた捜査員の一人は毒島の姿を認めて目を剝いた。

「毒島さん」

「あらあらあらあら石成《いしなり》さん、元気そうで何より」

「あなた、いったいこんなところで何してるんですか」

「失礼しちゃうねえ、こちらの創立祭に来賓として呼ばれたんだよ。で、偶然事件に出くわしたものだから、世田谷署の面々が到着するまで現場保存に努めていたんじゃないのさ。同業者に尋問する前に感謝してほしいところだよね」

どうやら顔見知りらしいが、石成の態度を見ると毒島に苦汁を舐めさせられたことが容易に想像できる。警視庁のみならず所轄にまで悪名が轟《とどろ》いているのは、さすがとしか言いようがない。

「それじゃあ皆さん、本職が到着したので交代してやって。捜査へのご協力に感謝します」

毒島の声を合図に、テープを持っていた学生たちが現場を離れる。入れ替わるように世田谷署の捜査員たちが本物のテープを張り、鑑識係が歩行帯を設える。鑑識の作業が終了するまでは、捜査員といえどもテープの内側には気軽に入れない。手持ち無沙汰となった感の石成は、こちらに視線を投げてきた。

「で、こちらの見慣れないお方も警視庁の人ですか」

「うん。ただし公安部」

あっと思った時には遅かった。公安部と聞いた途端、石成の目が険悪になる。

「どうして公安部がここに出張っているんですか。どうして捜査一課の毒島さんと同行しているんですか」

「話せば長い話になるんだけどさ。支障がない程度に短くすると、そこに転がっている死体は思想絡みで殺害された可能性がある」

「思想犯なんですか、この男」

「だから現時点ではあくまでも可能性。それにこの人だって思想的な背景と組織を追っていて、殺人犯を逮捕するのが主目的じゃないから、世田谷署の手柄を盗むつもりなんてないよ」

毒島の言葉にはそれなりの説得力があると見えて、石成は不承不承の体で頷いた。

「毒島さんはどこまで調べているんですか」

「さっき偶然事件に出くわしたって説明したじゃない。知っているのはこの死体が誰かってことくらい。目撃者は保護しているけど何の話も聞いていないし、訊き込みもしていない。ついでに言っておくと、本日は創立祭のため会場内には千人近くの人間が集まっている。死体発見直後に門を封鎖しているから、犯人はまだこの中に潜んでいるかもしれない。訊き込みするなら今のうちだよ」

「千人近くって……」

見たところ世田谷署の警察官は鑑識係を含めても二十名足らず。石成が難しい顔をしたのも無理はない。

「キャンパス内はお祭り状態だから、アリバイが成立しない人間は山ほどいる。鑑識の作業が順調に進んでも分析には時間がかかる。ところがキャンパス内の人間を足止めできたとしても、せいぜいあと数時間。解放するにしても氏名と住所の聞き取りに数時間。いやあ想像しただけで軽い眩暈《めまい》がする」

「毒島さん、あなた所轄の刑事を苛《いじ》めてそんなに嬉しいですか」

「とおんでもない」

毒島は大袈裟に両手を振る。

「ただ現状を分析しただけ。だけど石成さんたちの業務を軽減させる方法がない訳じゃない」

「一応、伺いましょう」

「多少なりとも事情を知っている僕たちに事情聴取を手伝わせる。事情を知っているから闇雲に対象を選ぶこともないし、頓珍漢《とんちんかん》な質問もしない。事情聴取が進むに従って石成さんにも全体像が把握できるし、無駄な捜査もせずに済む。僕たちが横やりを入れることもないし、容疑者が浮上しても手柄を横取りする心配もない。ね、いいことずくめでしょ」

「逆にお伺いしますけど、わざわざ所轄の事件に手を貸してくださる本当の意図は何なんですか」

「疑り深いねえ」

「他の刑事ならともかく、毒島さん相手じゃ警戒したくもなります」

「公安部さんの目的はあくまで情報収集。従って重要なのは犯人の動機と背後関係。それさえ訊き出せれば身柄をどこが確保しようが構わない」

「毒島さんの目的は」

「今更な質問だなあ」

毒島は底意地の悪そうな笑みを石成に向ける。

「何度か僕と捜査している石成さんの言葉とは思えない」

「……そうでした。自分が関わった事件は、容疑者が落ちるまでとことん追い詰めるのが身上でしたね」

「取りあえず関わっちゃったからね。他の人に任せたくないのよ」

渋々納得したように石成は頷く。

ものは言いようだと思った。ここでは部外者の目と耳があるからオブラートに包んだような言い方をしたが、毒島は容疑者を精神的にいたぶるのが趣味なだけではないか。毒島は容疑者を質問攻めにした挙句、相手の心をずたずたにして供述を引き出す。その際の愉悦の表情は前回の事件で嫌というほど拝ませてもらったのだ。

「そこまで仰るのでしたら、毒島さんには聴取する対象が絞られているんでしょうね」

「当然」

「今すぐ集めてこいって顔ですね」

「それも当然。早ければ早いほど事件解決が近づくんじゃないのかなあ」

石成は怒りを堪えるように唇を一文字に締め、毒島から事情聴取の対象者を聞き取る。

毒島が指定した対象者は四人だった。一人は〈東朋政治研究会〉の茂呂、あとの三人は〈邦画倶楽部〉の部員たちだ。もっとも〈邦画倶楽部〉の三人のうち一人は幽霊部員であり、創立祭の本日はバイトに忙殺されていることが判明したので、実質二名ということになる。

この時点で毒島たちには検視官の見立てが伝えられた。直腸温度の測定によれば舘の死亡推定時刻は午後三時半以降。死体が発見されたのは午後四時を少し回った頃なので、実質は午後三時半から三十分以内に彼は殺害されたことになる。死因は前頭部の脳挫傷。詳細は司法解剖の結果待ちだが、他に致命傷となるような外傷が見当たらないため、検視官の見立ては正しいと思われた。

犯行現場となった噴水広場の周辺に防犯カメラは設置されておらず、また死体を発見したのが女子学生一人だけであったため、これ以上死亡推定時刻を絞るのは困難だった。また対象者の事情聴取に先立って毒島と淡海が目撃者に会ってみたが、彼女は舘本人や〈邦画倶楽部〉とは全く無関係であることが裏付けられた。

聴取の場所は本館の小教室、質問は毒島が担当し、淡海は常に携帯しているICレコーダーで内容を録音する役目を仰せつかった。

最初の聴取は〈邦画倶楽部〉の部員の一人海崎奏乃郁《かいざきそのか》だ。奏乃郁は午前中からずっとミスコン抗議に参加しており、舘の死も石成から初めて聞かされたのだと言う。

二人の前に座った奏乃郁はひどく取り乱し、のっけから感情を爆発させた。辺り構わず泣き喚いたかと思うと、いきなり毒島を睨みつけて言い放ったのだ。

「どうして舘さんが殺されなくちゃいけないの。死んでもいい人間なんて他にいくらでもいるのに」

長い黒髪と切れ長の目。理知的な外見をしているので、この種の発言が尚更尖って聞こえる。淡海は思わず顔を顰めそうになる。

「いやいや、死んでもいい人間なんてそうそういませんよ」

「いいえ、歴史修正主義者やレイシストは生きていても何の役にも立ちません。この国を内側から食い潰すシロアリのような存在です。舘さんはそういう害虫を一掃するために頑張っていたのに」

「あなたたちが所属していたサークルは、ただ邦画を鑑賞するという集まりだったんですよね」

一瞬、奏乃郁の返事が遅れた。

「サークル活動とは別の、思想的な問題です。彼からは本当に多くのものを学びました」

さん付けから彼へと呼び方が変わったことで、二人の間柄が容易に想像できた。恋人関係も内包しているかもしれないが、まず淡海が思いついたのは思想的洗脳だ。奏乃郁の言い草を聞いていると、舘の声が重なってくる。

「彼ほど尊敬できる人はいませんでした。いつも世界平和を考え、体制が生み出した格差社会に憤《いきどお》っていた正義の志士でした」

世界平和、体制、正義。

嘴《くちばし》の青い子どもが好んで叫びたがる決まり文句。早くも淡海は奏乃郁の洗脳度合いを高レベルと判断した。簡単に洗脳されるのは素地が脆弱だったためであり、借りものの思想や主張など結局はブリキでできた鎧に過ぎない。少し突けば、あっという間に綻びが生じる。

「ほほう、正義の志士ですか」

ちらりと毒島の嗜虐心が垣間見えるが、奏乃郁はまだ気づかないらしい。

「正義というのは、大抵敵を作るものなんですけどね。舘さんにも、そういう敵が存在したということですか」

「舘さんを殺したのは〈政治研究会〉の茂呂に決まってます」

「あなたは殺害の現場を目撃した訳ではないでしょう」

「日頃から茂呂は彼を天敵のように憎んでいました。キャンパスで顔を合わせる度に罵声を浴びせて。あんなに短絡的で暴力的な人間、他に知りません。どうしてネトウヨはあんなに好戦的なんだろうって、いつも彼と話していたんです。今日だってひと悶着起きてたっていうじゃないですか。また古城くんが止めに入ってくれたからいいようなものを」

「古城さんと知り合いでしたか」

「知り合いも何も元カレです。舘さんと知り合ったのも、茂呂と揉めているのを一緒にいた古城くんが止めに入ったのがきっかけでした」

奏乃郁は馴れ初めから、舘に傾倒していく過程を涙ながらに話す。しかし淡海の耳には、刺激の強い向精神薬に蝕まれていく一般人の懺悔にしか聞こえなかった。

二人目もやはり部員の一人である内山貴《うちやまたかし》だった。まだ一年生で顔に幼さが残っている。幼さは言動にも残り、毒島の前に座っても拗ねたような態度を見せつけるようにした。

「こんなところに連れ込んで尋問ですか。まるで犯人扱いですね」

「こんなところって、普段から君たちが使っている教室じゃない。それに尋問なんて大層なものじゃなくて、ただ舘さんに関する話を訊きたいだけ。同じサークルだったから色々話したでしょ」

「俺はまだ新入部員だったから……部長と一番熱心に話していたのは有馬先輩ですよ。部室ではいつも新左翼の在り方とか理想的な連帯とかアツい話をしていました」

「邦画愛好会のサークルでしょ」

「入部してからしばらくは棚に並んでいたDVDを鬼のように観せられました。それでまあ、現代社会の歪みというか支配階級の深慮遠謀に気づいた次第です」

淡海は苦笑を禁じ得ない。労働者ならまだしも、親の脛《すね》を齧《かじ》っている身分で何が支配階級か。タチの悪い先輩に吹き込まれたとはいえ、どうにも話が観念的に過ぎる。

「へえ、深慮遠謀なんて四文字熟語が君みたいに若い人の口から聞けるとは」

「高邁《こうまい》な思想は人を高次元に上げてくれるんですよ」

「確かにね、世の中の不条理や自分の不平不満を陰謀のせいにすれば、これほど楽なものはないからねえ」

平穏な口調で刺すような言葉を吐く。毒島の持つ棘《とげ》に、内山はおやという顔をした。

「ひょっとして舘さんが殺されたのも陰謀のうちなのかしら」

「陰謀に決まってますって」

内山はここぞとばかりに身を乗り出す。

「俺たちの活動に危機感を覚えた〈政治研究会〉の誰かが先輩を抹殺したんです」

「えーっと。君たちの活動って何なのさ。まずはそれを教えてくれないと」

「〈邦画倶楽部〉の拡大と東朋大の思想改革ですよ。社会の革新の第一歩はこの大学から始まるんだって、有馬先輩も舘先輩も言ってました」

「他には」

「奏乃郁先輩は舘先輩の話に頷いてばかりで」

「そうじゃなくってさ。有馬さんと舘さんに思想とか理想を説いたのは誰かと訊いているんだよ。君が伝道してもらったように、二人だって誰かの教えを乞うたはずでしょ」

束の間、内山は口を噤《つぐ》む。不意に訪れた沈黙の中、毒島の視線は相手を貫いたまま微動だにしない。

「……知りません」

「あーのさ。嘘を吐く時にはちゃんと相手の目を直視しなきゃ駄目だよ。そんな泳いだ目で言われても、信じたくならないから」

「嘘じゃないですって」

「じゃあ、も一つ質問。君たちのサークルって一人当たりの部費はいくらだい」

「年間で一人一万五千円」

「へえ。ところで部室に並んでいたＤＶＤ、あれって全部レンタル落ちじゃなくて市販だよね」

「そうですけど」

「洋画と違って邦画って数が出ないから高値止まりなんだよね。まあ平均して一本三千円程度。棚には三百本ほどは並んでいたかな。聞けば〈邦画倶楽部〉ができたのは今から三年前。年間一万五千円を部員の延べ人数で掛けてもあれだけのＤＶＤの購入代金に足らない。部費以外の費用はいったいどこから流れているのかな」

内山は再び黙り込む。一方、淡海は毒島の目の付け所に感心する。あの棚を眺めて、カネの流れに着目するとは予想外だった。

相手が黙秘しても、毒島は大声で威嚇《いかく》したり机を叩いたりはしない。口調を変えずにじわじわと自尊心を刺激するだけだ。

「言っちゃあ悪いけど君たちの才覚で学生ビジネスに着手しているとも思えない。大体、金儲けの才能があるんなら格差社会云々はあまり口にしないはずだしね。で、資金源はどこさ」

「知りませんって」

「知らないのか、それとも君みたいな三下《さんした》には教えてくれなかったのか」

内山は唇を小刻みに震えさせるが、なかなか口を開こうとしない。開けばたちまち自制心が吹き飛ぶのを警戒しているように見えた。

しばらく黙秘が続くと、毒島の方が沈黙を解いた。

「まっ、そっちはおいおい訊くとして、君の今日一日の行動を確かめておかなくっちゃ」

あっさりと話の矛先《ほこさき》を変えたのは策略なのか。ともあれ証言を信じれば、内山はずっとメイン会場にいて舘の姿を見失ったのだという。

「呼ばれた理由は大方見当がついてますけどね」

茂呂は最初から喧嘩腰だった。どうして学生というのは警察官を前にすると反抗的な態度を取りたがるのか。反抗するのが義務とでも思い込んでいるのか、それとも東朋大生の気風なのか。

「それなら話が早くて助かるなあ。日頃から敵対していた舘さんが死体で発見された訳だけど、それについて知っていることを教えてほしい」

「ひどい言い方に聞こえるかもしれませんけど、世の中には喋らない方がいい、喋っちゃいけない人間が存在するんですよ」

誰かの言い草にそっくりなので、またもや淡海は苦笑しそうになる。

「舘の野郎がそうでした。あんなヤツをのさばらせておいたら東朋大のみならず、この国がおかしくなっちまう」

「そんなに彼の思想は危険なのかな」

「危険というよりは害毒なんですよ。大抵、左の人間の言うことは社会正義だとか平等だとかカッコいいからついつい聞いてしまうけど、要は実現しない絵空事を語っているだけですからね」

「理想というのは大体が絵空事でしょう」

「絵空事を無理に推し進めると必ず弊害が出ます。あいつらはそこまで考えもせずに自分の理想を押し付けているだけです。毒島先生もトークショーで言っていたじゃないですか。理解できないヤツには理解してもらわなくて結構、はっきり言って自己満足なんだと。あれこそ我が意を得たりだと思いましたよ」

目糞鼻糞を笑うではないが、茂呂たちも似たようなものだと淡海は水を差したくなる。他人の描いた絵空事を嗤《わら》うのは容易いが、ではお前はお前の理想を実現させるために何をしているのか。人前で滔々《とうとう》と持論を喋るだけなら詐欺師でもできる。

「僕が最初に見た時も舘さんと言い争っていたよね。彼は彼で茂呂さんの主張の何がお気に召さなかったのかな」

「我々〈政治研究会〉の主張は古き佳き日本への回帰ですよ。少子高齢化だって、元を辿れば家父長制度の崩壊からきている。それなら家父長制度を復活させて大家族時代を取り戻せば自ずと少子高齢化は防げます。出産率が高くなるのは結構ですが、なるべく純然たる日本人の血を護りたい。国際結婚を否定するものではありませんが、特段奨励もしません。やはり単一民族国家というのが、この国のかたちですから」

いかにも古臭い、と淡海は胸の裡で洩らす。主張の是非はともかく懐古趣味と詰られても仕方がない。こんな古色蒼然とした考えを茂呂のような学生が自然に習得するはずもなく、これもおそらくは誰かの借りものに過ぎないのだろう。何のことはない、自分の信じることが正当なのだと証明してほしがっているに過ぎない。その点では舘の言説と瓜二つではないか。

そう考えると、茂呂と舘がいがみ合っていた理由が分かる。つまりは似た者同士が同族嫌悪をしているだけなのだ。

「その主張のことごとくに、舘さんは反駁した訳だ」

「あの男の言うことは全てが欺瞞《ぎまん》でした。我々の主張を全面否定することが自らのアイデンティティになっていた。何というか否定のための否定ですよね。野党の主張とそっくりですよ」

喋っている最中も、茂呂は苛立ちを隠せないように貧乏ゆすりをしている。感情が表に出るところなどは一年生の内山と大差ない。

「結局、あいつらは我々の存在と主張が気に食わないだけで、正当性や実現性なんてどうでもいいんですよ。とにかく邪魔をすれば勝った気でいやがる。ホントにですね、あいつの顔を見るだけで反吐《へど》が出そうでした」

「へえ、そんなに舘さんが目障りだったんだ」

「いなくなって清々しましたよ。殺人は確かに犯罪だけど、これに限っては犯人に情状酌量を与えるべきでしょう」

「捜査中の刑事に言うことじゃないんじゃないの」

「構いませんよ。俺たちが〈邦画倶楽部〉と敵対していたのはキャンパス内の人間なら誰でも知っているし、第一俺は殺していません」

「アリバイが主張できるのかな」

「あなたのトークショーが終わった直後、俺は〈政治研究会〉の部室に引っ込んで仲間と話し込んでましたよ」

「何時から何時まで」

茂呂は急に考え込む。舘の死亡推定時刻はまだ一般には知られていない捜査情報だ。己のアリバイが成立するか否かを慎重に検討しているようにも見受けられる。

「ちょっと自信はないけど三時半から一時間は喋っていたかな。舘が噴水広場で倒れていると聞いて、話を中断して見物しにいきましたから」

4

キャンパス内に人間を足止めしておくのは四時間が限界だった。午後八時、キャンパス内にいた者たちは住所・氏名・連絡先を控えられた上で帰路についた。中には警察官に抗議する勇敢な学生もいたが、殺人事件の捜査だからと協力を要請されると、それ以上は逆らわなかった。

対象者三名の事情聴取を担当した毒島と淡海は、報告も兼ねて世田谷署に同行する。石成と情報共有した結果、彼の側も事情聴取で目ぼしい材料は掬《すく》えなかったことが分かった。

「一つには思想に対する無関心さがあるんです」

石成はまるで関係者たちの声を代弁するように言う。

「被害者は左翼思想にどっぷり首まで浸かり、周囲に毒を振り撒いていた。迷惑千万な人物には違いないが、しかし殺人の動機として思想的背景が関わるほど重要な存在とも思えない。たとえば全国的な学生運動の指導者だとか背後に大物左翼が控えているとなりゃ話は別だが、本人の父親は平均的な会社員。幼少期から左翼教育を受けたなんて話もない。現在の左がかった言動も、まあはしかみたいなものだと寸評する教授がいたくらいで」

石成の説明はすっと腑に落ちる。生前に聞かされた生硬な理論武装こそブリキの鎧で、纏っていること自体が冗談になるような代物だった。あれをはしかと称するのは、はしかに失礼とさえ思える。

「公安さんの意見はどうですか」

石成の求めに応じて淡海は口を開く。

「その教授が言うはしかの喩えは一面で頷けるものがありますね。若い連中が反体制を気取るのは今に始まったことじゃありません。ただし、はしかというのは特異的な治療法がなく現実に死亡している患者がいるのも事実です」

「舘程度の思想背景でも、充分殺人の動機に成り得るということですか」

「公安部に勤めてずいぶんになりますが、程度の差こそあれ思想にかぶれた人間は平常心を失っていることが少なくありません。舘が日頃の言動を理由に殺害されたとしても、わたしは少しも驚きませんね」

思想信条に関わる犯罪についてはこちらに一日の長がある。動機の弱さに疑念を抱いていた石成も小首を傾《かし》げながら納得したように見える。

気になるのはむしろ毒島の態度だった。世田谷署に到着してからというもの事情聴取の内容報告は淡海に丸投げし、自分は両手を頭の後ろに当てて天井を眺めている。

石成も同様に気になったと見え、毒島に視線を投げて寄越した。

「毒島さんには何か考えがありますか」

「特に考えとかはないなあ」

へらへらとした物言いに石成はむっとしたようだった。

「いやいやいや、別に妄想に耽《ふけ》っている訳じゃなくてさ。石成さんの疑念も淡海さんの経験則もどっちも正しいかなと。例を挙げれば古今東西のテロリスト全員が深遠な思想的背景の下に犯行に及んだかといえば必ずしもそうじゃない。がちがちに偏執的な思想犯もいれば、中二病を患った程度のニワカもいた訳でしょ。そう、思想的な動機はピストルに弾を込めるのを手伝ったのかもしれないけど、引き金を引いたのは思想とは別の、衝動だったような気がするんだよ。引き金を引く瞬間、あるいはナイフを相手の胸に送り込む瞬間、こいつは必ず殺してやると念じない限り、なかなか同族を殺傷なんてできやしない。それは思想犯だろうがサイコな殺人享楽者だろうが一般人だろうがきっと一緒だよ」

黙って聞いていた石成は困惑の表情を浮かべる。

「つまりその、毒島さんの意見はどういうことなんですか。思想は動機に成り得るけど、殺意は衝動的という解釈でしょうか」

「その通り。石成さんの理解力は素晴らしいなあ」

「それは館殺害犯を特定する要因になるんですか。何か一般論の範疇を出ていない気がするんですけどね」

「今日は冴えてるねえ、石成さん」

「人をおちょくらんでください。今の今まで何を沈思黙考しているかと思ったら」

「僕はただ待っているだけだよ」

「何を待っているんですか」

「こちらの兵隊さんの連絡」

「はあ？」

「実はさ、鑑識係と警官数人にある物的証拠の捜索をお願いしたんだよね。当然そこにあるものがない場合は、何かの事情があって隠されたと解釈するべきだからね」

「毒島さんが何を言っているのか、さっぱり理解できません」

「理解する必要はないよ。石成さんは成果だけ受け取ればいいんだもの」

さすがに石成が顔色を変えた時、毒島の胸元から着信音が鳴り響いた。

「ちょっと失礼……はい、毒島。ああ、やっぱりありましたか。はいはいはい、ご苦労様ご苦労様。今すぐこちらに持ってきて。もちろん到着次第、鑑識作業も始めて。それじゃあ」

こちらに向き直った毒島は晴れ晴れとしていた。

「見つかったって」

「さっき言っていた物的証拠ですか」

「使い方次第なんだけどね」

訳が分からず、淡海と石成は顔を見合わせた。

翌日、世田谷署の取調室で毒島はその人物と対峙していた。部屋の隅には淡海が立ち、石成は記録係としてパソコンの前に座っている。

「正直、どうしてここに座らされているか分かりません」

相手は半ば抗議口調で問い質してくる。

「まままま。今日はあなたに確認してほしいことがあったんです。事件の解明に繋がることなので、捜査に協力してください」

「そんな風にお願いされたら断る訳にもいきませんね。で、何を確認したらいいんですか」

「さて、確認してもらう前に少し質問を。君は思想の相違で他人を殺すことができますか」

相手はぎょっとしたようだった。

「個人的な感情ではなく、純粋に思想的対立だけでですか。それはちょっと難しいですね。もちろん敵を排除したいと思ったり憎くなったりはするかもしれないけれど、一対一で殺すというのは想像しにくいです。戦場でならともかく、意見の対立だけで他人を殺すというのは」

すると毒島は嬉しそうに、ぽんと手を叩いた。

「そうそうそう。よかったよかった、僕と同じ意見だ。うん、まさにその通り。特殊な状況下ならともかく、日常生活の中で意見が合わないという理由だけで人を殺すなんておよそ尋常じゃない。別の言い方をすれば、思想信条の相違だけで他人を亡き者にできるほど、この国の人間は厳格な思想観を有していない。何となれば思想観というのは宗教観と密接な繋がりを持つものだから、寛容な宗教観を持つ日本人に思想対立による殺傷というのはどうもそぐわないんだよね。今回の事件も同じ。僕は殺人の動機が思想的対立だとは思っていない」

「でも、他に舘が殺される理由は思いつきません」

「そうかな。僕はいくらでも思いつけるけど。物欲・金銭欲・憎悪、それから嫉妬。君の場合は最後の嫉妬かな」

「仰っていることがよく理解できません」

「じゃあ確認がてら理解の道を進もうじゃない。淡海さん、あれを」

予《かね》てからの手筈《てはず》通り、淡海は隣室に用意していたものを籠ごと運んでくる。

籠の中には男物のジャケットが収められており、目にした相手は大きく目を見開いた。

「それは……」

「うん。君がトークショー終了までは着ていたのに、僕たちに事件を知らせる時には何故か脱いでいたジャケット。君の毛髪や汗が検出されているし、よもや他人の服だとは主張しないよね」

古城は机の上に置いていた両方の拳を握り締めた。

「昨日、世田谷署の署員が懸命に捜索してくれたお蔭でね。噴水広場から五十メートル離れたゴミ箱に無造作に捨ててあったらしい。君もよっぽど焦っていたんだろうね。少し考えればキャンパス内に捨てるのが危険だってことは簡単に察しがついただろうに」

「大汗を掻いた上に、元々デザインが好きじゃなかったんです。僕が自分の服をどこに捨てようと勝手じゃないですか」

「こいつが重要な物的証拠でない限りはね。古城さんもそう思ったから捨てたんでしょ」

毒島は歌うように話す。こうなれば毒島の真骨頂だ。哀れ古城は追い詰められた小動物のような顔つきをしていた。

「殺された舘さんは髪を真っ赤に染めていた。おそらく石段の上で君と揉み合いになった際、毛髪の何本かがジャケットに付着したんじゃないのか。彼の死亡を確認した君はジャケットに付いた赤い毛髪を見て驚愕したはずだ。折角目撃者もいないというのに、このままでは自分が犯人だと告白するようなものだ。君は目についた毛髪を取り除くと急いで現場から立ち去る。だけど恐怖は収まらない。目についた毛髪を取り除いただけで充分なのか。ひょっとしたら他に付着した毛髪を見逃しているかもしれない。それで矢も楯もたまらずジャケットを脱ぎ捨てた。おそらく警察が回収したらという危機感はあっただろうけど、既にキャンパス内にはぞろぞろと警察官がうろついているから取り戻すことも叶わない。で、今日ここに至る訳。さてと、何か抗弁はあるかい」

古城は俯いて何も喋ろうとしない。

「黙秘するつもりならそれでもいいけど、ジャケットを調べたら舘さんの毛髪が検出された。君の恐れは見事に的中した。いやあ、おめでとう」

古城は怒りに顔を上げたが、それでも尚口を開こうとしない。

「動機の話がまだだったね。舘さんにぞっこんの海﨑奏乃郁さんは、君の元カノだったんだよね。その頃の彼女は舘さんの左翼思想に毒されることもなく、ノンポリの平凡な女性だった。ところが〈邦画倶楽部〉に入部するなり、君にとっては残念な変貌を遂げてしまう。君と舘さんが現場で争うきっかけが何だったのかは分からないけど、君の奥底には彼に対する嫉妬と憎悪がとぐろを巻いていたんじゃないのかい。それでつい、彼を石段から突き飛ばした……君に魔が差すとしたら、それくらいしかないと思うんだけど」

古城は再び項垂《うなだ》れる。

やがて彼の口から嗚咽《おえつ》が洩れ始めた。

「古城くんが犯人だったなんて、そんな」

世田谷署に呼び出された奏乃郁は、毒島から事の次第を告げられると絶句した。

「古城さんは全面自供しました。トークショーの直前に茂呂さんとの揉め事があったので、実行委員として抗議に出向いたようです。部室にいた舘さんを外に連れ出して注意勧告すると、売り言葉に買い言葉で言い争いになってしまった。そのうち奏乃郁さんのこともあったのでむらむらと舘さんが憎くなり、気づいた時には石段から突き落としていたと。後は恐怖に駆られて逃げ出すのがやっとだったらしい」

「わたしのために古城くんが舘さんを……そんな、ひどい」

「ええ、ひどい話です。それもこれも元を辿れば全部あなたに帰結するんだけど」

不意に奏乃郁の表情が固まった。

「聞き捨てなりません」

「だろうね。聞き捨てられないような言い方したんだから」

「撤回してください」

「しないよ。だって、それが事実だもん」

毒島は例の笑みを張り付けたまま、ずいと顔を近づけた。

「君たち三人の恋のさや当てなんてどうでもいい。君が右寄りか左寄りかも興味はない。ただ君の碌でもない思想かぶれが、結果的には一人の死者と一人の殺人者を生んだことは肝に銘じておきなよ。責任はないかもしれないけど、原因を作ったのは事実なんだから」

「ひどい……」

みるみるうちに奏乃郁の顔が歪んでいく。傍で見ていた淡海は少し彼女に同情したくなったが、ここで毒島の邪魔をする訳にはいかない。奏乃郁を追い詰めることが今日の面談の目的だからだ。

「ひどいと思うなら、そして二人に申し訳ないと思うのなら、一つだけ罪悪感を軽くする手立てがある。僕に全部打ち明けるんだ」

「何を、打ち明ければいいんですか」

「〈急進革マル派〉」

その名前を聞いた刹那《せつな》、奏乃郁はぴくりと片方の眉を上げた。

「ははあ、やっぱり反応したね。君たち五人の部費だけじゃ〈邦画倶楽部〉の運営も困難だった。資金が提供されているとしたら外部だと踏んだんだけど、ビンゴだったね」

「そんな団体、聞いたこともありません」

「部長の舘さんと懇《ねんご》ろだったからピロートークにでも名前が出てきたんじゃないかな。とにかく僕の目下《もっか》の興味はそれだけ。知っていることを全部話してください」

「知らないと言ってるのに」

「時間はたーっぷりある」

毒島は奏乃郁と鼻がくっつきそうな距離で笑う。いつもの温和な笑みもこれだけの至近距離で見せつけられたら、さぞかし不気味だろうと思う。

「あなたが思い出すまで付き合ってあげるよ。その間、舘さんの無念と古城さんの絶望を何度も何度も反芻するといい。事件は終わったけど、君の後悔は今から始まる。それが長くなるか短くなるかは君次第。うふ、うふふふ、うふふふふ」

毒島の含み笑いが流れると、奏乃郁はゆっくり視線を落としていった。

三　されど私の人生

1

『我々の同僚、岡田絵梨子《おかだえりこ》さんが自ら命を絶って、もう一ケ月となります。自殺寸前まで彼女は長時間労働とストレスを周囲に訴え続けていました。もちろん〈鶴民《つるたみ》〉店長にもです。月内の時間外労働は実に七十時間を超え、直近半年間の休日は三十日に足らなかった。どうですか皆さん。月七十時間の時間外労働。一週間で凡そ十六時間。しかも女性にも拘わらず男性店員と同様の力仕事に加え、店長からは日々心無い叱責を受け続ける訳です。うら若い二十代の女性でなくても疲れます。記憶力だって減退しますよ。当たり前じゃないですか。それでお客の注文を忘れる、間違える。仕方がない場合もあるじゃないですか。ところが店側はそんなこと関係ない、給料分は働けと絵梨子さんの言い分なんて聞く耳を持たない。これはですね皆さん。働いているんじゃなくて働かされている。雇用契約ではなく奴隷契約なんです。そうは思いませんか、ねえ』

マイクを握った男は道往く人に問い掛けるように言うが、足を止める者は少ない。明らかに外国人と思しき一団は彼に見向きもしない。

千代田区有楽町二丁目、東京交通会館前。淡海は有楽町駅前にある青果店から男の振る舞いを観察していた。

休日の有楽町は買い物客と観光客で溢れ返っている。東京交通会館前は街頭演説で必ず選ばれる場所だが、こうした抗議演説でどれだけの通行人が興味を持つか心許ないと淡海は考える。

『これはですね、どう考えても〈鶴民〉の経営方針に問題がありますよね。人の心を持っているんだったら、こんな奴隷扱いはしないはずなんです。ところで皆さんはご存じですよね？　この〈鶴民〉の母体である株式会社ヒューマンフーズ会長は衆議院議員の鶴巻洋平《つるまきようへい》。国民党最大派閥である須郷《すごう》派の議員でもあります。鶴巻議員は自身のブログを開設しているのですが、一度でもご覧になった人はいますか。あのですね、もうひどいなんてもんじゃない。二度目の高度成長とか日本経済の復権とかカリスマ経営者を気取るのはいいとして、やれ最近の労働者は権利ばかり主張して労働の喜びを知ろうとしないとか、帰属する組織や社会に貢献するのは当たり前だとか、恐ろしいくらいの昭和脳なんですよ。しかも、しかもですよ。幸福というのは労働の対価であるから、現在幸せを実感しているのは勤勉な者で、逆に不幸だ不幸だと愚痴をこぼしているのは大抵怠け者だと公言しているんです。信じられますか皆さん。徒に非正規雇用を増やし、格差社会を作った張本人である国民党議員がいけしゃあしゃあとこういうことを言う訳です。許せないじゃないですか。また鶴巻議員はアメリカの新自由主義の信奉者でもあり、グローバリズムを更に加速させようとしている人物でもあります。岡田絵梨子さんは自ら命を絶ってしまいましたが、これは自殺ではありません。れっきとした他殺です。彼女はヒューマンフーズに、鶴巻議員に、国民党に殺されたのであります。我々、〈ヒューマンフーズに抗議する市民連合〉は岡田絵梨子さんの遺志を継いで、ここに立っています。申し遅れましたが、わたしは代表の鳥居《とりい》拓也《たくや》です。絵梨子さんとご遺族の代表者でもあります』

自殺した本人と遺族の代表だと。

生前の岡田絵梨子と何ら接点がなく、遺族とも数回顔を合わせただけの人間がどの面下げて言っているのかと淡海は苦笑する。

淡海が鳥居拓也を見るのはこれが初めてではない。今回に限らず、鳥居は数多《あまた》の市民運動に参加している。反原発運動、米軍基地移設問題、非正規労働者の人権問題、そして今回のような過重労働問題。街頭演説や抗議集会では必ずと言っていいほど先頭に立ってマイクを握っているか、そうでない時は代表者の背後に立って作戦参謀を気取っている。市民運動家と言えば聞こえはいいが、その正体は左翼運動家だった。各々の市民運動にボランティアで参加しているのではなく、彼の活動費や生活費は然るべきところから支給されている。本人はプロフィールから消しているが、革新系野党の下部組織の人間だ。言わば市民運動を生業《なりわい》としているので、ネット発の造語に過ぎなかったプロ市民という言葉も鳥居に関しては言い得て妙だった。

『ご通行中の皆さん。真垣総理のバブル人気に支えられてきた政権も、今ではすっかり綻びが見えています。まだまだデフレから脱却していないというのに消費税を上げる。まるで正気の沙汰じゃない。あのですね、今の現状で消費税を上げるのは自殺行為に等しいと経済学者は声を揃えているんです。先進諸国の大統領や首相なんかも首を捻っているんです。これはもうね、全部財務省が真垣総理を洗脳しているんです。財務省官僚は増収になれば自分たちの手柄になるから、それで国民が飢えようが国が潰れようがどうでもいいんです。許せますか、皆さん。今こそ国民党政治にノーを突き付けようじゃありませんか』

さすがに喋り慣れており、鳥居の弁舌に素人臭さは微塵も感じられない。投げ銭をくれてやってもいいほどのパフォーマンスだ。

淡海自身は市民運動を否定するものではない。原発にしても米軍基地にしてもワーキングプアの待遇問題にしても、生活に根差す困苦に対して声を上げるのは真っ当な権利だし為政者は真摯《しんし》にその声を受け止めるべきだと思っている。

だが鳥居を含めたプロ市民たちは弱き者の声を党利党略に利用している。市民集会やデモには応援と称して野党の幹部が現れ、市民運動で勇名を馳せた者は次の選挙に立候補する。

何の事はない、生活困窮者やマイノリティの悲痛を党や下部組織の勢力拡大に転用しているだけだ。今の鳥居の演説ではないが、次の選挙で自陣の議席さえ増えれば、虐げられた者の生活や権利など知ったことではない。

鳥居の活動はプロ市民の中でもより尖鋭化している。ただデモや集会を煽動するだけではなく、プラカードやビラを『現政権打倒』のスローガンに入れ替えたり、警備陣への挑発を繰り返したりしている。いずれにしても新左翼から派生した現代の左翼運動家として、鳥居はその典型といえた。

鳥居のような運動家はいつ破壊活動に転じても不思議ではない。本人の政治信条はともかく、カネや命令でどうとでも動く。公安一課が監視対象にするのは当然だった。

フットワークの軽さと運動に対する躊躇のなさから、公安一課の中には鳥居が〈急進革マル派〉の一員ではないかと疑う者もいる。カネでいかようにも動くプロ市民なら、その可能性も捨てきれない。休日の有楽町で淡海が監視に駆り出されるのも致し方ないだろう。

『では、問題の〈鶴民〉で現場の一部始終を目撃した証人に登場いただきましょう。〈鶴民〉労働組合委員長、平瀬《ひらせ》遥規《はるき》氏です』

鳥居からマイクを手渡されたのはひょろりと背の高い男だった。精悍な顔つきは居酒屋店員というより建築作業員が似合いそうだ。

『……どうも……ピーッ……あー、あーあー……ピーッ……これ、音が……どうも失礼しました。〈鶴民〉労働組合の平瀬といいます。亡くなった岡田さんとは縁あって同じ店で働いていました。とても気のつく頑張り屋でした』

マイクの扱い方も訥々《とつとつ》とした喋り方も素人っぽく、煽動の仕方さえ堂に入った鳥居より好感度は高いが、このぎこちなさが聴衆の共感を得るかどうかは別問題だと思った。

『店が急に忙しくなったのは、いきなり店員が二人も辞めてしまったからです。別に本人たちの希望とかミスがあったとかじゃなくて、人件費を抑えるために人減らししたんです。とばっちりは岡田さんに集中しました。彼女がよく店長の命令に従う子だったからです。辛くても弱音を吐かない子で、一日フルが続いても愚痴一つこぼしませんでした。四月というのは歓迎パーティーで居酒屋の書き入れ時なんですが、辞めた二人の分を補うかたちで本当に無理をして……ある時なんて暑くもないのに汗びっしょりになっていました。折角マンションに帰っても寝られない日が続いたらしく、お客様の注文を忘れたり間違えたりし始めました。以前はそんなことはなかったのに』

喋っているうちに何事かを思い出したらしく、平瀬の言葉は途切れがちになる。

『……ある日、時間になっても彼女が出勤してないんです。ケータイでメールを送っても応答がないし……するとですね、岡田さんはその日の夕方、自宅マンションのベランダから飛び降りたんです。六階の高さで、即死だったそうです。警察は自殺と断定しました。翌々日、葬式になったのですが〈鶴民〉からも親会社のヒューマンフーズからも何の弔いの言葉もありません。会社規定の弔慰金が振り込まれただけでした』

素人ながら切々とした口調が新鮮だったのか、意外にも何人かの通行人が足を止めて聞き入り始めた。

『組合は岡田さんの勤怠表を根拠に、会社側に過重労働ではないかと何度も質問書を送りましたが、会社側からは未だに何の回答もありません。従業員をまるで家畜か何かのように思っているんでしょうか。わたしは葬式で彼女の母親かつみさんが流した涙を今も忘れられません。皆さん、亡くなった岡田さんと残されたご家族のため、ヒューマンフーズと鶴巻議員への抗議に参加してください。どうかお願いします』

喋り終えた平瀬が頭を下げると、聴衆の中からぱらぱらと拍手が起きた。先の鳥居よりも好意的な反応と言えた。

『さて、ここでわざわざ応援に駆けつけてくれた著名人がいます』

ほう、休日の賑わいを見込んでゲストを招聘《しょうへい》したらしい。さては野党の党首かはたまた左翼思想で鳴らしたタレントの誰かだろうか。

不意に興味が湧いた淡海の耳に、とんでもない名前が飛び込んできた。

『人気ミステリー作家、毒島真理先生です。皆さん盛大な拍手をどうぞ！』

聞き間違いかと思ったが、鳥居からマイクを受け取ったのは紛れもなくあの毒舌男だ。まさかこんな場面で出くわすなどと想像もしなかったので、危うく淡海は本来の任務を忘れそうになる。

それにしてもあの毒島が市民運動に参加するだけでもちょっとした驚きなのに、応援演説まで引き受けるとは。

鳥居の紹介への反応も満更ではなく、毒島の名前が高らかに呼ばれると静かなどよめきが起こった。どうやら淡海が考えている以上に、毒島は名前が知られているらしい。

『えっと、ご紹介に与《あずか》りました毒島です。僕がどうしてこの場に立っているか不思議に思う人がいるかもしれませんけど、実は代理なんです。こういう問題に一家言ある金子《かねこ》ちかという先輩作家さんがいて、本当は金子さんが登場するはずだったんだけど、あの人インフルエンザに罹《かか》っちゃってね。それでお前、代わりに出ろと。文壇って上下関係厳しくて断るに断りきれなくて、本日ここに至った次第です。まあ僕も、ブラック企業の被害者を応援する名目ならいいかって安易に承諾したんだから、これから話す内容は全て僕の責任に帰するものですよろしく』

軽妙というよりは軽薄、親しみやすいというよりは馴れ馴れしい言葉にますます足を止める者が増えていく。

『さっきから二人の話を聞いていて少し引っ掛かる部分があって。それは、〈鶴民〉のブラック体質が自殺者を出したのが事実なら会社側は責任を取るべきだし、今後同様のことが起きないように再発防止の案を出すべき。うん、これは社会通念上当然。しかし、だからといって会長の鶴巻氏が議員だという理由で国民党を糾弾するのは筋違い。鶴巻氏は親会社の会長として責任を負うべきであって、この場合彼が議員であることは別に何の関係もないんだから』

横に立っていた鳥居が俄にそわそわし始めた。

『こういう問題が発生した時に気をつけなきゃいけないのは、徒に主語を大きくしないことなんだよね。確かに今の政権は問題だらけで何もこの時期に消費税上げなくてもとか、問題発言する議員が多過ぎるとか色々不平不満はある。でも、それと岡田絵梨子さんの死とは一切何の関係もない。市井の事件や事故を何でもかんでも政治に絡めるのはさ、皆さんの同調を得やすいからです。反体制とか反権力ってカッコいいしね。大抵の人は現状に不満を抱いているから、反体制を叫べば一定数の賛同者が出てくるのはむしろ当たり前なんです。会社がブラック体質なのが経済政策のせいだったと仮定しても、責めるべきは〈鶴民〉と親会社であって、変に政府批判を織り込むと解決を遅らせる原因になりかねない』

『あの、先生』

堪らず鳥居が割り込むが、毒島の語りは止まらない。

『主語が大きくなると争点がぼける。はい、これは皆さんもご承知の通り。ところが休日の繁華街で街宣活動している方々の多くは皆さんが自分たちよりも道理を知らないと思い込んでいる。だから市井の事故や事件を全部大きな主語で語って皆さんを啓蒙しようとするんだけど、聞く方も子どもじゃないんだからどうしたって胡散臭《うさんくさ》くなる。胡散臭さが常態になるから、どんなに大声上げてもどんなパフォーマンス演じても煩《うるさ》がられるだけ。逆効果。だってさ、人間ってひそひそ話にこそ耳を傾けるものなんだもの。ねっ、そうでしょ。そこの髙島屋の袋をぶら下げた奥さん』

『いや、あの、毒島先生』

『今話している最中だから割り込まないでね。この街頭演説もいい加減胡散臭いんだけど、それは〈ヒューマンフーズに抗議する市民連合〉なる集団の構成と目的が今イチ不明確だからです。構成というか素性ね。皆さんだって訳の分からない団体や組織と一蓮托生《いちれんたくしょう》したいとは思わないでしょう。その点、この〈何ちゃら市民連合〉はある程度出自がはっきりしていて、一例を挙げればこの街宣車も側面に〈何ちゃら市民連合〉の大きなステッカーが貼ってあるけど、これを剝がすと下から某革新系政党の名前が現れる』

『ちょ、ちょっと毒島先生っ』

『さっきからうるさいなあ。ええとですね。この街宣車のナンバー、陸運局で所有者の名義調べてみるとはっきりしますので、どなたかお暇な人、よろしく。ってことで素性は明確になりましたと。後は目的なんだけど、これは〈鶴民〉とヒューマンフーズに対する事実究明と労働環境の改善および岡田絵梨子さんと遺族への謝罪・刑事責任追及でいいんじゃないかしら。どのみち訴訟すればいいだけの話で、ただし訴訟費用は皆さんからカンパを募る。それ以外の行動は多分お門違いになるし某革新系政党の片棒を担ぐことになりま』

ぶちっという音とともに音声が途切れ、聴衆からは笑いが洩れた。これで終わりかと思いきや、地声の大きい毒島は尚も続ける気満々の様子だ。

「ねえねえねえ、まだ話の途中なんだけど」

「いや、あの、もう充分です。お疲れ様でした」

「充分て何が充分なのさ。全然話し足りないよ。まだ一、二時間は余裕で話せるよ」

「もう、ホントに結構ですから」

「そっちが頼んできたことでしょ。しかもノーギャラ。つまりボランティア。ボランティアを頼んでおきながら一方的に断るというのは人の倫《みち》に反していると思うけど」

「それにしたって、街宣車の所有者なんてどうでもいいことじゃないですか」

「どうでもいいことなら演説に盛り込んだっていいじゃないの。それとも政党名を明らかにするのが、そんなに後ろめたいの」

「断じてそんなことはありませんっ」

「後ろめたくないんだったら、最初から政党名晒した街宣車で乗りつければいいじゃん」

鳥居の地声も大きいので、二人の会話はマイクを介さずとも筒抜けになっている。立ち去る者はおらず、聴衆は興味津々といった体で二人の掛け合いを愉しんでいるようだった。

「とにかく本日はこれにて撤収します。お疲れ様でしたっ」

「ええー、そんな。周り見てごらんなさいよ。ギャラリーさんたちが期待を込めた目で注目しているんだよ。こんなチャンスに演説しなきゃいつするのさ。折角、道路使用許可取っているのに」

「時間いっぱい。もう時間いっぱいなんですって。それじゃあ」

言い残すと鳥居は平瀬とともに街宣車に乗り込み、逃げるようにして去っていった。

「えーっ、これで終わりなのー」

「どーしてよ。盛り上がりかけてたのに」

「つまんねー」

聴衆たちも口々に不満をこぼしながら三々五々と散っていく。こちらもそろそろ撤収するか——そう考えて淡海が背を向けかけた瞬間、声を掛けられた。

「あら、淡海さん。奇遇だねえ」

ねっとりとした陰湿で陽気な声。

しまった。見つかったか。

覚悟を決めて振り返ると、もうそこには毒島が立っていた。

「本当に奇遇ですね」

「何言ってるのさ。仕事で街頭演説を監視してたんでしょ。ということはあの中に監視対象がいた訳だ」

「毒島さん、声が大きいです」

「あー、ごめんなさい。演説モードに入ったままだった」

「とにかく、話をするなら人けのないところで」

「ここでいいよ」

毒島はあっけらかんと言う。

「休日の有楽町だよ。見てよ、この人、人、人。連れと話し、スマホ覗くのに精一杯で、誰も他人の会話なんて気にしやしないよ。本当に秘密にしておきたかったら黙ってたらいいんだし。で、やっぱりあの中に監視対象がいたんだね」

「まあ……」

「おそらく鳥居さんだろうね。演説の前に少しだけ話したけど、あの人、岡田絵梨子さんとは縁もゆかりもない。辛うじて労組委員長の平瀬さんとは面識があったみたいだけど」

「彼はわたしたちの間じゃ、ちょっとした有名人ですよ」

鳥居のプロフィールを掻《か》い摘《つま》んで説明する。すると毒島は惜しそうに指を鳴らした。

「ちぇっ、そんな有名人なら一緒に写真撮っとくんだった」

「……毒島さん、ふざけ過ぎです」

「だって、ふざけたくもなるよ。あんな茶番見せられてさ」

「茶番ですか」

「演説に立ったのが勤め先の労組委員長とプロ市民、加えて今日初めて会ったばかりの物書きってどう考えたって茶番だよ。あそこに岡田絵梨子の親族でもいれば話は別だけど、あれじゃあ過労死をネタに政権批判しようって目論見がバレバレだもの。聞いている方だって呆れているし、胡散臭いことこの上ない。あの演説聞いて義憤に駆られるのは、よっぽど……」

毒島は淡海ですら聞くに堪えない言葉を吐いた。

「ひょっとして毒島さん、彼らを嘲笑《あざわら》うためにあんな演説にしたんですか」

「ああいう手合いは批判されればされるほど依怙地《いこじ》になるし、自分たちが間違っているなんて露ほども思わない。だから嗤ってやるのが一番いいんだよ。第一、彼らは他人の褌《ふんどし》で相撲を取ろうとしているでしょ。ああいうのを見るとさ、どうしてもからかいたくなって」

「どうせ毒島さんは右も左も肩入れしたくないと言うんでしょうね」

「非論理的な人が苦手なだけ」

毒島は鬱陶しそうに片手をひらひらと振る。

「物事には感情で語っていいことと徹頭徹尾論理的でなきゃいけないことがある。それが区別できないなら、語る本人が髭面だろうが白髪だろうが子どもの言い草でしかない。現実世界やネット社会で未だ炎上騒ぎが絶えないのは、きっとそれが原因の一つだからなのじゃないかしら。あの鳥居という人はそれを知っている。知った上で、本来は司法で裁くべきことを感情に訴えかけようとしている。他人を煽動しようとする人間の常套手段だよ」

言われてみれば、確かに毒島は論理的な人間に分類される。軽薄で冷笑が過ぎると思える瞬間もあるが、感情を表に出したのを見たことがない。ひょっとしたら感情的になるのが嫌さに皮肉屋に徹しているのかもしれない。

「でも平瀬さんの話は興味深かったね」

「過重労働の実態がですか」

「違う違う。岡田絵梨子が六階のベランダから飛び降りて、警察が自殺と断定したから翌々日葬式になったという件。当然、検視官が司法解剖の必要なしと判断したからすぐ茶毘《だび》に付されたんだと思うけど、刑事として興味あるよね」

予想もしない方向だったので少し面食らった。

「まさか毒島さん、岡田絵梨子は自殺じゃないと考えているんですか」

「詳しい事情を訊かないうちから伝聞を全て真実だと思い込むの。それは刑事の姿勢じゃないでしょ」

指摘はその通りなので淡海は何も言い返せない。

「じゃあ早速行こうか」

「どこへですか」

「決まってるじゃない。岡田絵梨子という名前で、どこの所轄が担当したのかはすぐ検索できる」

「わたしも同行しろというんですか」

「あれれれれ。淡海さんは伝聞だけで全てを真実だと思い込んじゃうのかな」

「管轄が違います」

「とは限らない。岡田絵梨子の事件が〈急進革マル派〉の活動拠点になっているとしたら、詳細を詰めておくのも淡海さんの仕事じゃないの」

何やら屁理屈にも思えたが、やはり反論はできなかった。

岡田絵梨子の自宅マンションは新宿にあったため、駆けつけたのは新宿署の刑事たちだった。担当者の名前を確認した毒島は何が楽しいのか鼻歌を歌いながら新宿署に向かう。お供に連れ回される淡海こそいい面の皮だった。

「事件を担当した細谷《ほそがや》です」

生来のものなのか細谷は顔色の悪い男で、喋り方も病人のようだった。ひと言で言えば陰気臭い男で、あっけらかんとした毒島とは対照的だった。

「岡田絵梨子の自殺についてお聞きになりたいとか。しかし、どうして今頃になって警視庁が興味をお持ちになるんですか」

「いやあ、別件で関連がありましてね。お手間は取らせませんから」

細谷は面倒臭げにしていたが、それでも事件の概要を説明してくれた。

六月三日の午後一時二十五分、新宿区西新宿五丁目の〈メゾンド・ヒルコ〉から人が飛び降りたとの通報が為された。細谷たちが現場に到着すると同時に検視官が臨場、すぐに検視が開始された。

「飛び降りた瞬間を、ちょうど近隣住人が目撃していましてね。ベランダに立っていた女性が自力で柵を乗り越えてダイビングしたと」

検視が進む間、鑑識が当該の部屋を訪れる。錠を管理人に開けてもらい、残留物の採取に当たった。

一方、検視官はその場で岡田絵梨子の即死を確認する。外傷から死因は頭蓋骨陥没による脳挫傷と全身打撲であるのが一目瞭然であったため、司法解剖の必要を唱えなかった。

鑑識作業終了後に細谷たちが部屋に入ったが、特段に争った形跡も本人以外の人間が居合わせた跡も発見できなかった。内側から鍵も掛かり、六階の部屋に出入りする方法は他になかった。

本人のスマートフォンは部屋に置きっぱなしだった。開いてみると遺書めいたものはない代わりに、仕事に関する苦悩がツイッターに残されていた。

『帰宅後、力尽きてベッドに。身体中、汗だらけで気持ち悪い。お風呂に浸かる余裕もないのでシャワーだけ浴びる』

『疲れているはずなのに眠れない。アプリで血圧測ったら、とんでもなく高かった』

『目を閉じると店長の不機嫌そうな顔が浮かぶ。最悪』

『平瀬っちの親切が身に沁みる』

『二人辞めた影響がまだ続いている。今日も休日出勤』

『予定していた旅行をキャンセル。泣きたい』

本人の社員証から勤務先が判明、〈鶴民〉新宿南店に連絡を入れると彼女の無断欠勤を訝《いぶか》しく思っていた平瀬が慌てて飛んできたという寸法だ。

「平瀬さんは日頃の過重労働について、そして最近の岡田さんの様子について事情を話してくれました。長時間労働とストレスによる不眠と記憶障害。店長を呼んで勤怠表を提出させましたが、時間外労働は四月が七十九時間、五月が七十五時間でした」

一般に時間外労働月八十時間が過労死ラインと呼ばれている。このラインを超えて心身に変調を来たした場合、労働時間と発病の間に因果関係が認められやすくなるからだ。

「〈鶴民〉新宿南店の場合、月八十時間をぎりぎりで回避していました。急に二人もクビにしたので、そのしわ寄せが他の従業員に回ったかたちですね。店長は岡田絵梨子の具合が悪いのを知りながら休日出勤までさせていました。わたしたちの質問には知らぬ存ぜぬを貫いていましたが、平瀬さんほか従業員の証言があったので実態が明らかになった次第です」

岡田絵梨子の遺体は都内に住む両親に引き渡され、翌々日葬式が執り行われた。〈鶴民〉関係からは参列者も弔電もなかったのは平瀬の証言通りだ。

「葬儀の席で母親が激昂しましてね。〈鶴民〉と会長は絶対に許さないって。労災認定と損害賠償請求と刑事責任。いずれにしても優秀な弁護士を雇う必要があり、心当たりがあるのなら紹介してほしいと泣きつかれました」

細谷は困惑顔をしてみせる。きっと母親に泣きつかれた際も同じ顔をしていたに違いなかった。

「優秀な弁護士というのは、我らにとって扱い辛い弁護士のことです。そういう意味じゃ抜群に扱い辛い天敵みたいな弁護士を一人知っているんですが、何せべらぼうな報酬を要求する先生だから、弁護士会を紹介してやるに留めました」

「遺族は提訴したんですか」

「親身になってくれる弁護士が見つかって、現在係争中と聞いています。ただ〈鶴民〉側も手強い顧問弁護士を揃えているらしいので、なかなか楽な展開は望めそうにありません」

「ご協力感謝します」

新宿署を出ても毒島の表情に変化は見られない。どこか愉しんでいるように口元を緩めている。

「さほど収穫はありませんでしたね」

挑発したつもりだったが、案に相違して毒島はきょとんとした顔で振り向いた。

「え。ちゃんと収穫あったじゃない。僕としては大満足なんだけど」

「どんな収穫なんですか。職場における過労死の徴候、スマホに残っていたストレスの自覚症状と血圧測定の記録、自殺時の状況と検視結果。どれを取っても新宿署の自殺判断が妥当であることの裏付けじゃないですか」

人の身体は過大なストレスに見舞われると攻撃性の高いホルモンを分泌するようにできている。このホルモンが分泌されると血圧や血糖値の上昇を招く。従って血圧上昇は本人がストレスに悩まされていた事実を証明する一要因になり得る。

「うん。自殺であるのは間違いないだろうね。後は遺族側が過重労働と自殺の因果関係を証明できるかどうか。刑事事件としては労働基準法違反かどうかが争点になるけれど、仮に第三十二条違反でも第三十七条違反でも、最高で懲役六ケ月または罰金三十万円。娘一人殺された報いとしては小さ過ぎる。一方民事で争う場合、スマホにはストレスの存在と血圧測定の結果が残っているはずだけど、〈鶴民〉側は当然因果関係を否定するだろうから、裁判は長期化する惧れがある。遺族側の資金と精神がどこまで保つか。僕が〈鶴民〉側の弁護士だったら長期戦に持ち込んで相手を兵糧攻めにした挙句、適当なところで和解に持ち込む。それが一番効果的で且《か》つ確実」

非情な話だが、毒島の戦術には実効性がある。大体、過労死といっても就業中に死亡する事例はあまりない。ほとんどは就業時間外での死亡なので、因果関係が争点になりやすく原告側が不利になる。

「じゃあ、いったい何が収穫だったんですか。話を訊く限り、岡田絵梨子の就労状況に鳥居の関与もないようだし」

「一つの現象が一つの事実だけを示すとは限らない」

毒島は謎めいた言葉でこちらを煙に巻く。

事態が動いたのはそれからわずか二日後のことだった。

2

『〈鶴民〉でまた自殺案件が発生したらしいよ』

毒島からもたらされた電話連絡で、淡海は横っ面を張り飛ばされたような気分になった。

『新宿署の細谷さんが親切に一報くれてさ。今、現場に向かっている最中』

「現場はどこですか」

『興味あるみたいだね』

毒島が告げた場所は小田急小田原線南新宿3号踏切。

それだけで現場の惨状が目に浮かぶ。淡海は警視庁本部庁舎を飛び出した。

問題の踏切は遠目からでも確認できた。電車が線路上に停車し、周辺が野次馬たちで溢れ返っていたからだ。

ガード横の坂を登った先、制限高四・七メートル、南新宿駅から二つ目の小さな踏切。踏切に近づくにつれて異臭が強く漂ってきた。血と肉を焦がした上に鉄粉を振り撒いたような臭いだ。公安部にいてはあまり嗅ぐことのない異臭。野次馬の中には顔色を変えて現場から逃げ去る者もいる。淡海はこれ以上接近するのが億劫になってくる。

「来たね」

毒島は黄色いテープの前に立っていた。

その肩越しに線路を不用意に覗いた淡海は、込み上げる嘔吐感に慌てて口を押さえる。

車両の先頭部分には肉片と毛髪がこびりついていた。その光景だけでも凄惨だが、本当のおぞましさは線路上に展開していた。

線路と言わず枕木と言わず、いたるところに肉片と脂肪、そして申し訳程度の布が散乱していた。ひと目で臓器の一部と分かるものもあり、鑑識係がマスク姿で回収に当たっている。いや、鑑識係だけではない。小田急の制服を着た社員が、バケツと火ばさみをぶら下げて傍らで待機している。鑑識作業が終わり次第、今度は彼らが回収作業に着手するのだろう。

　ふと陽射しに気づいて慄《おのの》いた。外気温は三十度を優に超えている。この暑さの中、線路に散乱した肉片は急速に腐乱しつつある。気のせいか数秒ごとに異臭がきつくなるように感じられる。

「毒島さん、自殺案件と言ってましたね」

「これも目撃者がいたんだよ。午後二時四十五分、女性は遮断機の前に立っていた。そして電車が通過しようとする寸前、遮断機を潜って電車の前に身を投げ出した。電車は急ブレーキを掛けたけど間に合わず、女性は先頭車両と激突した後、数百メートルにわたって轢かれて死亡。マグロって隠語を思いついた先輩は僕より数段比喩表現が的確だよ」

「女性は〈鶴民〉の従業員なんですね」

「鑑識が破損したバッグの中から社員証を見つけた。女性の名前は矢ヶ崎《やがさき》順子《じゅんこ》二十五歳、〈鶴民〉の、それも新宿南店勤務。岡田絵梨子の同僚」

「同じ店で二人目」

「こうなってくると個別案件では済まなくなる。店長の管理責任はもちろん、就労状況が厳しく問われるだろうね。〈鶴民〉および親会社のヒューマンフーズと鶴巻議員も同様。過重労働と自殺の因果関係を否定しづらくなったし、係争中の岡田事件にも多大な影響を与えるのは必至だよ」

「親族はもう呼んでいるんですか」

「さっき細谷さんに聞いたら、両親が所沢に住んでいるって。今こちらに向かっている最中だけど、僕なら現場を見せないな。まるで本人確認の意味がない。それから、これは淡海さんにも関係するんだけどさ」

「はい」

「首を動かさずに反対側の踏切見てごらん。斜め右、黒の上下を着た人物」

言われた通り視線だけを移動させて見つけた。

鳥居が表情を硬直させて線路を眺めていた。

「どうして、あいつが」

「新宿署は早速、勤め先に連絡しただろうからね。平瀬さんが事故を知ったら、当然鳥居にも知らせるよ。もちろん、そうじゃない可能性もあるけど……さて、挨拶でもしましょうか」

毒島はハンカチで鼻から下を押さえると、遮断機を潜って線路内に立ち入る。進んだ先に検視官の腕章を嵌《は》めた男が膝を突いていた。仕方なく淡海も後についていく。

「やあやあややあやあどうもどうも御厨《みくりや》さん」

「何だ。あんたか毒島さん」

御厨と呼ばれた検視官は目の前に散乱する肉片よりもひどいものを見るような目をした。いったいこの男はどれだけ同僚から嫌われているのかと思う。

「刑事技能指導員はこんな現場にまで出張してくるのかい。普通の刑事と変わらないじゃないか」

「場合によりけりでしてね。どうですか、このホトケさん」

「どうもこうもない」

御厨は倦んだように周辺を指差す。

「一応臨場しているが、検視官の出番はあまりない。頭部は大方粉砕、四肢は千切《ちぎ》れて全身は何十個にも分断され、擂《す》り下ろされている。死因は衝突による打撲と重量物が上を通過したことによる圧搾。報告書の所見欄は一行で事足りる。所轄によると、本人が遮断機を潜って電車の前に身を投げた。疑いようのない自殺だ」

「遺書とか」

「探しているが、まだ発見されていないらしい。他の通行人と一緒に踏切前で待っていたというから、衝動的に飛び込んだんだろう。遺書がなくても不思議じゃない」

「衝動的な自殺という線は同意できそうですね。前回のケースと酷似しています」

「何だ、前回のケースって」

「女性の同僚が一ケ月前、やはり衝動的にマンションの六階から飛び降りています。彼女も遺書らしきものは残していませんから、衝動的な自殺であった可能性が高いんです」

「その件、詳しく話してくれ」

毒島が岡田絵梨子の件について説明すると、御厨はますます険しい顔となる。

「二件とも過労自殺の線か」

「新宿署の見立てはそうなるでしょうねえ。同じ職場環境、過重労働、衝動的自殺。何もかも判で押したように同じです」

毒島を見る御厨の顔は猜疑心の塊《かたまり》のようだった。

「引っ掛かる言い方だな。あんたの見立てと新宿署の見立ては違うのか」

「それはまだ言わぬが花」

「何が花だ」

「僕の見立ては検視官の判断に掛かってますからね。現時点では材料が少な過ぎるんですよ」

「いつもながら、あんたの言っていることが理解できん。もう少し素直に喋れないのか」

毒島に素直さを要求するのは、亀に向かって空を飛べと言うようなものだ。

「まままま、御厨検視官。僕が今まで検視官の助言を無駄にしたことがありましたか」

「……ないな」

「迷宮入りさせた事件は」

「それもない」

「だったら全幅の信頼を置いてくれても罰《ばち》は当たらないでしょう」

「確かにあんたの刑事技能は信頼できるが、性格が全くもって信用できん」

「いいですよ、信頼さえしてくれれば。で、お願いがあります」

毒島は御厨に近づき、何事か耳打ちをする。途端に御厨は吼《ほ》えた。

「何を言い出す」

「調べるには、それ以外に方法がなくて」

「意味があるのか」

「僕が無意味な捜査をしたことないのは、御厨検視官もご存じのはずです」

「ふん」

御厨は鼻を鳴らしてそっぽを向いた。これが拒絶の仕草なのかどうか、淡海には判断がつかなかった。

「さて、次はあっち」

現場での毒島はとにかく腰が軽い。作業中の鑑識係たちをひょいひょいと避けながら線路の外に出る。向かった先には細谷が立っていた。

「どうもどうもどうも。お疲れ様」

「いったい検視官に何を吹き込んだんですか」

「そのうち分かります。えっと、そろそろ〈鶴民〉から事情聴取する頃でしょう。過労自殺が二回も続けば、新宿署も態度を変える必要がある」

「仰る通りではあるんですけどね」

元々顔色の悪い細谷は、線路内の惨状を見て更に優れない表情だった。

「〈鶴民〉の誰に出頭を求めたんですか」

「店長と同僚です。どうせ同席するつもりですよね」

「分かっていただいて有り難い」

「あくまでも新宿署の事件ですんで、横槍は入れないでくださいよ」

新宿署に着いた毒島と淡海は事情聴取に同席する。事前に釘を刺されたように質問役はもっぱら細谷で、毒島たちは後ろで眺めているだけだ。

〈鶴民〉新宿南店の店長は楠木周《くすきしゅう》という男で、最初からひどく思い詰めた様子だった。自分の店から二人も過労自殺を出せば責任追及は免れない。世間や会社からの難詰も予想されるので戦々恐々としているのだろう。

「勤怠表は後ほど提出していただくとして、前回から労働環境を改善できなかったのですか」

問われた楠木はしばらく口を開こうとしなかった。言質《げんち》を取られるのを警戒して、言葉の一つ一つを吟味しているように見える。

「シフトの見直しや新たなスタッフ募集をしているんですがなかなか……わたし自身、何度も裁判所の出廷で時間を取られているので業務に集中できていません」

「亡くなった矢ヶ崎順子さんについてお話しください」

「店長候補生でした。現場で経験とスキルを積んで、一定時間勤務すると昇格試験を受けるシステムなんです」

「言い換えれば、一定時間勤務しないと昇格できない仕組みですよね」

「外食チェーンはどこも同じじゃないですかね。問題解決やトラブル回避のスキルがなければ店長は務まりません」

「過重労働は相変わらずだったんですか」

「バイトを増やそうとしても、前回の風評被害が祟って応募がないんですよ」

自分で蒔いた種であるにも拘わらず風評被害と言ってのけるところは、なかなかの厚顔だった。

「最近、矢ヶ崎さんに変わった様子とかありませんでしたか」

「わたしが接している限り、そういうのは見受けられませんでした。いつも真面目で熱心で、平瀬くんともどもリーダーシップを発揮してくれてましたから」

「仕事中に体調不良を訴えたり塞ぎ込んだりとかはなかったですか」

「わたしの知る限りはありませんでした」

法廷通いで質問に慣れているのか、楠木の答えには突っ込みどころがない。後で過重労働が判明しても偽証にならないように注意を払っている。

「ああ、そう言えば平瀬くんが彼女にエナジードリンクを振る舞っているのは見ましたよ。しかもグラスに注いで。ただ平瀬くんの気遣いというのは筋金入りですからね。それをもって矢ヶ崎さんが過労だったというのはいささか穿った見方だと思います」

エナジードリンクを飲んでいたから過労だったというのは確かに強弁じみている。最近は塾通いの小学生でもドリンク剤を呷《あお》っている。

「矢ヶ崎さんは今日も出勤予定だったんですか」

「ええ。三時には店に来ていなきゃいけないのに、時間が過ぎても電話一本ないから変だと思っていたんです。そうしたらこちらから事故の連絡が入って」

その後も細谷は過重労働の事実を引き出そうと質問に工夫を重ねたが、遂に楠木からは目ぼしい証言が得られなかった。

事情聴取の二人目は平瀬だった。取調室にいた毒島を見るなり意外そうな顔をしたのは、毒島が刑事と作家の二足のわらじであるのを知らなかったからに違いない。

入室してきた時から平瀬は意気消沈していた。精悍な男が萎《しお》れていると尚更無力感が漂う。声を掛けるのも憚《はばか》られるほどだった。

「店は相変わらずの労働環境なんですか」

「はい……真面目で責任感の強い人ほど過労になっていきます」

「平瀬さんにも仕事が集中しますか」

「いえ、岡田さんの件で街頭演説したのが店長に知られたみたいで、微妙に気を使っているみたいですね。その分、矢ヶ崎さんにしわ寄せがいった感じです」

「最近、矢ヶ崎さんに変わった様子はありませんでしたか」

「特には……あの、疲れが出ている点では従業員全員がそうなので、矢ヶ崎さんが特に疲れたようには見えなかったかもしれません」

「とても上場している企業の労働環境とは思えませんね。現在係争中の裁判でも証人として呼ばれるんですか」

「店長ほどじゃありません。わたしは一度呼ばれただけです」

「今回の件でまた証言台に立たされることになるかもしれませんよ」

「こんなこと、金輪際なくなってほしいんですけどね。あの……〈鶴民〉本社が外国人の店長を認めないんですよ。だから折角、外国人スタッフが増えても彼らのモチベーションが上がらずに辞めていってしまう。彼らにも同じ条件を与えてやれば仕事の一極集中も軽減されるはずなんですけど」

「そう言えば、あなたは労働組合の委員長でしたね。過重労働問題の次は外国人労働者の待遇改善という訳ですか」

「事は〈鶴民〉だけの問題じゃない。二つとも全労働者にとって重要な課題です。早急に解決しないと、今後この国は立ち行かなくなりますよ」

労働組合の委員長ならではの物言いだと思ったが、言葉の端々に鳥居の影響を感じなくもない。この男がプロ市民になるのはあまりいただけない。

「お訊きになりたいのはこれだけですか。職場では仲間が動揺している最中なので、早く戻りたいのですが」

「今日のところはご苦労様でした。またお呼びするかもしれませんので、その際はまたご協力をお願いします」

ところが平瀬が腰を浮かしかけたその時、毒島が声を掛けた。

「えっと、も一つ質問」

「ちょっ、毒島さん。質問するのはわたしだと」

「いいじゃない、細谷さんとしては最低限必要なことを訊き終わったんでしょ。あのですね、さっき現場で鳥居さんを見かけたんですけど、あれは平瀬さんが連絡したんですか」

「はい。職場で何か異変が生じたら情報共有するようにと言われて」

「これでまた鳥居さんは活気づくんでしょうね。ヒューマンフーズの第二の犠牲者とかで」

「鳥居さんは高潔な人ですよ」

「誰かに高潔な人は、他の誰かには下劣になりやすいんですよ。ここで話した内容を不用意に口外しない方がいいと思いますよ」

「毒島さんは街頭演説で助っ人に来てくれたじゃないですか。いったいどっちの味方なんですか」

「うーん。僕の思想信条を明らかにしたところで何がどうなる訳でもないんだけど、強いて言うなら、他人の不幸を手前の主義主張の道具にするような人の味方にはなりたくないですねえ」

平瀬が部屋を出ていくと、細谷は恨みがましい目で毒島を見た。

「約束とか規律には自由な人ですね」

「照れるなあ」

「全然褒めてませんからっ。さっきの質問の意図は何だったんですか」

「訊いた通りの意図。平瀬さんと鳥居さんがどれだけ密に連絡を取り合っているかを確認したかったんです。ええっと、もう矢ヶ崎順子さんの部屋は家宅捜索が済んでいるんですか」

「これからですよ。ひょっとしたら自宅に遺書が置いてあるかもしれませんしね」

「ちょうどよかった。僕たちも同行しますから」

「あのですね毒島さん。現場をご覧になったのならお分かりでしょうが、これはれっきとした自殺案件です。同じ職場で過労自殺が連続するのは確かに問題ですが、警視庁捜査一課のあなたがそうまで捜査に介入したがるのは何故なんですか」

細谷の視線が猜疑に尖っていた。

「ひょっとしたら鶴巻議員を労基法違反で挙げるつもりですか」

すると毒島はさも驚いたように手を打ってみせた。

「ああ、そっち。そっちは全然考えてなかったなあ。労基法違反なら労働基準監督官が司法警察官として強制捜査も逮捕もしてくれるし」

「じゃあ、どうして」

「自殺であるのは確かでしょう。でも過重労働が原因かどうかは断言できない」

「ネットには過重労働によるストレスを窺わせる呟きが残っているんですよ」

「日頃の鬱憤をSNSに残すなんて皆がやっている。じゃあ、そういう呟きをした者全員が自殺するかと言えば決してそんなことはない。あのですね細谷さん、あんまりSNSに残っているものを信用しない方がいい。顔の見えない相手には本音が言えるけど、それ以上に嘘も吐きやすい」

3

矢ヶ崎順子の自宅アパートは高田馬場にあった。毒島と淡海が入室を許されたのは鑑識が作業を終え、目ぼしいものを一切合財押収した後だった。

「鑑識の話では一見、綺麗な部屋だったようですよ」

細谷の言葉に、すぐ淡海が反応した。

「一見、という部分が引っ掛かりますね」

「雑誌や衣類はよく整理整頓されているので、いつインスタに上げても困らない程度に片付いている。ところが毎日掃除をしていないせいか部屋の隅、つまり目立たない場所には埃《ほこり》が溜まっている。几帳面さとズボラさが同居している部屋という意味です」

「精神的に不安定だったという解釈ですか」

「わたしは精神医学に詳しい人間じゃありませんが、本人がどこかで無理をしていたという解釈には同意しますね」

当該の部屋を出る細谷は何かに憤っているように見える。

「お二人とも部屋の中を眺めてみれば分かりますよ」

「うん、そうする」

言われるまでもないというように、毒島は何の躊躇いもなく部屋に入る。既に歩行帯も撤去され、どこに足を踏み入れても構わないようになっている。

全体的に片付いているという細谷の話は本当で、床には何も落ちていない。雑誌類はマガジンボックスに、小物は全て棚の上に整然と並べてある。壁はすっきりとしており、ポスターの類が貼ってあることもない。おまけに壁時計すら掛かっていなかった。

「まだ比較的新しい賃貸物件なので壁に穴を開けるのを躊躇したんですかね」

「躊躇したというより、規則で縛られていた感の方が強いんだけどね」

毒島は部屋の隅に移動すると床の上に人差し指を滑らせる。指にはたっぷりと埃が付着しているが、それをこれ見よがしに示してみせる態度はまるで意地の悪い姑のようだった。

「見て見て見て。鑑識が洗いざらい浚《さら》っていったはずなのに、まだ埃がこんなに」

「忙しくて掃き掃除する間もなかったんでしょう」

「それは別の場所も確認しないと何とも言えないなあ」

毒島は冷蔵庫を指し示す。扉には今月のシフト表がマグネットで貼付されている。

「普通、自分のシフトなんてスマホで管理すれば事足りるもんでしょ。わざわざプリントアウトして目につく場所に貼ってあるのが気になるねえ。他にはポスターの一枚もないっていうのにさ」

続いて毒島の足は浴室へと向かう。浴室も鑑識が虱潰しに調べた後のはずだが、毒島は鼻歌混じりに排水口の蓋を開ける。

「ふうん。やっぱり思った通りだ。目皿の汚物は鑑識が浚っていったからか見当たらないけど、排水口はヘドロが溜まっている。取りあえず目につく場所のゴミだけ捨てていたって感じだね」

「毎回の掃除で排水口まで綺麗にしますかね」

「昔と違って、今はスプレー一発で排水管まで綺麗にしてくれる洗浄剤があるからね。飲食店に勤めていなくても、それくらいは知っている。僕が知っているくらいなんだもの」

いや、あんたは知らなくていいことまで知っている――喉まで出かかったが、言っても毒島を増長させるだけのような気がしたのでやめた。

「目につく場所しか掃除しないのは、何も矢ヶ崎順子だけではないでしょう」

「〈鶴民〉の店長や平瀬さんから本人の就業状況、聞いているでしょ。時間外労働が過労死ラインの八十時間は超過していないかもしれないけれど、矢ヶ崎さんはかなり追い詰められていた。行き届かない掃除もぽつんと貼り出されたシフト表もその表れと言えなくもない。まあ、穿った見方なんだけど」

毒島は必要なものを確認し終えたらしく、さっさと玄関へと向かう。淡海はいいように引き摺られるかたちだが、毒島の思惑が読めない限りはただついていくしかない。玄関先で待機していた細谷は、毒島の仕事の早さに驚きを隠せない様子だった。

「もう終わったんですか」

「チェック項目は決まっているから。細谷さんが言った通りだね。色々とちぐはぐな印象を抱かせる部屋でした」

「わたしは冷蔵庫に貼られたシフト表が痛々しくって。仕事のシフトで頭が一杯になっていて、部屋の隅の埃を掃き取る余裕さえなかったんですね」

細谷の憤る理由はそれだったか。ところが毒島ときたら蛙の面に何とやらで、憤りも同情も窺えない。

「所沢から家族が到着したと連絡が入りました」

細谷の表情には悲愴ささえ加わった。

「遺体と対面させます」

「あー、僕は遠慮しときます。愁嘆場《しゅうたんば》は苦手なんで。技能指導員が出る幕でもない」

そう答えると、細谷の横をすり抜けて立ち去ろうとする。慌てて淡海が追いかけるが、細谷がとんでもなく昏い目で毒島を睨んでいるのが見えた。

「ちょっと毒島さん。今のはあまりにも冷淡じゃなかったですか」

「あれは冷淡じゃなくって冷静。大体、あんなマグロ状態で対面させられたって、親御さんが混乱するだけだよ。電車に飛び込んだのが矢ヶ崎順子本人かどうかは部屋の残留物との比較で判断できる。家族に本人の死を知らせるのが目的なら、遺留品なりスマホなりを見せるだけで事足りる」

「それにしたって、木で鼻を括《くく》るような言い方をしなくても」

「被害者と遺族の無念を嚙み締め、捜査員が己に奮起を促すのは悪いことじゃないよ。でも、それは僕のやり方じゃないんだよね。可能な限り感情は排除したい。論理に感情は邪魔なだけだし、第一僕が被害者とその遺族に同情して誰かが幸せになる訳じゃない。強いて言えば、僕の目が曇れば犯人を利するだけだ」

「徹底しているんですね」

「徹底しなきゃいけない仕事だからね。前にも言ったけど、物事には徹頭徹尾論理的でなきゃいけないことがある。犯罪捜査なんてその最たるものだよ」

矢ヶ崎順子の自殺から二日経っても、平瀬たち組合側が〈鶴民〉を労基法違反で労働基準監督署に訴えたという話はまるで伝わってこなかった。

「岡田絵梨子の事件が係争中だから、後追いで訴えるのは容易なはずなんですけどね」

議員会館に向かう車中、淡海が問い掛けると毒島は涼しい顔で答えた。

「考えられる可能性は二つ。一つ、矢ヶ崎順子の就業状況も直ちに過重労働と認定できるケースではないので親族が二の足を踏んでいる。二つ、同じ店で二人目の自殺者が出た以上、世間が勝手に盛り上がってくれるから世論が沸騰した時点を見計らって訴訟した方がより効果的」

「遺族の心情を考えれば後者ですかね」

「多分、訴えられた〈鶴民〉経営陣も同じ考えに至っている。報道によれば訴訟と併行して〈鶴民〉側の弁護士が水面下で和解に動いているらしい。こんな騒ぎになったのも鶴巻議員および〈鶴民〉が被害者の懐柔に乗り出したからじゃないかしら」

二人が議員会館に向かっているのは、鶴巻議員に対する抗議活動で〈ヒューマンフーズに抗議する市民連合〉が街宣車を繰り出したとの一報が入ったからだ。

道路使用許可は下りているらしく、所轄の麹町署としては何人か警護を派遣するしかない。だが公安部の淡海は従来通りに動くだけだ。

「それにしても議員会館前で抗議活動とは。本来ならヒューマンフーズの本社前でやるのがスジでしょう」

「もちろんそうなんだけど、ヒューマンフーズに対する抗議活動より鶴巻議員個人に対しての方が分かりやすいし、第一、万人受けする」

「別に議員の肩を持つ訳じゃありませんが、自分の会社の訴訟絡みで議員会館前に押しかけられても迷惑でしょうね。議員会館には他の議員やら秘書やらの目があります。議員一年目の鶴巻氏にとっては針の筵《むしろ》でしょう」

「だって、これって抗議活動じゃないもの」

毒島はへらへらと笑ってみせる。この笑いが鶴巻議員に向けられたものなのか、それとも抗議団体に向けられたものかは判然としない。

「抗議活動じゃないって」

「街宣車引っ張ってくるなんて抗議活動以前の嫌がらせだよ。嫌がらせだから当人が一番当惑する場所を選んでいるんだよ。ただし、その嫌がらせがどこまで有効かとなると意見は分かれるだろうね」

「どうしてですか」

「嫌がらせが通用する相手としない相手がいる」

件《くだん》の街宣車は議員会館の向かって右側に停まっていた。その正面三階に鶴巻議員の事務所があるはずだった。街宣車だけではない。騒ぎを聞きつけてか、あるいは事前に知らせていたのかマイクやカメラを持った報道陣の姿も認められる。

『国民党鶴巻洋平議員に申し上げる。我々は〈ヒューマンフーズに抗議する市民連合〉である』

拡声器を通しても声の主が鳥居であることが分かる。

『先日、〈鶴民〉新宿南店の店員、矢ヶ崎順子さんが電車に飛び込み自殺をしました。同じ店舗で働いている岡田絵梨子さんに続いて二人目です。いいですか、同じ店舗でもう二人目なんですよ。このまま一年経ったら、〈鶴民〉新宿南店は全滅するかもしれません』

鳥居は皮肉のつもりで言ったのかもしれないが、人死にが出ている以上どんな機知に富んだ冗談でも笑えるものではない。

『二人の犠牲者が出たのは全て鶴巻議員の経営手法がブラック体質だからです。やり甲斐搾取と言ってもいい。収入よりは働き甲斐だとか、幸せは給料の多寡よりは奉仕の精神だとか。

笑止千万ではないか。我々全員を己の奴隷だとでも勘違いしているのか。我々労働者は働かせてもらうだけで感激するとでも思っているのか』

　交通会館前で演説した時よりも声に張りがあるのは、鶴巻議員本人に語りかけている自覚があるからだろうか。それにしても舌足らずだと淡海は思う。折角他の議員が聞いているのなら、政治活動の拙さを論うか、逆に褒め殺しでもした方が効果的だろうに。

『鶴巻議員。あなたは即刻国民党から離党し、議員も辞職するべきだ。二人の従業員を殺したあなたは、いずれ国民数万人も殺しかねない。国民数万人が死んだところで、あなたは死に甲斐があったと嘯くだけだろうが、我々労働者を路傍に落ちている石っころと一緒にするなあっ』

「うーん、相変わらず鋭さに欠けるなあ」

　くすくす笑い出した毒島はクルマから降りると、すたすた街宣車の方に歩いていく。

「ちょっと、毒島さん」

　淡海も後を追う。最近やっと毒島の行動が分かりかけてきた。あんな風に薄笑いする時、毒島は決まって相手を嘲笑し完膚《かんぷ》なきまで粉砕してやろうと舌なめずりしているのだ。

『鶴巻議員、あなたが酷使して死に至らしめた二人の女性は搾取された労働者階級の象徴的存在だ。資産の集中、格差社会の被害者でもある。我々は決して彼女たちの犠牲を無駄にはしない。二人の無念を胸に抱いて必ずや我々は』

『やあやあやあやあ鳥居さん、お久しぶり』

『あっ、毒島先生。今、演説中で』

『いいからいいから』

ぶちっと音がして拡声器の声が途絶える頃、淡海はようやく毒島に追いついていた。

「困りますよ、毒島先生。今わたしがどこで何を語っているか見たら分かるでしょう。邪魔しないでください」

「邪魔するつもりなんて、これっぽっちもありません」

「あなた、そんなことを言いますけどね。平瀬さんに聞いたら現役の刑事だっていうじゃないですか」

「はて。専業の小説家だなんてひと言も言った憶えないけど。第一応援演説頼むのなら、そのくらいは下調べするのが当然でしょ」

「普通、作家先生なら反体制と相場が決まっているじゃないですか」

「鳥居さんねえ、あなたこの間も鶴巻議員のことを昭和脳と言ってたけど、昭和脳はあなたの方だよ。物書き連中が全員左翼がかっているとか反体制だとか七〇年代で時計の針が止まっているよね。確かに現代の作家さんの中にも反体制をモットーにしている人がいるけど、その先生たちにしても、あなたみたいなチンピラ紛《まが》いと一緒にしてほしくないと思うよ」

「チ、チンピラって」

「だってさ、今回の場合、過重労働で死人が出たなら〈ヒューマンフーズ〉の本社前に街宣車横づけするのが当然だよね。それなのに議員会館前で声を張り上げているのは、企業体なんてものより鶴巻議員個人を攻撃した方が分かりやすいし、大向《おおむ》こうに受けがいいからでしょ。広告効果は抜群だし、鶴巻議員に対する嫌がらせとしても最適。だけどこういうのはチンピラのやり口って昔から決まってるの。ほらほらほらほら、もうこんなにマスコミ関係の人が」

毒島に指摘されて鳥居が周囲を見渡すと、既に数台のカメラとマイクに取り囲まれていた。

「あのっ、これは撮らないでください。撮っちゃダメだったら」

「老婆心で付け加えておくけどさ、あなたがいくら議員会館前でチンピラ紛いの嫌がらせしたところで、多分効果はないと思う」

「どうして、そんなことが断言できるんですかあっ」

「たかが抗議活動で当惑したり凹んだりするほど政治家さんはメンタルが弱くないよ。まあ、あなたもその辺は織り込み済みだろうから、やっぱりこれは抗議活動というよりは宣伝活動。だったらもう少し聴衆の琴線に触れるような演説をしようよ。脳もそうだけどボキャブラリーも昭和だもの。団塊の世代の胸には響いても、それ以降の世代には懐メロみたいなものだから」

毒島の物言いは毒気たっぷりだが、一方で小気味よくもある。主張内容の是非ではなく、演説のテクニックを論われては論破もできない。

それにしても何故、毒島はわざわざ鳥居を挑発するような真似をするのか。その点だけが気になった。

プロ市民として多少は演説に自信があったらしく、案の定鳥居は顔色を変えた。だがカメラの放列が見守る中で激昂するのは得策ではないという計算も働くのか、口を開けたまま声を発せずにいる。

「鳥居さんね、あなたが市民運動で長年飯を食ってきたのはよおく分かりました。だけどさ、折角何ちゃら市民連合と名乗っているんだったら、もう少し組織力を活用しないと」

何を思ったか、毒島は馴れ馴れしく鳥居の肩に手を回して街宣車の中へ入っていく。

悲しいかな、毒島の手ぶりで指示の内容が分かるようになってしまった。淡海は自分も街宣車の中に入ると後ろ手でドアを閉める。これで報道陣のカメラとマイクはシャットアウトできる。

「確かに僕は現役の警察官だけど、同時に物書きでもある。物書き全員が左翼思想の持ち主とは限らないけど共通点もある。それは立場の弱いものやマイノリティに寄り添いたいという精神。従って心情的にはあなたたちの味方」

今度こそ淡海は呆れ果てて口も利けなかった。つい今しがたまで挑発し揶揄していた相手を抱き込み始めたのだ。

「だからこれは真剣な提案なんだけど、どうして平瀬さんに連絡して〈鶴民〉の従業員に動員をかけないのさ。街宣車一台より〈鶴民〉従業員数百人集めた方が、はるかにインパクトあると思うけど」

「動員はかけようとした。しかし、なかなか労働組合の意見をまとめることができなかった」

わずかながらでも毒島に気を許したのか、鳥居は愚痴をこぼし始めた。

「〈鶴民〉の過重労働事件は、そのまま鶴巻議員延いては真垣内閣の倒閣に繋げることができる。平瀬さんも組合に呼び掛けてはいるが、〈鶴民〉から解雇されるのを怖れる者が少なくないらしい」

「平瀬さんとの連絡は密に取っているんですね」

「従業員二人の死をもっと大勢の人に知ってもらい、労働者軽視の世の中を変えていきたい。平瀬さんは熱っぽくそう語った。今度の事だって平瀬さんがあるところに相談を持ち掛けたのがきっかけで、わたしに白羽の矢が立ったくらいだ。ただし彼自身にカリスマ性が乏しいために、組合員たちの説得に難渋している」

淡海は平瀬の風采を思い浮かべて納得する。朴訥な感じは好印象だが、リーダーシップを発揮できるかどうかは話が別だ。調整型のリーダーはどうしてもここぞという時の牽引力に欠けるきらいがある。

「そうですかそうですか、それは残念」

毒島は大して残念でもなさそうに肩を竦めると、さっさと街宣車のドアを開ける。

「はーい、マスコミの皆さんは退いて退いて」

中でどんな密談がされたのかとマイクが群がる。だが毒島が警察手帳を出すなり、報道陣は一様に半歩退いた。

「道路使用許可の件で確認しただけです。大した話はしていません。じゃあ」

追及を逃れるのはお手のものというように、毒島は片手をひらひら振りながら今度は議員会館の方へと向かっていく。

「毒島さん、どこに行くんですか」

「決まってるでしょ。鶴巻議員の事務所。折角議員会館まで来たんだから渦中《かちゅう》の人に会わない手はないじゃない」

さして気負う風もなく、毒島は玄関を警備している警官に警察手帳を提示して中に入っていく。いったいこの男に緊張する瞬間などあるのだろうかと疑いたくなる。

鳥居の街宣活動は議員会館の中にいた鶴巻議員も目撃していたらしく、彼の声を止めてしまった毒島に興味を持ったのかすぐに面会を許可した。

「ひょっとして拡声器で声が洩れるのも構わず鳥居の邪魔をしたのは、これを見越していたからですか」

「当然」

二人はセキュリティを通過して鶴巻議員の事務所に到着する。秘書とのやり取りを済ませてから、いよいよ執務室のドアを開ける。

「ご苦労様でした」

鶴巻洋平は椅子に座ったまま、やや横柄な口調で労いの言葉を掛けてきた。それでも毒島は眉一つ動かさず、例の温和な笑みを保ち続けている。

「いいえ。さほど苦労もしませんでした。見知った相手でしたから」

「演説の内容はさておき、煩いのがとにかく迷惑だった。助かったよ」

「他の議員の耳にも入ったでしょうからね」

「〈鶴民〉の過重労働の件はどうでもいい。議員としての活動には何ら関係ないことだからね」

おや、と思った。

虚勢かとも疑ったが、鶴巻の顔色を見る限りそうではなさそうだ。

「しかし〈ヒューマンフーズ〉は亡くなった従業員の遺族と係争中でしょう。仮に原告側が勝訴したら会長であるあなたは、議員としての立場も危うくなるのではありませんか」

「日本の裁判は三審制だ。一度敗訴しても徹底的に闘う」

「自信がおありのようですね」

「自信も何も、わたしは一度だって従業員を使い捨てにしようなどと考えたことがないからね」

そう言いながら鶴巻議員の態度は自信に満ちている。

「働き甲斐の重視や奉仕の精神を社是にしているのは事実だし、わたし自身が公の場で何度も口にした。だが、それのどこが悪い。働けることに感謝し、常に奉仕の精神を忘れない。この国の経済発展を促した原動力じゃないか。それを古臭い、前近代的な方針だと非難する声があるのも知っている。だが彼らの希求する労働環境が何かと言えば、それこそストレスゼロで自己研鑽や切磋琢磨は二の次三の次の微温湯《ぬるまゆ》みたいな職場だ。くだらん。同業他社が割拠している昨今、そんな甘い考えではウチも早晩撤退の憂き目に遭う」

「労働組合はそうは考えていないようですが」

「経営陣と労組が対立するのはごく自然な成り行きだ。経営陣と癒着している労組なんて最悪だぞ」

「実は従業員の自殺について関係者から事情聴取しましたが、〈鶴民〉新宿南店の現状は末期症状を呈しているという話です」

「〈鶴民〉は全国三百店舗で展開している。個別の対応はさすがに困難だが、残業時間のガイドラインは超過させないように厳命している」

勝訴の自信を滲ませているのは、その一点を遵守しているからだろう。経営者としては間違っていない。ただし正しいとも言い切れない。ガイドラインを遵守していても自殺者が出れば、結局は経営方針自体が間違っていたことになる。

「従業員の自殺が相次いだのは遺憾に思うが、過重労働が原因とは思っていない。まるで取り調べを受けているみたいだが、いったい君たちはどちらの味方なのかね」

「どちらの味方というよりは、違法を取り締まるのが我々の職務でしてね。それで議員にお伺いします。最近、脅迫されたことはありませんか」

「誹謗中傷はしょっちゅうだが、脅迫とは穏やかじゃないな」

「具体的には〈急進革マル派〉と名乗る左翼思想の団体からの脅迫です」

「ない」

鶴巻議員は言下《げんか》に否定してみせた。

「あればとっくに通報している。警察に隠していても意味がない」

議員は警察に護られて当然という自意識が鼻につくが、尊大な態度は却って説得力があった。

「どうやらそのようですね。もし今後発生したらご一報ください」

毒島はそう言い残すと、用は済んだとばかりに執務室を後にする。背後で鶴巻議員が不審げに見送っているにも拘わらず、知らぬ顔の半兵衛を決め込んでいる。

「今の鶴巻議員への質問、何だったんですか」

「ただの確認事項。今回の件に〈急進革マル派〉が絡んでいるかどうか、まず本人に訊くべきでしょう」

「本人に後ろ暗いところがあれば、脅されているのは秘匿しますよ」

「あの回答が虚偽でないのは淡海さんだって分かっているでしょ。警察に隠していても意味がないというのは、警察だったら議員の不祥事には目を瞑《つむ》ると思い込んでいるから出た言葉だよ」

「舐められたものだ」

「今まで舐められるようなことしてきたからね、警察も」

毒島はさして憤慨している様子もない。ふと、この男が激情のまま怒り狂う様を見てみたいものだと思った。

「そろそろ教えてくれませんか、毒島さん」

「何を」

「二人の死が自殺であるのは明白です。それにも拘わらず毒島さんがあれこれと関係者に訊き回っているのは何故ですか」

「何度も同じことを言わせないでよ。一つの現象が一つの事実だけを示すとは限らないんだってば」

4

鳥居の示威行為は早速翌日の朝刊に取り上げられた。

『議員会館前で鶴巻議員へ抗議活動』

『〈鶴民〉二人の自殺原因は過重労働か』

『係争中事件への影響免れず』

見出しも論調も似たり寄ったりで、〈鶴民〉のブラック体質と鶴巻議員の責任を問う声で占められていた。社会正義の代弁者として権力者を叩くのが使命と心得る新聞の面目躍如といった具合だ。今頃、鳥居は新聞片手にしてやったりとほくそ笑んでいるところだろう。

「鳥居を調子づかせたようだな」

淡海を呼びつけた浅井は新聞に載った街宣車の写真を忌々しそうに指で弾く。

「〈急進革マル派〉の実態を把握しろと命じたが、こういう跳ねっかえりの監視もルーチン業務のはずだ。この抗議活動も野党絡みなんだろう」

「街宣車の名義は政党名で登録されています。鶴巻議員を辞職に追い込んで、最大派閥の須郷派のイメージダウンを狙っているのでしょう」

「そんなことは説明されなくても分かっている。知りたいのは実効性だ」

浅井はヘビのような目でこちらを睨《ね》めつける。

「このまま〈鶴民〉の過重労働が認定され鶴巻議員が労基法違反で敗訴すれば、鳥居のようなプロ市民を徒に活気づかせることになる。活動資金も相応に流れるだろう。ブラック企業撲滅を旗印に新規メンバーを増やそうとする動きも出てくる」

「目下、裁判の行方は流動的です」

裁判所に特別なパイプを持たない淡海は現状を説明するしかない。

「〈鶴民〉は過労死のガイドラインである八十時間を厳守しています。一方、職場の労働環境が苛烈であったのも証言されています。従業員二人の自殺原因が過重労働にあるのかどうか、裁判官たちがガイドラインと現状とどちらを重視するかでしょうね」

「個別案件とすれば現状重視。しかし裁判所としても、ガイドラインを無視するような判決はおいそれと下せまい」

浅井は物憂げに呟く。

「二人の自殺が別の原因だったというのなら、〈鶴民〉側が有利なんだが」

「それについては毒島さんが妙なことを言ってるんです。一つの現象が一つの事実だけを示すとは限らない、と」

「ほう」

毒島の名前が出ると、浅井は興味深げな表情に変わる。

「どうも毒島さんは自殺説に異議があるみたいですね」

「それで実際に異議を唱えたのか」

「はっきりと表明はしていませんが、疑っているのは事実です」

「相変わらず手の内を見せない男だな。彼と組んでそろそろ三ケ月経つ。毒島の本性が見えてきたか」

「摑みどころのない人物です」

浅井になら告げても構わないだろうと、淡海は本音を洩らす。

「れっきとした警察官でありながら、他の警察官とは明らかにスタンスが違っています。少なくとも国民の生命、身体および財産の保護という警察官の大前提からは外れているように見受けられます。もちろん我々公安とも種族が異なる」

「種族ときたか」

浅井はわずかに口角を上げる。皮肉めいてはいるが、久しぶりに見せる笑みだった。

「言い得て妙だな。確かに我々のようにこつこつ情報収集するようなタマでもない。思想的にはどうなんだ」

「さっぱり分かりません。強いて言えば思想全般を軽蔑しているような言動が目立ちます。他人の不幸を手前の主義主張の道具にする輩の味方にはなりたくないと言っていました」

「根っからのノンポリなのか、それともニヒリストの亜種なのか。どちらにしても左翼嫌いなら利用価値はある」

果たしてそうだろうかと淡海は自問してみる。浅井は毒島を上手く利用したいと考えているが、もしかすると利用されているのは公安の方ではないだろうか。

「とにかく毒島の動静から目を離すな。鳥居もこれ以上増長させるな」

浅井はそう命じたが明確な指示は出さなかった。臨機応変に振る舞えという意味と解釈し、淡海は浅井の執務室から出る。

その時、スマートフォンが着信を告げた。噂をすれば何とやら、相手は毒島だった。

『やあ、今いいかな』

「どうぞ」

『新宿署の細谷さんから呼ばれた。捜査に新展開が期待できる話なんだけど、同行するかい』

「行きます」

たった今、浅井から命じられたばかりだ。

返事をするなり、淡海は廊下を駆けだした。

毒島とともに新宿署に到着すると、すぐに細谷が応対に出た。何が気に食わないのか、細谷は毒島を非難したがっているように見える。どうして毒島と関わった者は、こんな風に控えめな敵意を示すようになるのか。

「毒島さん、御厨検視官を介して科《か》捜研《そうけん》に分析依頼かけていたでしょう」

「うん。御厨さんも快諾してくれたしね」

快諾かどうかは怪しいところだ。毒島にかかれば全ての事象が好意的になるらしい。

「そういうのは所轄である我々にひと言あってしかるべきじゃありませんかね」

「もし細谷さんを通していたらさ、外れだとそっちの減点になるから。僕の個人的な依頼だったらどこにも迷惑はかからない。当たりだったら手柄は譲るつもりだったしね。結果オーライじゃないの」

「あなた、どこまで自由なんですか」

「何せしがない刑事技能指導員だからね。あなたたちよりはうんと柵《しがらみ》がない。ついでに責任もない」

「矢ヶ崎順子の轢死体から血液成分を分析しろとのご依頼でしたね」

初耳だったので淡海は素直に驚いた。

「死因がはっきりしているのに、どうして血液分析が必要なんだと科捜研は訝っていたそうですよ」

「科捜研の感想なんてどうでもいいから結論だけを簡潔に言ってほしい」

「……彼女の血液からはヨヒンビンほか複数の薬物が検出されたとの報告です」

「やっぱりね。その薬物、具体的に言ってみてよ」

細谷は取り出した報告書に視線を落とし、ゆっくりと読み上げる。

「化学名3，4－ジクロロ－N－〔2－(ジメチルアミノ)シクロヘキシル〕－N－メチルベンズアミド、通称U－47700。他には化学名N－(アダマンタン－1－イル)－1－(5－フルオロペンチル)－1H－インダゾール－3－カルボキサミド、通称APINACAN－(5－フルオロペンチル)誘導体」

淡海には呪文のようにしか聞こえなかったが、薬物の通称を聞くなり毒島は満足げに頷いてみせた。

「それね、二〇一七年七月に指定薬物から麻薬に指定替えされた物質」

「ええ。科捜研からもそう報告されています」

「待ってください」

淡海は思わず間に入った。

「麻薬って……それじゃあ矢ヶ崎順子は麻薬常習者だったというんですか」

「薬物、いや麻薬だけが検出されたのならその疑いもあるんだけど、同時にヨヒンビンが含まれていたとなると別の景色が見えてくる」

「ヨヒンビンというのは何ですか」

「いっとき、ある界隈で有名になった物質だよ。今じゃあ効能よりも副作用の方が薬理学的に証明されちゃったけど、要するに媚薬の成分」

「媚薬ですって」

淡海と細谷は同時に声を上げた。

「これは推測の域を出ないのだけれど、自宅マンションから飛び降り自殺した岡田絵梨子の体内からも同じ薬物が検出されたと思う。いくら状況も死因も明確だといっても、解剖した方がよかったよね」


同日午後、新宿署の取調室で毒島は彼と対峙していた。細谷は記録係、淡海はその後ろで二人のやり取りを見守っている。

「どうして任意での出頭をお願いしたのか、お分かりですか」

「事情聴取の続きだと思いましたけど」

「最初にお知らせしたいのは、岡田絵梨子さんと矢ヶ崎順子さんの自殺説に疑念が生じた事実です」

「え。二人が自殺じゃないって、そんな」

「まず引っ掛かりを覚えたのは、二人の訴えた体調不良に共通点があったことです」

相手の狼狽ぶりを無視して、毒島は余裕綽々《しゃくしゃく》で話を進める。

「共通点は夥《おびただ》しい発汗と著しい血圧上昇。二人はこの状況を報告した後で、遺書も残さず自宅マンションから飛び降り、走ってくる電車に向かって身を投げている。自殺というよりも突発的行動と表現した方が相応しいでしょう。ああ、それともう一つ、共通点がありました。二人とも、あなたからエナジードリンクをもらっていたんでしたね」

「あれは二人が元気なさそうにしていたからですよ」

平瀬はやや怒気を孕《はら》ませて答える。

「同僚へのお気遣い、大したものです。ただですね。共通点が二つも三つも重なれば、関係した人間に疑いを向けざるを得ません。岡田絵梨子さんの遺体は既に荼毘に付された後だったのでどうしようもなかったのですが、矢ヶ崎順子さんは間に合いました。彼女の血液を分析するとヨヒンビンという成分が検出されました。ヨヒンビンは外陰部の血管を拡張させるとしていっとき催淫剤として名を馳せたことがありますが、効果が実証された訳ではありません。その代わりと言っては何ですが、逆に副作用が証明されました。中枢に浸透して頻脈、血圧上昇、発汗などをもたらすんです。ねっ、二人が訴えた症状と見事に一致するでしょう」

「でも毒物じゃないでしょう」

「ヨヒンビン単独ならそうかもしれませんが、矢ヶ崎順子さんの血液には他の成分も混入していました」

毒島は血液の分析表を平瀬の前に置く。

「細かな化学的説明は省略しますが、この二つの成分が指定薬物から麻薬に変更された事実からその有毒性についても推察できるでしょう。二つとも譫妄《せんもう》や幻覚といった意識障害を引き起こします。言い換えれば、突発的行動に出たのも麻薬成分の仕業と解することが可能です。では、彼女たちはどこでそんな危ない化合物を口にしたか。我々の入手している情報では、あなたが提供したエナジードリンクという線が俄然浮かび上がってくる」

毒島の口角がまた一段上がる。獲物が袋小路に追い詰められたのを確認した猛禽類の口だった。

「平瀬さん。あなた二人をモノにしようとして媚薬入りのエナジードリンクを差し入れたんでしょ。ところが相手がその気になる前に自殺してしまった。しかもあなたは今の今まで、媚薬の中にそんな麻薬が含まれていたのを知らなかったんじゃないですか」

「濡れ衣だ」

平瀬の声は怒気が色濃くなったが、悲鳴混じりでもある。

「第一、証拠がない」

「あなたにヨヒンビンと麻薬成分を混合する技術があるとは思えない。ただし商品としては存在します。ヨヒンビンやら指定薬物やらを混合した怪しげなクスリ。最近ではアロマリキッドとかの名前で取引されている脱法ドラッグです。もちろん近所のドラッグストアには売っていません。ネット通販でしょうね。更に付け加えると、二人の死にいくつもの共通点があるのはあなたも承知していたから、当然恐ろしくなった。あなたが鳥居さんを抗議活動に焚きつけたのは、世間と警察の目を鶴巻議員と〈ヒューマンフーズ〉の劣悪な労働環境に注目させておきたかったからだ。そちらに非難が集中すればするだけ、誰も職場内で同僚女性をレイプしようとしていた卑劣漢がいたなんて想像すらしなくなる」

「それもこれも全部あなたの想像じゃないですか」

「あなたのスマホなりパソコンなり、履歴を遡れば注文の事実が判明します。あ、既に令状は取ってあります」

毒島は捜査令状を平瀬の面前でひらひらと振ってみせる。

「証拠が足りないというんだったら、矢ヶ崎順子さんにエナジードリンクを注いだグラスはまだ店に残っていました。もちろん洗ってはありますが、最近の分析技術は日進月歩ですからね。グラスには当然あなたと矢ヶ崎さんの指紋が付着している。この上、グラスから麻薬成分が微量でも検出されれば、もう弁解の余地はなくなりますので、そのつもりで」

最後通牒を突き付けられても平瀬の往生際は悪かった。

「百歩譲って、わたしがネットで購入した媚薬を彼女たちに盛ったと仮定しましょう。しかし、それを以《もっ》てわたしを殺人罪で逮捕できるんですか」

「麻薬摂取と自殺の因果関係を立証するのは容易じゃないでしょうね」

「そうですとも」

平瀬は勝ち誇るように声のトーンを上げる。

「疑わしきは罰せずというのが日本の裁判の大原則のはずです」

「あのー、平瀬さん。いつ僕はあなたを殺人罪で逮捕するなんて言いました」

「……え」

「エナジードリンクと彼女たちの死に因果関係が認められなくても、あなたが麻薬を購入して使用したことは立証できる。麻薬に関する罰則をご存じですか。最高で無期もしくは三年以上の懲役および一千万円以下の罰金。ただし、それよりは社会的制裁の方がずっとキツいでしょうね。因果関係が証明されなくても、あなたがレイプ目的で麻薬入りの媚薬を盛り直後に彼女たちが突発的行動に出たのなら、世間は間違いなくあなたを最低最悪の殺人犯と認定する。これは経験則で言うんですけどね、時として世間は裁判所より厳しくて容赦ないんですよ。前科者や卑怯者に冷酷で、刑期を終えて出所しても迎えてくれるところがあるかどうか。加えて日本の検察は執拗です。あなたを麻薬及び向精神薬取締法違反で勾留した後、じっくりと二人の死との関連を立証しようとするでしょう。何しろ時間はたっぷりあるんですから」

見る間に平瀬の顔から余裕が失せていく。

「……で、出来心で」

「媚薬を混入するためにわざわざグラスに注いだのに出来心。岡田さんに試して駄目だったから次は矢ヶ崎さんに試したのに出来心。それじゃあ裁判官は到底納得しないと思うけど。まっ、普段の善人ぶった訥々とした喋りで説得してみればいいですよ。うふ、うふふ、うふふふ」

毒島に心をへし折られた平瀬はやがて自供を始めたものの、それによって得られたものは成果よりも混迷だった。

岡田絵梨子と矢ヶ崎順子両名はいずれも自殺直前に譫妄状態であると推定されたが、この推定が過重労働と自殺の因果関係を希薄にさせてしまった。つまり過労が原因ではなく、麻薬の作用が本人を死に向かわせたという反論を生んだのだ。

被告側の〈ヒューマンフーズ〉が残業時間のガイドラインを遵守している以上、因果関係を匂わせる要因が他から出てきたのは原告にとって悪材料にしかならない。司法関係者の中には、早くも原告の敗訴を予言する者が現れた。

原告の敗訴濃厚を予測したのは淡海も同様だった。彼女たちの死に謀略の匂いを嗅ぎ取ったものの、蓋を開けてみれば被告側を救う手助けをしていたことになる。

「藪蛇《やぶへび》でしたね」

再び議員会館前から鶴巻議員の事務所を見上げながら、淡海が話し掛ける。

「過重労働以外に〈ヒューマンフーズ〉のブラック体質が明らかになれば、鶴巻議員をあのフロアから追い出すことも不可能じゃなかった。却って我々は彼の援護射撃をしてしまった。ひょっとしたら〈急進革マル派〉が事件に絡んでいるかもしれないと疑いましたが、それも空振り。折角毒島さんが平瀬の悪行を暴いても、結果的には虻蜂《あぶはち》取らずに終わってしまいました」

失敗には無縁という姿勢を崩さない毒島に一矢報いるつもりで吐いた愚痴だった。

少しは嫌そうな顔をすると思ったが、例によって毒島はへらへらと軽薄に笑っている。

「僕は別に鶴巻議員の援護射撃をしたつもりも、〈急進革マル派〉を炙り出すつもりもなかった。だから虻蜂取らずというのは当たらない」

「でも、岡田絵梨子の過重労働裁判を原告側不利にしてしまいました」

「冤罪《えんざい》は個人だけじゃなく法人にも降りかかる。〈ヒューマンフーズ〉がブラック企業なのか否かを彼女たちの死だけで判断するのは早計に過ぎる。世間は彼女たちの肩を持つだろうけど、それと公正な裁判所判断はまた別の話でしょ。一緒にしちゃいけないよ」

「感情を交えず徹頭徹尾論理的であれ、でしたね」

皮肉を込めて言ってみたが、どこまで毒島に通じたかは不明だ。

「何だ。淡海さんも分かってきたじゃないの」

やはり通じていなかったか。

「毒島さんは平瀬の犯罪を白日の下に晒したことで満足しているんですか」

「何か不服でもあるのかい」

「不服という訳じゃないですけど」

「企業体質を糾弾するとか巨悪を倒すとかの態度は全然間違っちゃいないよ。ただし、それは捜査二課や検察特捜部の領分。僕が預かった手錠では平瀬一人を拘束するのが精一杯でね」

「奥床しいとでも言うつもりですか」

「まさか。僕ほど傲慢な警察官はいないよ」

その程度の自覚はあるのかと妙なところで感心した。

「ところで〈急進革マル派〉の話が出たついでに言うけどさ。鳥居という人物はこれからも監視を続けた方がいいだろうね。彼からは割と物騒な空気が発散されている」

四　英雄

1

「辺野古《へのこ》の海を護れーっ」

「政府は沖縄に寄り添えーっ」

「もうブルドーザーは要らないーっ」

「工事は即時中止ーっ」

高く聳《そび》えるゲートの前、思い思いのプラカードを掲げた市民たちが一斉に声を上げる。シュプレヒコールは勇ましいものの、今日初めて集まった者たちの声が一糸乱れぬのは、やはり目立たない場所から指揮する者がいるからだろう。デモや集会には当然のことながら主催者がおり、彼らが姿を隠そうとすればするほど存在感が増すのは皮肉としか言いようがない。

ゲートの前には警察官たちが横並びに立っている。考えてみれば彼らも同じ沖縄県人であり、抗議するのも警護するのも同県人という事実が悩ましい。

空には雲一つなく、海はどこまでも青い。陽射しは強くとも風は乾いていて肌に心地いい。現地の人間にはともかく、美しい海にも乾いた風にも縁のない土地から来たものにはまさしく南国の楽園だろう。その楽園で繰り広げられている抗議運動は、淡海の目にはまるで一幕芝居のように映る。

七月二十日、淡海は沖縄県名護《なご》市キャンプシュワブ前にいた。観光で訪れていたのならデモの様子も高みの見物と洒落込《しやれこ》むところだが、生憎《あいにく》公安一課勤めの淡海に、そんな優雅な休暇は許されない。これも公務だ。

普天間《ふてんま》基地の移設先が辺野古キャンプシュワブと決着した二〇一〇年から、こうした抗議活動は連綿と続けられてきた。在日米軍基地の実に七割を抱える沖縄にしてみれば、政府に言いたいことが山ほどあるだろう。基地の返還あるいは県外移設はもっともな主張だと、淡海も思っている。

だが米軍基地が絡む問題は必然的に政治的問題になり、政治的問題にはしばしば左翼運動家が入り込んでくる。沖縄県民の利益よりは、自陣営の拡大とスポンサー獲得のためにだ。現に目視だけでも、淡海が見知った左翼運動家もしくはプロ市民と呼ばれる手合いが数人確認できる。

鳥居拓也もその一人だった。アポロキャップを被りサングラスをしているが、その顔を見誤ることはない。他の市民と一緒に声を上げているが、もちろん鳥居は沖縄に何の関わりもない。ただ然るべき政治団体からカネをもらって抗議活動を裏で指揮しているだけだ。従って要請があれば北は北方領土から南は波照間島《はてるまじま》までいそいそと駆けつける。そういう輩が抗議活動に参加している限り、公安一課の人間としては個人的な主張や感傷を押し殺すしかない。

淡海が沖縄くんだりまで出張っているのは鳥居の行動を監視する目的もあるが、他にも差し迫った事情があった。二日前、マスコミ各社のホームページに〈急進革マル派〉による書き込みがされたのだ。

『近日中、我々の同志がキャンプシュワブにて抗議行動を実施する。従来のデモやハンガーストライキといったものとは一線を画す、政府に対する明確な示威行為となる内容である。心ある日本人は刮目《かつもく》せよ』

具体的な活動内容に言及してはいないものの、従来の抗議行動とは一線を画すという表現が関係者の危機感を煽った。公安一課長の浅井が直ちに辺野古出張を命じたのは、こういう経緯があったからだ。

当然のことながら、公安一課の中には〈急進革マル派〉のブラフではないかという意見も出たが、何もせずに事件が発生した場合は責任問題となるし、声明を出した以上、現場に〈急進革マル派〉の関係者が現れる可能性は高い。いずれにしても現地に向かわざるを得ないというのが浅井の判断だった。折も折、〈鶴民〉従業員の事件では、毒島が鳥居と〈急進革マル派〉との関連を示唆した。性格は最悪だが刑事としての能力は一頭地を抜く毒島の警告を無視はできない。

淡海はデモ隊が陣取る場所の五十メートル後方、国道329号から彼らの様子を眺めている。この場所はマスコミ各社のクルーをはじめ、野次馬たちも交じっているので観察するのに適していた。淡海の掲げているスマートフォンは望遠機能がついており、五十メートル先の人物の表情を克明に捉えることもできる。双眼鏡を握っていたら不審者に見られるが、携帯端末ならただの野次馬に扱われる。人の盲点を突いた便利な機能だと淡海は感心する。

デモ隊が集結する以前から監視を続けているが、現状鳥居に目立った動きはない。それでも目を離さずにいるとシュプレヒコールが途切れ、デモ隊の中から初老の小男が先頭に出てきた。ハンドマイクを手にしており、どうやら演説をする流れのようだ。

頭頂にわずかに残った髪は手入れもされず、着ている服は安っぽいTシャツだ。元々のデザインなのか自分で書いたのか、シャツには『GET　OUT　ARMY!』の文字が入っている。

『お集まりの皆さん、作家の瑞慶覧万平《ずけらんまんぺい》です』

名乗ると、デモ隊の中から拍手が沸き起こる。

『普段は机の上にしがみついて原稿を認《したた》めているわたしがどうして米軍基地まで出向いたかと言えば、それは偏《ひとえ》に沖縄を愛しているからであります。この、人類の宝、沖縄の心とも言える美ら海《ちゅうみ》を護りたい一心からであります。思えばわたしのデビュー作も沖縄の海が舞台でした。つまり作家瑞慶覧万平を生んだのも沖縄の海であった訳です。この恩は返しても返しきれない』

淡海は小首を傾げる。左翼思想を持つ文化人・作家は大抵リストアップされているはずだが、瑞慶覧という名前には記憶がない。リストに洩れでもあったのかと訝しんでいると、いきなり背後から肩を叩かれた。

ぎょっとして振り返る。

「淡海さん、お疲れー」

そこに毒島が立っていた。

「どうして、こんなところに」

「それ、こっちの台詞。と言いたいところだけど淡海さんが張っている対象を見たら一目瞭然だよね」

毒島はゲートの前に集まるデモ隊を指差す。

「〈急進革マル派〉の声明があったから、あなたが来るのは当たり前。ゲート前の悶着が一望できる場所といったら国道沿いが最適。読みが当たっちゃった」

毒島がへらへら笑う様を見ていると緊張感が失せた。

「じゃあ毒島さんが辺野古にいる理由は何なんですか」

「取材。次に書くものが沖縄を舞台にしているから」

「毒島さん、あまり取材はしないタイプの作家じゃなかったんですか」

「担当編集者に沖縄出身者がいなくてさ。さすがにね、方言とか風習だとか内地と全然違うところは現地で確かめるしかないんだよね。で、現地到着日の前日に〈急進革マル派〉の犯行予告があったものだから、もしやと思って来てみた」

「関心ありますか」

「そりゃあね。現に鳥居さんの顔もあそこに見えるし」

呆れるほど目聡い男だ。

『社会科の教科書には、沖縄返還は一九七二年五月十五日と記述されております。これはとんでもない欺瞞と言えます。何故なら沖縄は未だに返還されていないからです。県内に米軍が駐留し続ける限り、沖縄は依然アメリカの主権が及び、日本のそれに優先するのですから。しかし多くの日本人はその事実を認めようとしません。日本全体が親米となり果て、アメリカの機嫌を損ねるよりは沖縄県民に犠牲になってもらおうとしているのを認めようとしません。わたしは著作で何度もその事実を訴えました』

瑞慶覧の演説には澱《よど》みがなく、大勢の前で喋り慣れているのが窺える。

「毒島さんは、あの瑞慶覧万平という作家さんを知っていますか」

「んー、名前と作品だけはね。本人を見るのはこれが初めて」

さすがに同業者なら最低限の情報はあるらしい。

「わたしは不勉強ながら知りませんでした。ずっと基地問題に取り組んでいた作家さんなんですか」

「淡海さんが知らないのも無理ないかもね。デビューは今から五年前。純文系の新人賞を受賞したんだけど、その後はエッセイでお茶を濁すくらいで新作を発表していないからね。文壇でも憶えているのは編集者さんくらいじゃないかな」

「アジを聞いていると、基地問題を作家活動のテーマにしているような印象ですね」

「確かさ、今はどこにも書いていないし作家活動ったって、SNSでひたすら現政権の批判してるだけだって話だよ」

「しかし休眠状態でも作家には変わりないでしょう。文化人というか、それなりの発信力があるから反対派も彼をアジテーターに担いでいる訳だし」

「五年も前に本一冊出しただけで原稿書いていない作家なんて、ただの失業者じゃん」

毒島は事もなげに言う。

「作家って肩書じゃないんだよ。強いて言うなら状態。原稿を書かなくなったら作家じゃない。だから、もう書き続けられないと自覚した老大家なんかは静かに退いていく。それでも文学賞を獲った人間なんて珍しいから看板として利用しやすい。本人にしても政治活動が作家活動の一環みたいに錯覚しているから、ほいほい誘いに乗っちゃう。今の瑞慶覧さんが、ちょうどそんな具合」

ほいほい誘いに乗ってしまった男の演説はまだ続いている。

『前政権はリベラル色が強かったのですが、当時の首相が「最低でも県外」と言明したにも拘らず、アメリカ側の圧力で県外移設の話は呆気なく流れてしまった。理念を通そうとしたのに、政治的駆け引きの前に敗れてしまった。皆さん、今、沖縄を取り巻く現状はこの一件に集約されていると言っても過言ではありません。今まで我々の主張する理念はことごとく現実問題、すなわち米軍相手の商売、国からの補助金という経済問題に相殺《そうさい》されている感がありますます。しかし我々沖縄県民の悲劇はカネで代えられるものではありませんっ』

「言ってることは正論なんだけどね」

毒島は瑞慶覧の演説に一々茶々を入れる。

「瑞慶覧さんを含めてリベラルを標榜している作家さんは、大抵理想論始めちゃうんだよ。

東朋大のトークショーでも少し触れたけどさ。リベラルと呼ばれる人たちはいつでもどこでも正しいことを叫び続けているんだけど、政治的に勝てた例《ためし》がない。政治的に勝つためには理想に反することも甘んじてしなきゃいけないのに、自分の理念に縛られてそれができない。正しいだけじゃ認めてもらえないのを理解していない。負けてもいい勝負ができたと仲間内で健闘を称え合うだけで敗因の分析すらしないから、また負ける。喩えは悪いけど純朴な中学生と一緒だよね、理念はあるけど戦術がない。思想はあるけど、思想を行動に落とし込む術《すべ》を知らない。だから負け続けるサイクルからいつまでも抜け出せない」

毒島は感情の読めない視線を瑞慶覧に向けている。

「ひょっとしたら瑞慶覧さんも薄々そのことに気づいているのかもしれないなあ」

「気づいているのに、どうして十年一日みたいな演説を繰り返しているんですか」

「そりゃあ同じことをしている方が楽だもの。負けたところで、仲間内で慰め合って終わりだしね。体制に立ち向かい続けるのってカッコいいから自己陶酔しやすいんだよ。それに多分、本人たちは本気で自分たちが社会を変革できるとは思っていない。もし本気で世界を変える気なら、あんな戦術はとらない」

リベラルを標榜する者たちが毒島の言説を聞いたらどんな顔をするだろうと思う。

だがこうして瑞慶覧の演説を聞いていると、毒島の指摘は正鵠《せいこく》を射ている。理念は立派だし、内容に反論すべき箇所はない。だが言葉が耳に届いても胸まで届かない。淡海が公安一課の刑事であるのを差し引いても、瑞慶覧の演説は人を惹きつける力に乏しい。

「折角、作家という場所を与えられたのに、書くより喋ることを優先させている」

「主張の方法として間違っているというんですか」

「間違ってはいないけど、もったいないと思うだけだよ。いくら優秀なハンドマイクでも声が届くのは数百人程度。だけど小説にして発表したら数万人の目に留まる。アジは一度聞けば残るのは要旨と印象だけだけど、物語はテーマとともに読者の魂の一部になる」

おやと思った。口を開けば毒舌しか吐かないと思っていた毒島が、珍しく熱い話をしている。

「ちょっと驚きました。今の台詞は毒島さんらしくないというか」

「ひょっとしてモノ書きとしての矜持《きょうじ》とかを感じたというなら、それは淡海さんの勘違い」

毒島は舌を出しかねないような口調で、こちらを煙に巻く。

「単純に効果として比較しただけの話だよ。もし瑞慶覧さんがストーリーテラーよりもアジテーターとしての能力に秀でていたら、この限りじゃないしね」

毒島は一応の注釈をつけたが、瑞慶覧の演説を聞いている身には体のいい取り繕いでしかない。

次の瞬間だった。

ぼんっという鈍い破裂音がゲート前から聞こえた。

ゲート前の金網の一部から火の手が上がる。

淡海の身体は反射的に前へ出た。

警備に立っていた警官たちとデモ隊が、蜘蛛《くも》の子を散らすように炎から遠ざかる。

淡海はスマートフォンの望遠で瞬時に状況を確認する。燃えているのは金網の向こう側、つまり基地の敷地内だ。炎は高く上がったものの、爆発して火の勢いが増す様子はない。

何者かが金網越しに火炎瓶を投げ込んだ——淡海は咄嗟《とっさ》にそう判断した。金網の高さは四メートル強。その気になれば火炎瓶の一本くらいは誰にでも投げ込める。

炎は徐々に小さくなり、金網を焦がすのが精一杯のようだった。しかし実害に比して警察官たちの反応は過敏だった。即座に全員が血相を変え、デモ隊は遥か後方に追いやられた。

基地の中からは数人のアメリカ兵が駆けつけてくる。

大山鳴動して鼠一匹。だが、鼠の飛び込んだ場所は事もあろうに猫の群れの中だった。

「やってくれたね」

ゲート前の緊迫をよそに、毒島は憮然とした表情で呟く。

「言うまでもなく基地の中はアメリカさんの領土だからね。爆竹一つ放り込んでも、下手すりゃ国際問題になりかねない」

言われなくても承知している。いくら同盟国とは言え、自分の家の敷地内に火を投げ込まれたら抗議をするのが当然だ。

時間の経過とともに金網の向こう側で兵士たちの数が増えていく。警官たちは犯人を特定しようとしているようだが、騒ぎが起きてから半数近くの人間がゲート前から逃げ出している。淡海は鳥居の姿を捜してみたが、もうどこにも見当たらなかった。

「鳥居がいません」

「火炎瓶が投げられた瞬間を見ていたかい」

「いいえ」

「ゲート前には防犯カメラが設置されているはずだけど、果たしてその瞬間が映っているかどうか」

毒島の懸念は理解できる。あれだけ大勢のデモ隊がひしめき合う中、火炎瓶を投げた人間を特定できるかどうかは微妙と思えた。

警官たちは逃げ遅れたデモ隊の面々を足止めするのに精一杯で、未だ収拾をつけられない。駆けつけたアメリカ兵によってようやく火は消し止められたものの、彼らのデモ隊を見る目はひどく冷淡だった。

やがて国道の向こう側から数台のパトカーがサイレンを鳴らしながらやってきた。おそらく所轄である名護署から派遣されたのだろう。

デモ隊絡みで事件が発生すれば、沖縄県警警備部も出動しているはずだ。淡海としては情報を共有した上で浅井に報告しなくてはならない。

「淡海さんは、ここでぼんやりしている訳にはいかないよね」

「毒島さんはどうしますか」

「あの人の行動を見届けようと思って」

毒島が指し示した先には、警官に怒鳴っている瑞慶覧の姿があった。


抗議活動中の放火事件は、早速その日のうちにニュースとなって全国を駆け巡った。中でもやはり迅速かつ扱いが大きかったのは沖縄二紙で、いずれも一面の掲載だった。

キャンプシュワブ内はもちろん、名護署においても防犯カメラの解析が行われたが、これは毒島の予想通りデモに参加した市民の人込みに紛れるかたちで火炎瓶を投じた人間は特定できていない。辛うじて火炎瓶が放たれた位置にいた数人を把握できただけだ。

事件発生から四時間経過した時点で在日米軍司令官から沖縄県知事および名護市長に対し調査結果を連絡してほしい旨が伝えられたが、在日米軍がこの件に関して正式に苦情や抗議を申し入れた訳ではないらしい。

名護署が基地内に立ち入る前に、火炎瓶の残骸は米軍によって回収されている。

火炎瓶の中身はその燃焼具合からガソリンではなく灯油だろうと推測された。灯油ならば近辺に可燃物がなければ消火も容易い。事実、金網の正面に陣取っていた市民の一人は、紛れもなく灯油の臭いだったと証言している。

半日経っても米軍からは明確な意思表示はおろか、残骸の返却すらなかった。一部の識者は放火事件に関して日本政府と沖縄県の出方を探っているのだと持論を述べたが、これも確認は取れていない。

はっきりしているのは実質的な被害がせいぜい金網を焦がしただけなのに、日本政府および沖縄県がひどく神経質に騒いでいる状況だった。これは皮肉にも日本とアメリカの立場を象徴する一幕でもあった。

淡海は沖縄県警警備部と接触して情報の共有を図ったが、まだ事件発生から半日しか経過していない時点ではほとんど何も判明していなかった。痛恨だったのは火炎瓶の残骸が基地に押収されているために、何の分析もできないことだった。

もちろん、ただ指を咥えて見ているだけの警備部ではない。防犯カメラから解析したデモ参加者数人を早々に特定し、彼らから目撃証言を集めていた。事情聴取したデモ参加者は二十余人に及ぶが、うち四人は県外から派遣されたプロ市民だ。当然、警備部はこの四人を中心に徹底的な尋問を行ったが、本当に目撃しなかったのかそれとも仲間を庇っているのか、実行犯の姿はなかなか見出せない。

淡海は浅井と連携しながら実行犯が〈急進革マル派〉の人間かどうかを捜査したが、如何《いかん》せん有力な手掛かりが一つもない状況下では推測もできない。当の〈急進革マル派〉が沈黙しているので尚更だった。

捜査は初動段階で膠着状態に陥ったが、デモ隊を巡る動きは加速していた。事件を大々的に報道した沖縄二紙の影響もあり、キャンプシュワブでの抗議活動に参加を希望する市民が急増したのだ。

無論、事件を起こしたのはデモに参加した側なのだから、しばらくは米軍の対応を窺うのが自然の流れだ。多くの市民もそう判断したらしい。ところが、世間とマスコミの耳目を集めている今こそが行動の刻《とき》と考えたのか、某革新系野党がプロ市民たちを沖縄に派遣したとの情報が警備部にもたらされた。果たして翌日には那覇空港に全国からプロ市民たちが集結し、キャンプシュワブへと大挙して押し寄せたのだ。

これ以上、米軍を刺激しては日本政府として弁明もできなくなる。

彼らの動きを察知した県警警備部の行動もまた迅速だった。直ちに機動隊を組織しデモ隊の強制排除を決定した。

七月二十一日午前九時、淡海は性懲りもなく国道329号沿いに立ち、キャンプシュワブのゲート前に監視の目を光らせていた。折しもあと三十分ほどで基地内に資材が搬入される予定となっており、ゲート前には昨日の倍ほどのデモ隊が待機している。中には梃子《てこ》でも動かぬというように、最初から座り込んでいる者もいる。

迎え撃つ側の機動隊も準備は万端だ。ゲートを覆うように横一列に並び、さながら防波堤の体を成している。無論、デモ参加者が武器らしきものを持ち込まないように点検は済ませてある。

野次馬も倍増した。国道沿いは安全圏であるため、路肩と言わず土手と言わず立錐《りっすい》の余地もない。沖縄二紙以外に内地からマスコミ各社が駆けつけ、カメラで放列ができている。とびきりのショットを狙うクルーは果敢にもデモ隊の背後まで接近している。

「盛況だねえ」

ぴりぴりした雰囲気をぶち壊すような声に振り向くと、隣に毒島が入ってきた。

「予想はしていたけど、火炎瓶一本でこれだけの人間を集められるんだからコスパがいいよね」

「何を呑気な。今まで何をしていたんですか」

「半分は本来の仕事。取材したことを原稿に落とし込む作業をしていましたよ」

「後の半分は」

「瑞慶覧万平先生の近況を調べていた」

毒島のにやけた顔からは調査に進展があったかどうかも窺い知れない。

「何か分かりましたか」

「特に興味を引くような話は聞けなかったね。沖縄二紙の文化部を訪ねてみたんだけど、瑞慶覧さん、やっぱり作家活動はしていないみたい。この五年で二紙にはそれぞれ一本ずつエッセイを寄稿しただけ。自宅の近隣に訊き込みしたけれど、夜はビルの警備員をして生活費を捻出しているらしい。自宅の裏は割と広い畑だったから野菜くらいは自給自足していると思う」

「ビルの警備員と野良仕事ですか。どうも作家というイメージじゃありませんね」

「だから特に興味を引く話は聞けなかったって言ってるじゃないの。最初の頃、小説を連載させてくれと二紙に企画を持ち込んだんだけれど、最初の二十枚を読まされた担当者が丁重にお断りしたんだってさ。各紙の編集方針もありますが、新聞連載に相応しい内容でプロットを立て直してほしいとお願いしたって。すると瑞慶覧さん、無礼者と担当者を一喝してそれっきり」

「切ない話ですね」

「よくある話だよ。念のために新人賞を主催した版元に確認したけど、やっぱり書いてもボツが続いたものだから、地元紙に活路を見出そうとしたみたいだね。でも順番が逆だよ。二作目三作目と書き継いで、文芸誌に連載を持って、ある程度認知されなきゃ新聞連載の依頼なんてくる訳ないんだから」

毒島の話から浮かび上がった瑞慶覧という男は、己の資質を見誤り、慣れないステージで空しく奮闘する初老男性だ。

「文壇で名を上げられなかった代償行為として政治活動をしているのなら、劣等感をバネに予想外の活躍をする可能性もない訳じゃない」

「毒島さん、面白がっていませんか」

「ううん。反面教師として真剣に観察している」

どこまでが本気でどこまでが冗談かまるで分からない。淡海は毒島からキャンプシュワブの方角へと視線を戻した。

「今日も瑞慶覧さんは参加しているんですか」

「それがさ、さっきから捜しているけどなかなか見つけられないんだよ」

午前九時二十七分、ようやく道路の向こう側から資材を積んだトラックが姿を現した。

2

「新基地建設反対ーっ」

「海を壊すなーっ」

「サンゴを傷つけるなあーっ」

「沖縄から出ていけーっ」

トラックがゲートを通ろうとした時、数人のデモ隊がその前に立ち塞がった。トラックはやむなく急停車し、デモ隊と睨み合う。

隊長の指示の下、一斉に機動隊員たちが動いた。ゲートの前で肩を組み合うデモ参加者たちとトラックの進路を妨げている者たちを強制的に歩道へと移動させ始めたのだ。

「何するんだ」

「放せ、放せよ」

「暴力だ、これは」

「この野郎っ」

悲鳴と怒号が飛び交う中、機動隊員たちは粛々と任務を遂行していく。参加者がどれだけ抵抗しても、所詮鍛え上げられた屈強な隊員の敵ではない。参加者は一人、また一人と歩道へ引き摺られていく。

力で勝てなければ数で応戦するより他にない。予め作戦を練っていたのか、参加者たちは二人一組になって機動隊員に立ち向かい始めた。

デモ隊の作戦が功を奏し、機動隊の動きが鈍くなった。その間隙を縫ってデモ隊の反転攻勢が始まった。いかに訓練されていても二対一では通常と勝手が違う。一般市民に過剰な攻撃はできないから手心を加えなければならない。

機動隊員たちにとって一番想定外だったのは、デモ参加者たちの実力行使だった。今まで抗議集会やちょっとした小競り合いは数限りなくあったものの、構成員の半分近くは地元の老人や主婦だったからさほどの鎮圧力は必要なかった。

ところが今日に限って、自分たちに向かってくるのは二十代から五十代までの屈強な男たちだった。機動隊員たちの狼狽ぶりは、淡海のスマートフォンに克明に映し出されている。

デモ参加者は集合した時点で武器の所持をチェックされている。だが示威行動に必要なプラカードは盲点だった。

一人の参加者がいきなりプラカードを機動隊員の頭上に振り下ろす。ポリカーボネート製のヘルメットが容易く撥ね返すと思っていたが、案に相違して太く鈍い音とともに打たれた機動隊員が膝を屈する。

「まずい」

珍しく毒島が切迫した顔をしていた。

「あれは木じゃない。鉄パイプを擬装している」

機動隊員一人が頽《くずお》れたのを合図に、プラカードを掲げていた参加者が次々に鉄パイプを振り下ろし始めた。最初の攻撃でプラカードの正体に気づいた機動隊員は更に狼狽する。暴徒鎮圧でもない限り、機動隊員が拳銃を携行しない。するとしても小隊長以上の幹部が緊急用に装備しているだけで、一般隊員は警杖すらも使用できない。淡海が見たところ、今回の警備出動ではガス銃の姿もない。身を防ぐのは、これまたポリカーボネート製の盾（ライオットシールド）で、一対一ならともかく相手が二人では上手く攻撃を躱《かわ》せない。不意を突かれ、機動隊はたちまち警備の陣を崩してしまった。

見る間に形勢が逆転する。既に何人かの機動隊員は地面に転がされ、二人から執拗に攻め立てられている。

デモ参加者が暴徒に変貌する瞬間だった。

「淡海さん、まずいよ」

毒島の声が一段低くなる。

「暴力に不慣れな人間ほど、ああなると歯止めが利かない。どこで止めていいかも判断できなくなる」

「我々が行ってどうにかなるものじゃありません。それに機動隊員の防護服は裏側にウレタンクッションが張られていて打撃の衝撃をかなり吸収してくれます。見掛けほど被害は甚大じゃありません」

「違うよ、淡海さん。僕が心配しているのはデモ参加者の方だよ」

一瞬、聞き間違いかと思った。

「今、劣勢に立たされているのは機動隊の方ですよ」

「暴力に慣れていない人間は引き際を知らない。引き際を知らないから、相手の怒りの沸点がどこにあるかも逃げるタイミングも知らない」

不穏な空気を察したのか野次馬の中には後ずさる者が現れた。逆に天晴《あっぱれ》と言うべきか、マスコミ各社のクルーたちは現場との距離を縮めていく。

「制圧っ。制圧ーっ」

隊長の命令で排除は鎮圧に変わった。

それまで押され気味だった機動隊員たちが次々に警杖に手を掛ける。警杖は殺傷能力の低い護身用具だが、一メートル以上の長さがあるので、使い方によっては相当な武器に成り得る。

真上から警杖を振り下ろして、鉄パイプを叩き落とす。相手の肩から下を叩いて戦闘意欲を奪う。日頃から過剰防衛にならないように指導されているが、裏を返せば正当防衛ならやむを得ないという論法だ。鉄パイプを振り回す暴徒が相手ならば大義名分も成立する。リミッターの解除された機動隊員たちは一気に息を吹き返した。二対一で相変わらず余裕はないが、警杖を自在に使える恩恵はそれ以上だった。

数の論理も、鍛え上げられた戦闘集団を前にすればたちまち空論になる。警杖と盾が機能的に作用し、暴徒の一部は防戦に回る。

国道沿いから眺めていると、双方の戦力は拮抗しているように映る。しかしこれは一時的なものだろう。慣れない者が訓練された集団と渡り合えるのは短時間に限られる。時間が経過すればするほど逮捕者が増えていく。

「クソッタレッ」

「殺すぞ、このガキいっ」

「ひい」

もはや怒号や悲鳴がどちらの陣営から洩れているかも分からない。額から血を流している機動隊員がいる一方で、地べたに倒れて動かないデモ参加者がいる。彼らの戦闘でゲート前には砂埃が舞い上がり、淡海たちのいる方へ血腥《ちなまぐさ》い風が吹いてくる。両者が入り乱れ、もはや乱闘状態に突入している。

「勝負あり、ですかね」

「うん。デモ参加者の圧倒的勝利だね」

「何故ですか。このままいけばデモ参加者たちはやがて力尽きて完全に制圧されますよ」

「戦闘に勝つのが彼らの目的じゃないよ」

毒島は急に興味を失ったように、いつもの口調に戻る。

「見てごらんよ。この暴動鎮圧を沖縄二紙だけじゃなく内地から馳せ参じたマスコミ各社が目撃しているでしょ。機動隊員側に大勢の負傷者が出たらどうなるか分からないけど、反対派住民側が傷を負ったら世論は間違いなく住民側につく。戦闘が派手なら派手なだけ、負傷者が多ければ多いだけ機動隊＝国が悪者になっていく。これを〈急進革マル派〉が目論んでいたとしたら、首謀者は策士だよ」

「それじゃあ、例の犯行予告は日本中の関心をキャンプシュワブに向けさせるための方便だったというんですか」

「それはまだ分からない。でもそう考えてもいいくらい、この戦闘はデモ参加者側の戦略的勝利だよね。鉄パイプを隠し持っていた事実も、一般市民の側に多数の負傷者が出た時点で感情的に相殺される。わざとだよ。機動隊員たちに警杖を抜かせるために、鉄パイプで挑発したんだ」

こうして眺めている間にデモ参加者たちの血が流れていく。ただし淡海が見知るプロ市民の姿は少ない。顔を斑《まだら》に染めているのは紛れもなく地元の市民たちだった。

「集団ヒステリーの一形態だよ。防護服に身を包んだ集団とやり合っているうち、味方が反撃に出る。戦闘の中でアドレナリンが分泌され、仲間意識と郷土愛と原始的な怒りが上手い具合にブレンドされ、普段は猫みたいにおとなしい一般市民が猛り狂う獣に変わる」

「毒島さんの不安が的中してしまいましたね」

「集団心理まで計算に入れていたとしたら、淡海さんたち公安が追いかけている相手は相当に厄介だよー。自分たちの勢力を拡大したり主義主張を通すためなら、一般市民の血が流れても構わないと思っている。近年とんと見かけなくなった暴力革命の臭いがぷんぷんしないかい」

「否定する材料はありませんね」

「逮捕者の中に〈急進革マル派〉のリーダーが紛れていればめっけものだけど、十中八九そんなことはあり得ない。彼もしくは彼女は今もデモ参加者と機動隊の戦闘を安全地帯から眺めてほくそ笑んでいる。ひょっとしたら案外僕たちの近くにいるかもね」

毒島に脅かされたからではないが、淡海は周囲に目を配った。

やがてデモ参加者たちも機動隊員たちも動きが緩慢になり始めた。力尽きた者たちが次々にゲート前から運び出され、人影が少なくなっていく。

闘いの終わりだった。しかし、同時にデモ参加者支持の世論が巻き起こる始まりでもあった。ざっと見渡しても流血した者、外傷が目視できる者が十人以上はいる。怪我の度合いはどうあれ、国と沖縄県警への非難は免れない。

眺めていると怪我人のほとんどは肩を借りて退場していく。歩行が可能であればそれほど重傷でもあるまいと、淡海はほっと息を吐く。

「第一ラウンド終了といったところですか」

たまには毒島を真似て軽口を叩いてみたが、当の本人はにやにや笑いを引っ込めてゲート前の一点に視線を固定している。

「どうかしましたか」

「まだ終了じゃないみたいだよ」

毒島の視線の先を追うと、ゲートから十メートルほど離れた地点に男が伸びていた。怪我をしているのか気絶しているのか、ぴくりとも動かないでいる。

瑞慶覧万平だった。

淡海が驚きの声を上げるのとほぼ同時に毒島が動いた。まだそこいらに屯している野次馬や報道陣の間を器用にすり抜け、ゲート前に進んでいく。淡海とすれば後をついていかない訳にはいかない。

現場でも異状を察知した参加者たちが瑞慶覧の周りを取り囲んでいる。機動隊員の一人がその身体に覆い被さって状態を確認している。

だが淡海は近づけば近づくほど瑞慶覧の顔から生気が失せているのを確認させられる。

機動隊員の傍らに到着すると、毒島は即座に所属と階級を明かした。

「警視庁の捜査一課。どうしてそんな人が辺野古くんだりまで」

「それより、どうなんですか。死亡しているように見えますが」

機動隊員は憮然とした表情で頷く。

「心停止。一応救急車を手配しましたが、瞳孔も完全に開いています」

機動隊員は右手を瑞慶覧の頸部に当てている。どうやら毒島に隠しているつもりらしい。

「どうせ検視官が来るんですから」

やんわりとねっとりと毒島が諭し、機動隊員の手を払い除ける。

彼が隠したがるはずだった。首から肩にかけて色濃く打撲痕が浮かんでいた。

警杖で激しく殴打すればこうなるだろうと想像できる形状だった。

「あー、これは首の骨が折れてるなあ」

直接手は触れないものの、毒島は確信めいたことを口にする。

集まった三人の警察官は、敢えて疑われる凶器を口にしない。この場で口に出すのは、火薬庫でタバコを吸うようなものだからだ。

だが三人の背後にいた参加者が台無しにしてくれた。

「死人が出た」

機動隊員が、さっと顔色を変える。

「おい、よせ」

「殺された。機動隊のヤツらに殺されたんだ」

悲鳴に近い声が人から人へと伝染していく。

「誰だよ」

「作家の瑞慶覧先生」

「機動隊のヤツら、警棒みたいの出してたよな」

「首に痕が残っている」

「殴り殺しやがった」

「殺しやがった」

た。


「殺しやがった」

「警察に知らせろ」

「馬鹿。こいつらが警察だ」

既にデモ参加者たちは体力を使い果たし、怪我もしているので直接行動に出ようとはしなかった。それでも瑞慶覧の死体を前に、新たな憎悪を醸成させているのは疑う余地もなかった。


十数分後、救急車と警察車両が到着し、瑞慶覧はその場で死亡が確認された。蘇生する可能性がなければ、自動的に検視官の出番となる。

佐倉《さくら》かおり検視官の見立ては毒島の推測を裏付けるものだった。瑞慶覧は頸椎骨折を起こしており、脊髄損傷が即死につながった可能性が高い。死後硬直はまだ発現しておらず、角膜も白濁していない。機動隊との戦闘時に死亡したのなら、時間経過を考えればそれも当然だろう。

「でも警杖で頸椎が折れますか」

毒島が尋ねると、検視官は明らかに気分を害したようだった。

「どうして管轄外のあなたに教えなきゃならないんですか」

「一応、追っている事件に関連しているのですけどね。話すのは構いませんが長あくなりますよお。この死体が腐乱し始めるくらい」

「警視庁が介入するつもりですか」

「そんなつもりはありませんが、男性の死体は既にマスコミ各社のクルーに目撃されています。機動隊との関連を隠し果《おお》せるものではありませんし、可能性を言及するだけなら検視官にも迷惑はかからないでしょ」

「……警杖は強化プラスチック製です。屈強な男が渾身の力で振り下ろせば、頸椎だって折れない保証はない。あるいは上から圧し掛かり、頸部に押し当てて全体重をかけると力を使わずに済む」

佐倉検視官が言及した可能性は、いずれも機動隊員が瑞慶覧と揉み合いになった状況を前提にしている。何のことはない。機動隊員の暴力による死亡を一番認めているのは検視官なのだ。

瑞慶覧の死体は司法解剖のため、大学病院へ搬送されていく。それと入れ替わるようにして沖縄県警の捜査一課が臨場した。

「ここまで首を突っ込んだら、最後までお付き合いしようか」

淡海は気が進まなかったが、毒島に引き摺られるかたちで所轄の捜査員に引き合わされる。

捜査一課の担当者は金城晴真《きんじょうはるま》という男だった。

「警視庁では捜査一課と公安一課の刑事がペアを組むんですか」

金城は街中でヤンバルクイナを目撃したような目で二人を見る。元はといえば毒島を巻き込んだのは自分なので、淡海は仕方なくそもそものきっかけを話す。

「ほう、作家と兼業の刑事技能指導員ですか。最近は色んな勤務形態になっていますからね。そう言えば死体で転がっていた瑞慶覧万平も肩書は作家でしたね」

そして睨め回すような視線をこちらに投げて寄越した。

「で、公安一課の淡海さんはどこまで捜査に協力いただけるんですか」

「さしたる情報は提供できません。しかしそちらの邪魔になるような真似は一切しません」

「相互不干渉条約ですか。しかし、あなたは機動隊との衝突の一部始終を目撃している。最低限その証言はしてもらいますよ」

管轄が違っても刑事部と公安部との間には深い河がある。それは沖縄の海よりも深いのかもしれない。

「現場に残っていた市民の何人かに訊いたんですが、瑞慶覧万平はデモ隊が集結する前、つまり午前八時三十分頃には小山征二郎《こやませいじろう》とともに一番乗りしていたらしい」

「小山征二郎というのは何者ですか」

「今回の抗議活動を主催した人物ですよ。スキューバダイビングのインストラクターなんですが、〈美ら海保存会〉という自然保護団体の代表も務めています。ウチの公安では有名人らしい」

「へえ。瑞慶覧さんと小山さんは行動をともにしていたんですね」

「いつからの付き合いかは分かりませんが、抗議活動の際は二人で行動することが多かったようです。主宰した手前、二人は誰よりも早く到着し、座り込みを続けていたらしい」

「瑞慶覧が殴殺《おうさつ》される瞬間、誰かが目撃していますよ。国道からは報道陣が撮影していたし、ゲート前には防犯カメラも設置されていますから」

「それがですね……わたしたちも同じことを考えて防犯カメラを確認したのですが、設置されている三台が全て使い物にならなくなっていましてね。昨夜のうちに、レンズ部分にラッカー系の塗料が吹きかけられていました。つまり全台目隠し状態ですよ。マスコミ各社が撮影した素材は、現在正式なルートを通じて提供を依頼しています」

淡海は現場から国道を眺める。高低差はほとんどないので、背の低い瑞慶覧が乱闘に巻き込まれたら人の波に紛れてしまうのではないか。

「デモに参加した者も提供された素材を元に順次洗い出し、個別に聴取をかけていきます」

正直、目撃者は期待できないと思った。ただ集まっているだけならまだしも、参加者と機動隊が入り乱れて芋の子を洗うような状況だった。皆、我が身を護り面前の敵を倒すことに全神経を集中させていたはずであり、他人の様子にどれだけ注意を払えたかは甚だ疑問だ。

「聴取は結構ですが、容疑者は機動隊の中にいるんですよ」

毒島が言葉を返すと、金城は苦りきった顔を見せる。

「いずれにしても現段階で自分が殴ったと名乗り出た者はいません。本部に戻ったら、警備に駆り出された隊員全員に聞き取りです」

任務とはいえ同僚を疑わなければならない。改めてつくづく因果な商売だと思う。現に金城は県警職員全員の懊悩を背負ったような表情を崩さない。

「機動隊員が一般市民を殴殺したなんてことになれば、間違いなく県警本部上層部のクビが何個か飛ぶでしょうな。お二人の話ではデモ参加者たちも凶器を用意していたらしいが、世間は往々にして結果を重視します。裁判所の判断は別として、県警本部が過剰防衛で火だるまになるのは目に見えている」

「ですね。殴った本人がどれだけ弁明したところで、証拠がなければまず誰も信用しない」

慰めるかと思っていた毒島は、逆に危機感を煽っている。ひどい男だ。

「そもそもの失敗は乱闘になる可能性を考慮せず、隊員に警杖を携行させたことです。携行さえしていなかったら過剰防衛も成立していなかった」

「ご指摘はその通りですが、まさか相手が凶器を準備しているとは予想もしなかったんでしょう。今までのデモでもそんな例はなかったし」

「前日に火炎瓶の投擲《とうてき》があったばかりです。デモ参加者がテロリスト化する兆《きざ》しと捉えるのが賢明でした」

金城は恨めしそうな目で毒島を睨む。

「生粋の沖縄県人はテロリストとは一番縁遠い人間ですよ」

「犯人が地元の人間だとはひと言も言ってませんよ」

「毒島さん、何か摑んでらっしゃるんですか」

「火炎瓶の中身は灯油でした。説明不要でしょうが、派手な損害なり演出を狙うのであれば、僕ならガソリンを入れておきます。爆発力もあるし燃え広がり方が全然違う。灯油なんて子ども騙しですよ。それでも犯人が灯油を選んだのは、本気で在日米軍と喧嘩する気がなかったからです」

「……毒島さんの言うことがイマイチ理解できません」

「いずれにしても金城さんの、延いては沖縄県警の苦労はこれからですよ。内では同僚を尋問しなきゃならない。外からは警察官が一般市民を過剰防衛で殺したと猛烈な非難の嵐がくる。内憂外患とは、まさにこのこと」

「あなた、ひょっとして楽しんでやいませんか。妙に嬉しそうだが」

「とおんでもない」

毒島はぶんぶんと首を横に振ったが、淡海は怪しいものだと思っていた。

翌日、司法解剖の報告書が県警本部にもたらされた。死因は検視官の見立て通り頸椎骨折による脊髄損傷。頸部に残っていた打撲痕は機動隊員の使用する警杖の形状に酷似しているとの内容だった。

現場の戦闘を記録していたマスコミ各社の大部分は捜査に協力的だった。本部に送られてきた映像素材は早速解析にかけられたものの、瑞慶覧が殴打されている場面を捉えているショットはただの一瞬も記録されていなかった。

また同日、ようやくキャンプシュワブから火炎瓶の残骸が返還された。早速、指紋その他の残留物について採取を試みたが、残骸から犯人を特定できるようなものは何一つ得られなかった。

瑞慶覧が倒れていた場所には無数の足跡が残されている。殊に機動隊員が出動の際に履く警備靴は靴底のパターンに特色があるので、そこから犯人の糸口が摑めるのではないかと期待されたが、乱闘で現場が踏み荒らされたせいもあって特定は困難だった。

当日出動した機動隊員は全員が捜査一課の尋問を受けた。

だが自分が殴ったと申し出た隊員は一人もいなかった。

3

抗議活動のさ中、中心人物だった地元出身の作家が殴殺された——。

沖縄二紙をはじめとした各メディアは挙《こぞ》って瑞慶覧万平の死亡記事をトップニュースとして扱った。例外は保守系メディアだったが、こちらは素っ気ない扱いが却って慎重さを窺わせる格好となった。

現状、容疑者として浮上する者もいなければ、集会参加者に対する事情聴取さえ始まっていないにも拘わらず、革新系メディアは早くも政府と警察の責任を追及し始めた。

『過剰な警備体制が招いた悲劇』

『国と沖縄県　対立激化か』

『辺野古を巡り死者』

『野党党首相次ぎ　沖縄入り』

各メディアの論調はまず沖縄県警警備部機動隊の過剰防衛ありきで始まっており、警察庁並びに政府の責任の所在を問う内容に終始した。瑞慶覧の死を単なる不審死と扱い、政治的論調を交えずに報道したのはＮＨＫのみだった。

一方、〈美ら海保存会〉を中心とする反政府系自然保護団体はここを先途と沖縄各地で抗議集会を開いた。

『瑞慶覧先生は国家権力に殺された』

『今こそ政府に鉄槌を下す時だ』

『真の民主主義は沖縄から』

死人が一人出ただけで、今まで基地移設問題を対岸の火事のようにしか捉えていなかった層も敏感に反応した。際立っていたのが団塊の世代たちだった。既にそれぞれの職場からリタイアし、他人との接触をネット内に限定されていた彼らは自らが革命戦士であるかのように振る舞う。

『そもそも基地を残した段階で、沖縄は返還などされていなかったのだ』

『この一件で現政権は独裁政権であることが白日の下に晒された。今こそ似非リベラルの命脈を断つ時である。弱者に寄り添わんとする者は、革命に目覚めよ』

『既に血は流れた。今度は体制側の血が流れる時だ』

『瑞慶覧先生の遺志を継ぐのは我々の使命である』

七〇年安保の夢よ再びとでも思っているのか、彼らの言葉から漂うのは時代錯誤な英雄気取りでしかない。だがどんなに眉唾の言説であっても、数が揃えばそれなりに耳障りな雑音となる。

戦闘に勝つことが彼らの目的ではない。あの日、毒島の吐いた言葉が今になって重く伸し掛かる。最前線で旗を振っていた老作家の殉職というのは一種寓話《ぐうわ》めいてもおり、それまで地元でも知る者の少なかった泡沫作家は一躍英雄に祭り上げられた。

浅井から連絡が入ったのは、ちょうどそんな時だった。

『いったい、そっちはどうなっている』

いつにも増して言葉に険がある。声の調子だけで相当不機嫌な様子が伝わってくる。

「メディアで報じられている通りですよ。無名の作家が死んで、基地移設反対運動の狼煙《のろし》になってしまいました」

『狼煙には違いないな。沖縄から遠く離れた東京からでも見えたくらいだ。しかし、現場にいて対処のしようがなかったのか』

遠巻きにして状況を見守るしかなかった——危うく、吐きかけた言葉を喉元で止める。元より淡海の任務は〈急進革マル派〉と目されている鳥居の監視だ。現地での抗議集会を鎮圧せよ、などとはひと言も聞いていない。

『特段の命令はないにしろ、左派を徒に刺激するような事態は回避させるべきだったな』

公安の刑事一人、キャンプシュワブのゲート前で盾になれとでもいうのだろうか。皮肉の一つでもひねりたいところだが、淡海はぐっと堪える。

『事態は流動的だ。犯行のステージが目立ち過ぎた。そのために単純な殺人事件が政治的事件に変質してしまっている』

「同感です」

『どこかの国の反政府デモじゃないが、市民側に犠牲者が出ると運動は急激に拡大もしくは尖鋭化する。英雄の存在、殉死というのはいついかなる時でも象徴となり得るからだ。象徴があると闘いには大義ができる。参加することで市民権が与えられたようになる』

これは誰にでも分かる理屈だろう。一応は人権と自由という論理が根底にあったとしても、市民運動を支えているのは情熱に他ならない。そして情熱を掻き立てるのは、結局感情しかない。

『瑞慶覧万平の死は左派勢力に大義を与えてしまった。これで抗議運動に燃料が投下された。野党党首は沖縄入りし、その一部が先に到着していた左翼組織と接触したとの情報を得ている』

「〈急進革マル派〉に何か目立った動きはありますか」

『例の声明以来、表面的な動きはない。個人的には瑞慶覧万平の殺害事件に関与している可能性を考えている』

「結果をみれば声明以上の政治的効果を挙げていますからね」

『県警の捜査状況はどうなっている』

「集会参加者の特定ができたので、本日から本格的な事情聴取が始まると聞いています」

『担当は捜査一課だろう。どうやって情報を仕入れた』

「毒島さん経由ですよ」

口にしてから嫌な気分を味わった。苦手な食材を嚥下したものの、口中に後味が残っている感覚だ。

「殺された瑞慶覧は一応、作家の肩書でしたからね。現地に居合わせた作家兼業の警察官ということで、わたしも紹介されました」

『捜査一課の捜査に合流するつもりか。あまり軽率な行動をとるな』

「合流というほどのものじゃありません。積極的に首を突っ込んでいるのは毒島さんの方で、わたしはむしろ傍観しているというスタンスです。毒島さんに同行していると捜査本部の情報が自然に流れてくるので都合がいいんです」

『確かにあの男だったら四方八方を煙に巻きながら情報を咥えてくるだろうな』

浅井は隠しているつもりらしいが、忌々しそうな顔が目に浮かぶ。いったい毒島という男は警視庁だけで何人の敵を作っているのか。

「課長が言われるように、性格に多少の難はありますが、情報収集力と洞察力は、さすが指導員に任命されるだけの実力を持っていますね」

『だから嫌われた』

浅井はいくぶん冷笑気味に言う。

『頭が切れて行動力もある。しかし上司になびかないし自分より能力の劣る管理職を公然と揶揄する。そんな部下を持ちたい上司がいるものか』

瑞慶覧万平殺害事件は名護署に帳場《ちょうば》が立った。もちろん淡海は部外者なので捜査会議に出席することは叶わないが、どんな理由をこしらえたのか毒島はちゃっかり顔を出して捜査の進捗状況を伝えてくれた。

「進捗といっても初動捜査からあまり進展していないよ。集会参加者は特定できたけど、何しろあの騒ぎの中での事件だからね。誰も瑞慶覧さんが隊員と揉み合っている現場を目撃していないし、仮に目撃していたとして隠されても嘘かどうかを判別しにくい。現場の一部始終を撮影していたはずのメディアに協力を仰いで素材を提供してもらったけど、科捜研の解析では有益な情報が得られなかった」

「早くも暗礁に乗り上げましたか」

「暗礁というにはまだ早い。〈美ら海保存会〉代表小山征二郎の事情聴取が今朝から始まる。抗議集会の主催者だし、瑞慶覧さんの同志という立場だから何か出るんじゃないかと捜査本部も期待している。で、僕も取り調べを拝見させてもらうことになった。よかったら淡海さんもついてくるかい」

渡りに船とはこのことだ。淡海は二つ返事で応諾した。

小山征二郎を至近距離から観察するのはこれが初めてだった。

取調室には小山と金城が対峙している。毒島と淡海は隣室に入り、マジックミラー越しに様子を窺う。

『瑞慶覧万平さんとは、お付き合いが長いんですか』

『瑞慶覧先生が文壇にデビューした当時からなので、もう五年になります』

『きっかけは何だったんですか』

『文学賞受賞作を拝見し、わたしの方から表敬訪問しました。沖縄の海に寄せる愛情に溢れた傑作でしてね。同じ沖縄県民、美ら海の素晴らしさを世界に発信する同志と互いに感じ入り、意気投合した訳です』

眉唾だなあ、と毒島はのっけから駄目出しをする。

「今の証言のどこが眉唾なんですか」

「僕さ、瑞慶覧先生のデビュー作を読んでみたんだよ。いやー苦労した」

「確かに入手は苦労するでしょうね」

ただでさえ出版不況が続いている昨今、さほど有名でもない文学賞の受賞作が何万部何十万部も刷られるはずがない。これは毒島から聞いた話だが、初版部数が少ない作品ほど短期間で返品の憂き目に遭う。かくて市場から作品は駆逐され、古書店や図書館で細々と生存するしかなくなる。

「いやいやいやいやいや。入手するのも手間だったけど、それより何より苦労したのは一冊読了すること」

毒島は不味いものを舌に載せたような顔をする。

「あのさ、全部が全部そうとは言わないけれど新人賞にも当たりはずれがあって、どんなに有名な賞でも、たまーに壁本が受賞しちゃうことがあるの」

「何ですか、壁本って」

「読んだ後、壁に叩きつけたくなるような本。多くの新人賞が相対評価なものだから投稿者のレベルが総じて低い回には、そういう壁本が栄冠に輝くことがある。ただしいくら栄冠に輝こうが、読者というのは冷静で且つ残酷だから容赦なく壁本指定する。瑞慶覧先生のデビュー作がまさにこれ。まあ詳細は割愛するとして」

何が割愛だ。言いたい放題ではないか。

「受賞作は『蒼い彼岸』。舞台は返還直前の沖縄。ストーリーは親子ほどに年の離れた中年男と女の子の恋愛もの。読めば分かるけど、これ舞台が沖縄である必然性がまるでないんだよ。沖縄方言は多用しているんだけど、それで特別な効果を生んでいる訳じゃない。ただやたらに特定地域の記述が詳細だから、沖縄のガイドブックを丸々一冊読んだ気分になれる。あ、海の描写があるにはあるけど三行だけ。あれを読んで沖縄の海の素晴らしさが云々って、名うての文芸評論家が裸足で逃げていくよね。賭けてもいいけどあの男は『蒼い彼岸』を斜め読みしているか、あるいは全く読んでいない。新人賞受賞作家という肩書を利用すべく、瑞慶覧先生に近づいただけだと思うよ」

まさか壁一枚隔てたところに受賞作を読み込んだ同業者がいるなどとは夢にも思うまい。

小山の瑞慶覧に対する称賛は尚も続く。

『とにかく瑞慶覧先生の作品世界は美ら海の素晴らしさを称えるとともに、それを汚そうとする者の愚かしさ危うさを訴えています。これもまた我々が常々主張している内容と合致しており、ますます同志である思いを強くしました。わたしたちが集会をする際には必ずスピーチをお願いするようになりましてね』

『お話を伺う限りでは本当に深いお付き合いのようですね』

『同志ですよ。付き合いが深いのは当然でしょう』

『それでは事件当日の七月二十一日について伺います。抗議集会は午前九時からの予定でしたが、あなたと瑞慶覧さんは三十分早く現場に到着していた』

『これも当然です。集会を呼び掛けた者とその同志が皆より早くから待機していなくてどうするんですか』

『お二人ともゲート前に並んで座り込みをしていたらしいですね』

『ええ。始まるまでぼおっと突っ立っているんではなく、座り込んで気概を見せようということになりましてね。直射日光に炙られたら堪らないので、二人とも帽子代わりのゴザを被っていましたが』

この証言はメディアから提供された素材からも確認されている。午前八時三十分、キャンプシュワブゲートから十メートル後方にゴザを被った二つの人影がプラカードを立てているのが映っているのだ。

『瑞慶覧さんの遺体を司法解剖に回したところ、血中からアルコールが検出されています』

『そりゃそうです。二人で決起集会と称して、現場に集合する寸前まで一杯やってましたから』

『午前九時過ぎに集会が始まりますが、ほどなくして現場は双方が揉み合うかたちとなり、どのカメラからもあなたたちの姿を捉えられていません。小山さんはどこにいたんですか』

『どこにって、機動隊とやり合っていたに決まっているでしょう。向こうが実力行使に出たんだ。こちらもその気にならなけりゃ殺《や》られます』

『それなんですがね、小山さん。先に武器を使用したのはデモ参加者たちだったという証言があります。あなたたちが掲げていたプラカード、棒が鉄パイプになってますよね。あたかも棒きれのように塗装していますけど』

『わたしにはあずかり知らぬことです』

　小山は平然と答える。

『プラカードを作る際に材料がなかったので、手元にあった鉄パイプで代用したんでしょう。不幸な行き違いです』

　小山の供述の拙さは噴飯ものだった。現場に持ち込まれた鉄パイプは一本や二本ではない。会を主導し音頭を取ってきた小山がそれを知らないはずがない。

　金城も同様に考えているらしく、小山を凶暴な目で睨み据える。

『単なる押し合いへし合いに終わるはずが鉄パイプなんて物騒なものが持ち込まれたせいで重軽傷者が出た。不幸な行き違いで済む話じゃない』

『それならデモ参加者の誰かが機動隊員をタコ殴りした証拠を提出すればいい。わたしたちは無法集団じゃありません』

『十年はそれほど昔じゃない。小山さん、わたしは生まれも育ちも沖縄だ。十年前、〈美ら海保存会〉が重軽傷者どころか死者を出した事件は未だに忘れられない。当事者であるあなたなら尚のことだ』

話を聞いていた毒島がおや、という顔をする。

『心外な言い方をしますね。確かにあの事件、責任の一端は〈美ら海保存会〉にもありますが、事件の直後に代表幹事は全員辞めている。わたしが代表に就任しているのは会が生まれ変わってからです。前任者の不手際を責められたら、わたしにはどうしようもありません』

元より好戦的な性格なのか、小山は金城に食ってかかる。

『会の前身だから弁護する訳じゃないが、十年前の事故だって、警察側の警備体制さえしっかりしていればあんな悲劇は起こりようがなかった。会に責任はありません。昔も、そして今度も』

少しの間、金城は相手を睨んでいたが、すぐに気を取り直した様子で次の質問に移る。

『瑞慶覧さんにはただ同志というだけでなく、会への参加を要請していますね』

『瑞慶覧先生には会の監査役をお願いしました』

『監査役というのも、また微妙な肩書ですね』

　金城が皮肉りたくなるのも分かる。〈美ら海保存会〉がどんな組織体系か詳細は知らされていないが、従来監査役というのは従業員や役員が就任することはできない。従って外部から招聘するケースが多いのだが、瑞慶覧が監査役というのは裏を返せば会員になるのを本人もしくは小山が拒絶したことを意味する。

『わたしが直接お願いしましてね。経理のことは右も左も分からないので、是非瑞慶覧先生のような方に引き受けてほしかったんです』

『実はおたくの広報誌を拝見しました。会員でなくても、監査役として瑞慶覧さんの名前が出ている。ご丁寧にも名前の最後にはかっこ書きで（作家）とある。この肩書、必要ですか』

『団体にはよくあることですよ。注目を浴びなければ大勢の人に主張が伝わらない』

　馬鹿らしいというように、金城は頭を振る。

『先の質問の続きですが、集会が始まるまであなたは瑞慶覧さんと並んでいた。双方揉み合いになり戦闘状態になった時、あなたの近くに瑞慶覧さんはいましたか』

『刑事さん。あんな状況下ではねえ、目の前の敵を相手にするので精一杯ですよ。あの時、瑞慶覧先生がどこでどの隊員と闘っていたかなんて知りようがない』

その後も尋問が続いたが有用と思われる証言は遂に聞けなかった。金城が取調室から出てくると、毒島はいそいそと駆け寄っていく。

「お疲れ様でした」

「疲れるような尋問ではありませんでした」

謙遜ではなく、金城は真剣に不甲斐ないという顔をしていた。

「あれだけの騒ぎを煽動した張本人だというのに、のらりくらりと逃げられた。これというブツがないから、どうしても決め手に欠ける」

「金城さんは彼を容疑者だと思いますか」

「確認されている限り、最後に被害者と一緒にいた人間ですからね」

「すると動機は何なんでしょうか。先の火炎瓶が投げ込まれた集会でも、瑞慶覧先生はスピーチをしていました。〈美ら海保存会〉と連携していたのは曲げようのない事実でしょう」

「小山はともかく、瑞慶覧先生については我々もノーマークだったきらいがありました。それがあんなかたちで脚光を浴びるとは」

「えっと、一つ質問いいですか。尋問の中にあった十年前の事件というのは何なんですか。

〈美ら海保存会〉の前身が引き起こした事件とか何とか」

「基地反対運動の最中に死者が出たんですよ」

金城は重そうに口を開く。

二〇一〇年、沖縄知事選の争点は米軍基地の辺野古移設問題と二〇一二年三月末に期限を迎える沖縄振興特別措置法に替わる新たな振興策だった。保守側の推す候補者が県内移設に明確な回答をしなかったのに対し、革新系統一候補は移転先にグアムを挙げて県内移設に否定的な考えを示した。

各地で熾烈《しれつ》な選挙戦が繰り広げられる中、保守系団体と革新系団体の対立も日ごとに激しくなっていく。特に極左集団が内部に潜んでいるという噂が絶えなかった某団体は、相手陣営に露骨な選挙妨害さえ仕掛けてきた。

事件が起きたのは投票三日前のことだった。

保守系候補が街頭に立って演説している最中、対立候補の支援団体員数人が取り囲み、一斉に野次を飛ばし始めた。候補の政治理念や公約に何ら関係のない誹謗中傷と罵詈雑言《ばりぞうごん》の数々は野次というよりは明確な選挙妨害だった。

候補の選挙運動員として参加していた一人の女性が、この時果敢な行動に出た。候補の前に飛び出すや否や、彼らの顔を携帯端末で撮影し始めたのだ。

顔を晒されてはまずいという意識があったのだろう。野次を飛ばしたうちの一人が血相を変えて彼女に襲い掛かった。彼女から携帯端末を取り上げようと揉み合いになり、これに他の運動員と対立候補の支援者たちが入り乱れ、間もなく騒乱状態となった。もちろん背景には与野党の代理戦争や基地を巡る経済問題が横たわっているが、同じ県民であるがゆえに対立の構図にも根深いものがある。この日の騒乱には日頃溜まっていた鬱憤が一気に噴出した印象がある。

悲劇は騒乱の中で起きた。何者かの放った一撃が女性運動員の顔面を捕らえ、殴打された女性は縁石の上に転倒したのだ。その上を何人もの人間が踏みつけにしていく。

女性が頭から血を流しているのが発見されたのは、警察が駆けつけて騒ぎがようやく収まってからだった。女性は最寄りの病院に緊急搬送されたものの、救急車の中で心肺停止となった。後頭部陥没による脳挫傷。搬送先の病院で蘇生術が行われたが医師たちの努力も空しく、二日後に女性は息を引き取った。

直ちに殺人の容疑で騒乱に加わった者たちが取り調べを受けた。だが現場を捉えた映像もなく、騒乱に加わった者や目撃者の証言が交錯し、結局は彼女を殴った男が傷害致死罪で送検されるに至った。この男が〈美ら海保存会〉の前代表小松《こまつ》紘司《こうじ》だった。

「選挙演説中の騒乱事件を知っていても、その後の裁判の行方までチェックしている人は少ないでしょう。一審では五年の懲役。ところが二審では三年の懲役、おまけに執行猶予までついた」

もちろん被害者遺族は上告を望んだものの、検察側が断念して刑が確定してしまったのだと言う。

「当時は辺野古移設問題が裁判所判断に干渉しているのではないかとか、まあ憶測が憶測を呼んだものです。ただ判決が確定してしまえばどうしようもない。被害者遺族は泣き寝入り。一方、執行猶予を勝ち取ったはずの〈美ら海保存会〉代表も世間の批判には逆らえず辞任、同会も活動停止しました」

「その数年後、小山さんが新たな〈美ら海保存会〉を立ち上げる訳ですね」

「新たなといっても、会の名称や活動内容は従前のまま。単に代表幹事の首を挿《す》げ替えただけですよ」

憤然とした様子なので、金城にも思うところはあるのだろう。毒島は額に人差し指を当てて切り出した。

「気づいてますか、金城さん」

「何をですか」

「十年前の事件と今回の瑞慶覧先生の事件。態様が非常に似通っているんです。辺野古移設問題に端を発した騒乱と、そのさ中に殴打され死亡した被害者。映像に残っていない容疑者の姿。交錯する目撃証言」

金城の表情がみるみるうちに驚愕に変わっていく。

「毒島さん、あなた、何が言いたいんだ」

「二つの事件、もちろん偶然の一致である可能性が高い。しかし全く無関係とも思えない」

「どっちなんですか」

「それを見極めるために、僕にも質問の機会を与えてくれませんかね」

「勘弁してくださいよ」

金城は大袈裟に手を払ってみせる。

「あなたが警視庁でどれだけ優秀な刑事か知らないが、ここは沖縄県警で、あなたはただの観光客だ」

「そりゃそうです」

自分で申し出たにも拘わらず、毒島は呆気なく引き下がる。

「捜査権のない人間が取り調べに参加するなんて言語道断。分かってます。分かってますとも」

金城はじろりと睨む。ようやく毒島の人間性を理解したらしい。

「ただですね。捜査権のない人間から参考意見を聞くのは禁じられていないでしょう」

「毒島さんは何か有益な意見をお持ちなんですか」

「有益になるかどうかは金城さん次第」

「どういう意味でしょう」

「実は見ておきたい場所が三つあって、うち一つは取調室なので捜査関係者しか入ることができません。そ・こ・で」

毒島は額に当てていた指を顔の前に持っていく。

「金城さん主導の家宅捜索に僕たちが随行する分には問題ありませんよね」

金城は是非を伺うように淡海へ視線を送ってくる。これまで毒島の手法と成果を目の当たりにしてきた淡海は渋々頷くより他になかった。

4

最初に毒島が指定したのは小山の自宅だった。宜野湾《ぎのわん》市は言わずと知れた基地の町で全面積の四分の一を普天間飛行場が占めている。ただし小山の自宅はすずらん通り沿いの一戸建てで、瀟洒《しょうしゃ》な外観を誇っている。隣接する国道330号沿いには中古車販売店が軒を並べているために殊更際立つ。

「まあ立派な家だこと」

淡海が、そしておそらくは金城も思っていることを毒島は茶化すように言う。

「ここに来るまでほとんどの建物は鉄筋コンクリート造だったけど、小山さんの家はその中でも特に頑丈そう。しかも二階建てで大きいし」

「意外なところを見ていらしてたんですね」

金城は少し感心したようだった。

「理由は何となく分かります。沖縄って台風が勢力最強の段階で襲来することが多いから、当然耐風性や耐水性に優れた鉄筋コンクリート造が有利になる。鉄筋コンクリート造は木造に比べて建築コストも固定資産税も高くなるから、懐に余裕のある人は鉄筋コンクリート造でしかも大きな家を建てる」

「……そういう傾向は確かにあります」

「小山さんの職業ってスキューバダイビングのインストラクターでしたよね」

「一応はそういう触れ込みですが、営業している様子もダイバーが出入りしている姿も見かけません。開店休業状態です」

「土地建物は親の遺産なんですかねえ」

「彼は本土からの移住組ですよ。家は小山征二郎本人が建てたと聞いています」

「何にしろ羨ましい話。うふ、うふふふふ」

毒島が次に指定したのは瑞慶覧万平の自宅だった。

名護市の市街地から少し離れ、湾岸にほど近い集落の中の一軒。相当に築年数の経った木造平屋建てで先刻の小山邸とは比べるべくもない。裏は畑になっているようだ。既に県警の捜査員が足を踏み入れた後で、黄色いテープが敷地を囲んでいる。

「お邪魔しますよー」

毒島は鼻歌でも歌い出しかねないような調子で敷地に入る。瑞慶覧万平は一人暮らしなのでもう住人はいないのだが、あまりに不遜な振る舞いに金城は苦虫を嚙み潰したような顔をしている。

一人住まいにしては広い家だったが、毒島はいったんキッチンを覗いた以外は他の部屋には目もくれず「書斎、書斎、書斎」と呟き続ける。

「書斎は廊下の突き当たりを右です」

金城の言葉に従って書斎に入る。書斎といっても壁のスチール棚に本が並び、窓際に書き物机が設えられただけの簡素な部屋だった。

毒島は本の背表紙を端から端まで眺め、続いて書き物机に歩み寄る。抽斗《ひきだし》の中身を全て取り出して何かを探す。

「ないなあ」

当てが外れたように呟くと、部屋の中央で胡坐《あぐら》を掻いて書斎の中を見回す。

「あるとすれば、ここ以外に考えられないんだよね」

意味不明の言動に堪らなくなったのか、金城が話し掛ける。

「いったい何を探しているんですか」

「この部屋にパソコンなんてなかったですよね」

すると金城は合点がいったように頷いてみせた。

「書き物机の上に開いてありましたが、ウチの鑑識が持っていきました。現在、中身を解析している最中ですが、〈美ら海保存会〉関連の資料は一つも保存されていなかったようです」

「はい？」

今度は毒島が意味不明とばかりに口を半開きにする。

「何を言っているんですか、金城さん」

「瑞慶覧先生は〈美ら海保存会〉の監査役ですから、当然経理関係の書類はパソコンで管理していると推測されたんですよね。しかし残念ながら、そういう文書はただの一ページも」

「違います違います違います。僕が探しているのは小説の原稿です」

「小説……ああ、だったら小説風のものが数ページだけ保存されていると聞きました」

「早く言ってくださいよう」

毒島はがくりと頭を落としてから恨めしそうに金城を見上げる。

「ああいう作風だから、てっきり手書き原稿だと早合点していた。僕はとんだ偏見野郎だ。これは猛省しなきゃ」

珍しく毒島の口から反省じみた言葉が飛び出したので、淡海はひどく驚く。まだまだ毒島の全体像を摑みきれていない金城はいよいよ混乱している様子だった。

「毒島さんが探していたのは帳簿とか、そういう類のものではなかったんですか」

「全然。会の権威づけのために瑞慶覧先生を監査役にしたのなら、経理関係の書類を預けていたどころか目を通させていたかも怪しいくらい。所詮お飾りなんだから、小難しい経理書類や貸借対照表を見せたところで猫に第九の合唱を原語で歌わせるようなものです」

聞くに堪えない毒舌を吐くと長居は無用とばかりに立ち上がる。

「その原稿、すぐに見せてください。それで瑞慶覧先生の自宅を訪ねた目的は解決します。ちょっと失礼」

断りを入れてから、毒島はスマートフォンを取り出して何やら画面を操作する。操作し終えてから待つこと数分、スマートフォンからは着信音が聞こえてきた。

「返信の早いこと早いこと。予想通り」

「どこかにメールでも送信したんですか」

淡海が問い掛けると、毒島は返事の代わりにスマートフォンのディスプレイをこちらに突き出してみせる。

「じゃん」

ディスプレイには大浦湾《おおうらわん》らしき海岸が映っていた。海岸が埋め立て工事の最中なのでそうと分かる。

「大浦湾ですよね。それがどうかしましたか」

「切り札だよ」

毒島はにたりと笑う。


翌々日、金城は再び県警の取調室に小山を迎えた。ただし今回の質問役は毒島で、淡海は前回と同様に隣室で様子を窺っている。

「まず自己紹介を。わたし、毒島真理と申します小説家で、沖縄県警の警察官ではありません」

嘘ではないが真実を全て話している訳でもない。だが小山は毒島の言葉を信じたらしく、怪訝《けげん》な顔をしている。

「作家さんがどうしてわたしを取り調べるんですか」

「適当な場所がなかったから取調室を借りただけで、今からするのは世間話みたいなものです。だから肩の力を抜いて話しましょう」

「話しましょうと突然言われても。第一、どうしてあなたと話さなきゃならないんですか」

「それはですね、同業者として瑞慶覧先生を尊敬しているわたしが先生の無念を晴らしたいからです。小山さんも美ら海を護る同志として瑞慶覧先生の敵を討ちたいとお思いでしょ」

「もちろんですよ」

「はいはいはい。ということで意気投合。実はですね、一昨日、小山さんと瑞慶覧先生のご自宅を拝見しました。いやあ、素敵なお家ですね」

「ありがとうございます」

「小山さんは本土から移ってこられてから家を建てたそうですが、スキューバダイビングのインストラクターってそんなに儲かりますか」

「今もマリンスポーツは参加希望者が一定数存在していて、高齢になったからといって控えるスポーツでもないので人口は微増し続けているんです」

「なるほど。それにしては小山さんの店は生徒さんの姿が見当たりませんが」

小山が嫌な顔をするのも構わず、話を続ける。毒島が醸し出す独特の空気感があり、どんな抗議も受け流して延々と喋り続けるものだから相手は気勢を殺《そ》がれてしまう。

「対して瑞慶覧先生のお宅は質実剛健と言おうか、侘《わ》び寂《さ》びのある住まいと言おうか、世捨て人の庵《いおり》と言おうか、大変に奥床しい家でした。気づいたのはですね、書斎はもちろん、台所にも勝手口にも、酒瓶一本、缶ビール一缶も見当たらないことです。家の中を拝見する限り、瑞慶覧先生は夜な夜な居酒屋やバーに足を運ぶ余裕があったとは思えない。もし酒を呑みたいと思ったら家呑みになるはずですが、家中に空瓶一本すらないとすれば、そもそも飲酒の習慣がなかったと考えるのが妥当です。ところが七月二十一日の集会直前、小山さんは瑞慶覧先生と酒を酌み交わしたと言う。普段から飲酒の習慣がない人間に朝っぱらから酒を勧める。ちょっと乱暴な振る舞いだし、無理に勧められた瑞慶覧先生はべろべろになったのではないでしょうか」

畳み掛けられ、小山は不承不承頷いてみせる。

「確かに酒豪ではなかった」

「さて、べろべろになった瑞慶覧先生とともにあなたはゲート前に並んで座ります。日除けを理由に頭からゴザを被ったということですが、これでデモ参加者にも瑞慶覧先生が酩酊状態であるのが分からなくなる。それはそうです。いつも先頭でスピーチをする作家先生が集会直前に酔っ払っていては示しがつきません。あのゴザはそういう意図だったんですよね。ねえ」

「そうです」

急かされた挙句に無理やり吐き出されたような返事だった。

「午前九時に抗議集会が始まり、やがて騒乱状態になります。しかし酩酊状態に陥った人間が、騒乱だからといって俊敏に動けるはずもない。瑞慶覧先生は相変わらずゴザを被って座ったままです。そこに容赦なくデモ参加者と機動隊員の人波が押し寄せてくる。そこであなたはどうしたか」

毒島は身を乗り出すことも相手を睨むこともせず、ただ弁舌だけで小山を追い詰めていく。

「殺到する人たちに隠れるようにして、瑞慶覧先生の上に覆い被さる。先生の頸部にプラカードの柄を押し当てて全体重をかける。柄の部分は鉄パイプ。これで頸椎は骨折、脊髄は損傷。騒乱が収まって発見された時には既に冷たくなっていました」

「まるで見てきたような嘘を吐くんですね」

「そりゃあ物書きですから。ただし目撃者がいました」

「それも嘘です。どこのメディアも瑞慶覧先生が殺害される瞬間を捉えられなかった」

「ああいう状態ですから横方向からの撮影では無理でしょう。鳥の視点以外は」

「馬鹿な。今度は鳥が目撃者とでも言うつもりですか」

「ええ。あの時、キャンプシュワブの上空を最新鋭の目を備えた鳥が飛んでいたんです。これをご覧ください」

毒島は真横で開いていたパソコンの画面を小山に向ける。スクリーンには、今まさに衝突しようとするデモ参加者と機動隊員の姿が上空から捉えられていた。

「ドローン撮影です」

小山の顔色が変わる。

「どこのメディアだ。こんな映像、公開されていない」

「メディア発じゃなくて『かとりん』というユーチューバーから提供された映像です。あのですね、以前から沖縄の海を俯瞰で撮影してネットに投稿する人がいたんです。僕は国道から現場を見ていたんですが、はるか上空にドローンが浮かんでいるのを目撃したんです。後になって画像を検索し、『かとりん』さんに辿り着いた訳です。さて、この俯瞰映像を眺めていると決定的瞬間も記録されているのが分かりました。ここです」

毒島の操作で一時停止した映像が徐々に拡大されていく。

画面中央、プラカードの柄を瑞慶覧の頸部に押し当てて馬乗りになる小山の姿だった。

「何故、同志だったあなたが瑞慶覧先生を殺さなければならなかったのか。それはあなたが

〈美ら海保存会〉の運営資金を横領していたのを、瑞慶覧先生に知られたからです。いくらお飾りに過ぎない監査役でも、経理書類に全く目を通さない訳にはいかない。目を通してみると会員や賛同者から集めた資金が不当に消えている。碌に仕事もしていないにも拘わらず宜野湾市の中心街に立派な家を建てたあなたが横領を疑われるのは当然でした。あなたは瑞慶覧先生の口を封じなければならなかった」

「ふん、それも想像でしかないでしょ」

「残念ながら、これも想像じゃありません。瑞慶覧先生はあなたが横領に手を染める経緯を丁寧な筆致で書き残していました。それも報告書ではなく小説のかたちで」

次に画面表示されたのは原稿だった。縦書き二十字×二十行、四百字詰めの枠内に綴られた、隙間の少ない文章。タイトルは『残照』とあった。

「不正の内部告発をしようと思い立った時、一般の人であれば素直に報告書のかたちにするでしょう。しかし作家である瑞慶覧先生は知っていたんですよ。告発するのならただ報告書を発表するよりも小説の体裁にして商業ベースに乗せた方がいいと。これなら一般市民の興味を惹きやすいし、瑞慶覧先生にも印税が入る。いかにも作家ならではの発想ですねえ。因みに本文は十八ページまで進んでいました。書籍化するにはページが足りませんが、法廷に提出する証拠物件としては質量ともに充分条件を満たしています。遺筆としても最高傑作と言えましょう」

毒島は尚も容赦なく小山を攻め立てる。

「付け加えるとゲート前に設置された防犯カメラを使用不能にしたのもあなたです。あの地点からはベストショットになる可能性があるので事前に潰しておきたかったのでしょう。まだあります。前回の火炎瓶投げ込みを指示したのはあなたですが、目的は米軍基地に対する抗議ではなく、ひと波乱起こして米軍および警察の緊張感を極限まで高めるためでした。ええ、あの騒乱は起きるべくして起こったんです。あなたの犯罪を騒乱の中で覆い隠すために」

小山は俯き加減になり、毒島の視線から逃れようとする。しかし毒島は一向に手を緩めない。

「ドローンの映像だけで不満というのなら、別の証拠を探してあげます。たとえば殺害に使用されたプラカードですが、柄の部分には瑞慶覧先生の皮膚片が残っているに違いない。ちゃんと始末しましたか。騒乱が終わった時、参加者が持っていた武器は全て押収されている。その中から該当する鉄パイプが出てきたら、もう言い逃れはできない。それよりは今ここで自供した方がいいと思いませんか。今ならあなたの言い分も聞いてやれる余地がある。たとえば瑞慶覧先生の殺害は自身の発案ではなく、誰か別の人間からの指示だったとか」

正式な取り調べを金城に委譲すると、毒島は隣室にやってきた。

「お見事でしたね、毒島さん。それにしてもドローンがちょうど殺害の瞬間を捉えていたのは、幸運中の幸運ですね。滅多にあることじゃない」

「ああ、あれはフェイク」

「何ですって」

「あの日ドローンが飛んでいて騒乱の様子を捉えていたのは本当。だけど肝心の殺害シーンは合成。素人目には判別つかないけどね。件の『かとりん』さんにお願いして作成してもらった」

「証拠の改竄《かいざん》じゃないですか。法廷では使えない」

「あのさ、僕と小山とのやり取りは取り調べじゃなくて単なる世間話だったはずでしょ。世間話で盛ったところで、どこが違法なのさ。正式な取り調べはああして金城さんがやっているし、フェイク画像をネタに強引な尋問をしている訳でもない」

「全部、金城さんと示し合わせていたんですか」

「金城さん、最初は嫌がっていたけどね」

今度こそ開いた口が塞がらなかった。

「何か言いたそうな顔しているけど、今回僕はただの観光客だから。元々捜査権がないんだから正当も不当もない。金城さんは適正な取り調べをして、小山は自発的に供述する。調書にはドローンのことは一切記述されない。はい、無問題」

この男は刑事より詐欺師の方が向いているのではないか。

淡海が皮肉を口にしようとしたその時、取調室から小山の言葉が洩れてきた。

『瑞慶覧先生の殺害は鳥居という人から助言されました』

五　落陽

1

「まだ鳥居を調べていないのか」

浅井は陰鬱な目で淡海を見る。執務室での態度は相変わらずだが、今日はいつにも増して険があるように感じる。

瑞慶覧万平が殺害された事件で、犯人は鳥居からの助言に従ったと供述している。だが、犯人と鳥居の会話は録音されたものではなく、また助言の内容も明確に殺人を教唆したものではなかったのだという。

「どうやら『基地反対運動に支障があるなら排除すべきだ』くらいの言い回しだったそうです。殺人教唆で引っ張るには弱いですし、第一音声記録がないので、身に覚えがないと言われればそれで終いです」

「ふん、事件への関与が分かっただけでも収穫か」

淡海は小さな違和感を覚える。元より公安部は犯人の逮捕よりは情報収集に重きを置いている傾向があり、沖縄の一件にしても鳥居を追い詰める材料の一つになればいいはずだ。ところが浅井は満足していない様子だ。

「鳥居を今すぐ引っ張って来なければならない事情でもあるんですか」

「不安材料だからな」

「そもそも鳥居は以前から監視対象でしょう」

「次第にやり口が尖鋭化してきている。〈鶴民〉の件といい、辺野古移設の件といい、煽動の仕方が極左暴力集団であるのを隠そうともしなくなった。これまでソフト路線に拘泥していたことを鑑みると、方針を転換したと見るのが妥当だろう」

合点がいった。浅井は不満なのではなく、本当に不安なのだ。部内でも強面《こわもて》で通っている浅井が部下に弱みを見せるなど、そうそうあることではない。

「鳥居の動向はどうだ」

「沖縄から戻ってからも目を離していませんよ」

「今まで以上に目を離すな。特に十八日以降はな」

日付だけで浅井の言わんとすることは理解できる。衆議院選挙における鳥居の動向を探れという意図だ。

国民党は真垣統一郎《とういちろう》総理のカリスマ人気に支えられて政権を維持しているが、在アルジェリア日本大使館人質事件からやや右傾化の傾向が見え隠れする。真垣総理本人はともかく閣僚の一部にそうした言動が顕著になっている。この現象が国民の一部から敬遠され、内閣支持率も低下気味だった。

現在までに、国民党の屋台骨を揺るがしかねないスキャンダルが相次いでいる。一つは中堅議員の公職選挙法違反の発覚、一つは科学技術担当大臣による政治資金規正法違反の発覚、そして直近ではＩＲ（統合型リゾート）事業に絡む贈収賄事件。スリーアウトチェンジという訳でもあるまいが、野党は問題を起こした大臣のみならず総理の任命責任を国会で追及した。ここにきて内閣支持率は急降下し、遂に危険水域と言われる三割を切ってしまった。

歴代総理の中でも妙に生真面目なところがある真垣総理は七月二十一日に突如として衆議院を解散させ、選挙で国民の信を問うことに決めた。臨時閣議において八月三十日に選挙が執行される運びとなったのだが、その公示日こそが明後日八月十八日だった。

「公示日以降、倒閣運動の最右翼だった共民党《きょうみんとう》の動きが活発になるのは当然として、鳥居の動きもまた加速することが予想される」

共民党がプロ市民である鳥居を雇っている事実は既に掌握されている。鳥居が選挙中に行ってきたことといえば相手陣営のスキャンダルを捏造するなどの選挙妨害に留まっていたが、浅井はそれ以上の行動を懸念しているらしい。

「共民党は今回の衆議院選挙を千載一遇のチャンスと捉えている。単独で政権を獲るのは夢物語として野党共闘の上での連立政権なら可能性もない訳じゃない。今までも違反すれすれの選挙をしていたが、今回はなりふり構わずだろうな」

「それで鳥居の出番ですか」

「表面上、鳥居は共民党のどの下部組織にも名を連ねていない。そういう人間に汚れ仕事をさせるのが、あの党の常套手段だ」

浅井の思惑は聞かずとも分かる。鳥居の違法行為を阻止するのではない。違法行為が明らかになった時点で逮捕し、背後関係から資金の流れまでを徹底的に吐かせるつもりなのだ。共民党にとって千載一遇のチャンスは、公安にとっても左翼勢力の芽を摘むチャンスとなり得る。浅井が淡海を呼びつけたのも、そうした意欲の表れと認識するのが妥当だった。

「ところで沖縄の事件では、また毒島が手柄を立てたらしいな」

「手柄は沖縄県警ですよ。あの人は観光客としていいように引っ掻き回しただけで」

「その結果が犯人逮捕に繋がっている。表向きは迷惑がっていても、沖縄県警は感謝もしている」

「気になりますか」

「気にしているのはお前についてだ」

予想もしなかった言葉に驚いた。

「名前の通り、あいつは毒を持っている」

「毒は少量なら薬になる。あいつが育てた犬養《いぬかい》は、今や捜査一課のエースに育っている。現在ペアを組んでいる高千穂とかいう新人も進境著しいって評判だ。ただし、あいつには前科がある。近づき過ぎ、もろに毒が全身に回って心を折られたヤツが何人もいる」

「わたしを心配してくれているんですか」

「人手不足は刑事部だけじゃない。今、お前を潰されたら育成にかかった手間暇が全部無駄になる」

「わたしは、そこまで他人に影響されませんよ」

「それは否定しません」

浅井は返事をしなかった。


翌日の夜、淡海は葛飾区柴又三丁目の住宅街にクルマを停めていた。黒塗りの車体は闇に溶け込み、淡海自身も運転席に深く沈んでいるので、外からは見えないはずだった。

この界隈はまだ下町情緒が残っており、格安の賃貸物件が点在する。斜め前方のマンションもその内の一つだが、あの405号室を鳥居が借りている。

鳥居がマンションに帰宅したのが午後九時四十分。既に二時間以上が経過しているが鳥居の動きはない。ここ数ケ月は毒島の捜査に付き合って結構飛び歩いたが、本来、淡海たち公安の仕事はこうした監視と情報分析に終始する。対象者に動きがあろうがなかろうが、身辺に張りついて動かない。

観察している限り、今日も特段の動きはないようだ。淡海は無線の通話ボタンを押す。

「警視22から遊撃本部、現場周辺。対象に動きなし。訪問者なし」

これに本部の浅井が答える。

『遊撃本部了解。時間だ、ご苦労様』

通話を切ったその時、窓を叩く手があった。交代要員かと思って車窓を見た淡海は危うく叫びそうになった。

毒島だった。

「お疲れ様ー」

淡海は慌てて助手席側のドアを開ける。毒島は当然のように車内へと身体を滑り込ませてきた。

「何だって、こんなところへ」

「あれれれれ。鳥居と一緒に僕が街頭演説したのを忘れたの」

「忘れちゃいませんけど、だからって」

「僕だって鳥居の動向は気になるからね。〈鶴民〉の事件からこっち、何度も顔を見ている。

これで気にならないはずがないでしょ」

「だからって、もうすぐ日付が変わる時刻ですよ」

「あのね。物書きにとって日付が変わるなんて大したことじゃないの。大事なのは今日が締切日かそうでないかだけ」

毒島はへらへら笑いながら言う。

「一度鳥居の自宅マンションを見ておこうと思ったら、ちょうど警察車両が停まっていてさ。もしやと覗いてみたら君だった」

「それにしても、改めて塒《ねぐら》を確認しようと考えた理由は何ですか」

「またまたあ。そうやって人を試そうとするのはよくないよ。衆議院選挙の公示を控えて、プロ市民の鳥居が動かない訳ないじゃないの」

公安の考えることくらい毒島はお見通しということか。

「共民党が接触してくると思いますか」

「野党、取り分け左派勢力にとっては落とせない勝負だからね。今の与党は右傾化が懸念されていて、下手したら選挙の争点になりかねない。共民党には追い風が吹いている。国民党の議席を奪うためなら、おそらく何件かの選挙違反を出しても構わないくらいの覚悟で臨むんじゃないかしらん。だったら鳥居みたいな鉄砲玉を使わない手はない」

「しかし、使いますかね。左派勢力といえども交付金を配分されている、れっきとした政党ですよ」

「またまたあ。その交付金を配分されている政党が怪しいから、公安も調査対象団体に指定しているんでしょ」

これだ。

毒島が厄介なのは、こちらを揶揄するように見せかけて答えを巧妙にはぐらかすからだ。毒島に対する嫌悪感が募る一方で本心が全く見えてこない。

「一日中鳥居の尾行をしていたのなら、彼の行動の概略を教えてよ」

「監視行動は完全に公安の捜査範囲であって、刑事部の毒島さんに利するようなものは何もありませんよ」

「ずいぶん、そっちにも協力したつもりだけど」

それを言われると弱い。

「タダで情報提供しろなんて言わないよ。持ちつ持たれつじゃん」

「午前中いっぱいは部屋にいて、午後になってから出掛けました。行き先は永田町です。それから徒歩で靖国通りをぶらつき、秋葉原へ向かいました」

「秋葉原」

毒島は当該のマンションに視線を固定したまま、ぽつりと鸚鵡返しする。

「アキバのどの店をうろついていたのさ」

「ラジオ会館とその周辺ですね。ご存じかもしれませんけど、ラジオ会館はフロア面積が小さくて尾行が難しいので、中についていくことはできませんでした。ラジオ会館がどうかしましたか」

「アキバはオタクの街とか言われてるけどさ。オタクといってもオーディオやパソコンの電子部品は言うに及ばず、アニメやらフィギュアやらゲームやらアイドルやらサブカルの坩堝《るつぼ》みたいな状態になってるからね。ラジオ会館も例に漏れず、色んなマニアックな店が揃っている。せめてどの階に下りたかくらいは確認しなきゃ」

「鳥居の趣味くらいは把握していますよ」

「趣味とかじゃなくてさ。この時期に捜査対象が興味を抱くものは全部警戒すべきだって話。アキバには結構物騒なものも売っているんだよ」

毒島は仕方ないというように笑ってみせる。

「じゃあさ、レジ袋の色とかロゴは憶えていないかな」

「申し訳ないですけど、鳥居はリュックサックを背負っていて、何か購入したとしてもその中に詰め込んだと考えられます」

「それならリュックサックに収まる大きさの商品を購入したと仮定できるよね。どうせ、彼の部屋に盗聴器か何か仕掛けているんでしょ。中の様子で購入した商品の概要とか推測できないかしら」

「現在、探っている段階では何も判明していませんよ」

不意に毒島がこちらを見る。いつものように温厚そうだが、目だけは笑っていない。

「淡海さんさ、そろそろ公安部と刑事部の垣根を取っ払おうよ」

「特に垣根は設けていないつもりですが」

「だったらそっちが摑んでいる情報も、これから調べようとする事柄も全部オープンにしようよ。しばらく一緒に捜査して、僕が刑事部やら捜査一課やらにこれっぽっちも忠誠心がないの分かってるでしょ」

淡海は仕方なく頷いてみせる。毒島の自己申告には間違いがない。

間違いはないが、しかし全てでもない。毒島が執着していないのは帰属意識だけではない。この男は功名にも褒賞にも執着していないのだ。

「この辺りの燃えるゴミの収集日は火曜と金曜だったよね」

「何で、そんなことまで知っているんですか」

「淡海さんが調べようとしていることなら大体見当つくからね。鳥居が何を購入したのか、ゴミを漁れば分かる。で、火曜日は明日。朝早くに鳥居が出したゴミを収集車が来る前に回収して、中身をゆっくり分析する。まあ、捜査畑の人間なら刑事部だろうが公安部だろうが、大抵はそこまで考える」

図星だったので、これにも頷かざるを得ない。

「ひょっとして、淡海さん一人で調べるつもりだったのかい」

「ルーチン業務みたいなものですから」

「僕も交ぜてよ。一人より二人、三人寄れば文殊の知恵っていうしさ」

「三人だと、あと一人足りないじゃないですか」

「僕で二人分だから」

そういうことをしれっと言うから嫌われるのだと思った。

八月十八日、衆議院選挙公示日。

淡海は毒島とともに鳥居の尾行を続けていた。

「それにしても毒島さん。尾行を手伝ってもらうのは有難いんですけど、捜査一課の方はいいんですか。あっちだって山ほど案件を抱えているでしょうに」

「大丈夫、大丈夫。麻生班には犬養隼人《はやと》というエースがいるから。こおんなロートルが油売ってたところで大勢に変わりはないって」

毒島はひらひらと片手を振る。毒島を同行させるのは浅井にも許可を取っている。義父の下の世話を強いられた婿のような顔をしながら、それでも許可をしたのは毒島の能力を買ってのことだろう。

「不思議な人ですね、毒島さんは。それだけ頭が回って行動力もあるのに上司から敬遠され気味とは」

以前、浅井が語っていた毒島の人物評を皮肉交じりに伝えてやった。これで少しは反応があれば気が晴れるのだが、生憎とそんなタマではなかった。

「一時期、〈原発〉という綽名《あだな》で呼ばれていたことがあるんだよね」

「どういう意味ですか」

「必要だけど決して近づきたくない。失礼な話だよね、全く」

五十メートルの距離を保って尾行を続けていると、鳥居は地下鉄に潜り込んだ。途中で半蔵門線に乗り換え、下車したのは九段下だ。

「九段下に極左の事務所とかあったっけ」

「いや、確認していません」

鳥居はしばらく歩き、やがて高級ホテルに入っていった。

一階フロアの隅にはレストランが併設され、鳥居は迷いもせずドアを開ける。そう言えば、そろそろディナーの時間帯だ。

格安のマンションを根城にしている活動家がディナーに高級ホテルを利用するとは考えにくい。おそらく何者かと会食するのだろう。

「行きましょうか」

「行くのはいいけど、このレストラン、コーヒー一杯二千円だよ」

経費が出るのかという揶揄を無視して鳥居の後を追う。案の定、鳥居の向かうテーブルには先客がいた。陰気な目と精悍な顔立ちが印象的な男だった。

淡海と毒島は離れたテーブルに陣取る。

「相手、誰だか分かるかい」

毒島はこちらの顔を覗き込む。どうせ知っているだろうと先読みしている目だ。

「廣瀬《ひろせ》賢人《けんと》候補の選挙参謀で梅野《うめの》にしきという男です。共民党の党員ですよ」

公示日の本日、東京都のほとんどの選挙区は候補者が出揃った。新人現職入り乱れる中、注目されるのはやはり東京一区の闘いだろう。定数1に対し立候補したのは十人。その多くが立候補自体を趣味にしている泡沫候補であり、事実上は国民党山縣三郎《やまがたさぶろう》現職と共民党新人廣瀬賢人の一騎討ちと言われている。

昨今支持率を落としている真垣内閣だが、その戦犯の一人こそ山縣だった。当選回数五回、国民党最大派閥の古参でありながら先般の収賄事件では最後まで名前を取り沙汰されている。言動にも問題がある。LGBTには生産性がないだの夫婦別姓は家族制度の否定だのと物議を醸す発言が度々ある。国民党にしてみれば盲腸のような存在だが、それでも党籍剝奪に至らないのは、こと選挙になれば抜群の集票力を誇っているからだ。

片や新人候補の廣瀬は弁護士だった。予てより人権派として名を馳せた男だったが、現政権への不満と批判が共民党の綱領に合致したかたちで急遽《きゅうきょ》公認となった。もちろん新人の身で当選五回の山縣と競わせるには無理がある。だが今回の選挙結果次第では倒閣が見込めるため、共民党選対委員長の肝入りで野党統一候補に祭り上げられた。さながら汚職と失言で真っ黒になった現職と、理想に燃える真っ白な新人という対照的な対戦カードを目論んでいるのだろう。

「ほう、廣瀬候補の選挙参謀と鳥居の会食でしたか。意外でもあり意外でもなし」

「何ですか、それは」

「公認かつ野党統一候補というだけでも結構な肩入れだけど、鳥居に召集をかけたのは更に節操ないくらいの熱意を感じる」

「節操がないというのは的を射ているかもしれません。以前から無許可で選挙ポスターを貼るわ、選挙カーを違法駐車するわ傍若無人の振る舞いでしたからね」

自身、共民党に好意を持てない淡海は思わず口を滑らせる。左派勢力に対する批判を禁じられている訳ではないが、それでも本音はなるべく表に出したくない。

特に毒島のような相手には。

二人の様子を監視しているとウエイターが注文を取りにきた。淡海がコーヒーと言いかけた時、毒島はシェフお勧めのメニューを指差した。

「えっと飲み物はバージンマリーで。できればウスターソース少なめタバスコ多め」

「かしこまりました」

「さてと淡海さん。あなた、まさかコーヒー一杯ってことはないよね」

ウエイターの視線が痛い。メニューを目で追うと、税抜き五千八百円の品が最低価格だった。

「……ハンバーグステーキコースを」

「かしこまりました」

ウエイターが立ち去った後、抗議しようとして機先を制された。

「あのさ、向こうだって会食にこんな場所を選んだのは、陰謀めいた話には似つかわしくないからだよ」

「それくらい分かってます」

「だったら僕たちも尾行と悟られないように、それ相応のものを注文しなきゃ」

「今のバージンマリーとかの注文はとんでもなく嫌みに聞こえましたよ」

「だからさ、こういう場所に来慣れているようなふりはしようよ。怪しまれたら元も子もないでしょ」

抗議を諦め、淡海は鳥居たちの会話内容に注意を戻す。しかし小声で相談しているせいで内容はひと欠片《かけら》も洩れてこない。読唇術を会得しなかったのが悔やまれる。

ただし二人の表情から世間話に興じていないことは察しがつく。小声で話しているのも周囲に内容を聞かれたくないためだ。

少し経って皿が運ばれてきたが、二人に意識を集中しているせいか、味も碌に分からない。

「折角だから味わったら」

「選りに選って、どうしてこんなバカ高いレストランを選んでくれたんだか」

「これくらいの食事なら奢るよ」

「二人で二万円越えますよ」

「接待費で落とす。物書きにも経費は認められているから。それよりこっちはこっちで世間話しないと。向こうに勘づかれるよ」

「フェイクなら、どんな話でもＯＫですか」

「こういう場所に相応しくない話題じゃないなら」

「じゃあ遠慮なく。前々から訊こうと思っていたんですけどね。毒島さんは作家と兼業でしょう」

「図らずもね。退官してから間もなく再雇用されたけど、その前にデビューしちゃってたし」

「懐は暖かそうですね」

「警察官としての給料より連載一本分の原稿料の方が高いんだよ」

「そんな境遇にいて、どうして警察官に拘るんですか。しかも今は刑事技能指導員というだけで階級らしい階級もないし」

「前からそうだよ。収入はひと月暮らせるだけあれば不満はなかったし、階級や役職に拘った覚えもないなあ」

「まさか刑事が趣味だとか言わないでくださいよ」

「趣味、ねえ。ひょっとしたらそれが一番近いかもしれない」

「ちょっと、毒島さん」

「逆に訊くけど、どうして淡海さんは警察、しかも公安なんて仕事をしているのさ」

「それは、社会秩序の安寧のためで」

くっくと忍び笑いを洩らしながら、毒島は片手を振る。

「ごめんなさい。あんまり優等生な返事だったからさ。えっと、ちゃんと答えないと失礼だよね。こんなこと滅多に言わないんだけど、淡海さんには打ち明けるね。僕の場合は天職だから」

「ふざけないでください」

「別にふざけてないよ。そーだなあ。たとえばやむにやまれぬ犯罪ってあるでしょ。生きるために仕方なく盗みを働いたとか、死んだ人間の無念を晴らすために復讐せざるを得なかったとか」

「ありますね」

「だからといって僕は犯人を見逃すことはしないし、同情して追及の手を緩めることもしない。何故なら刑事の仕事は犯人を捕まえることであって、同情したり赦したりするのは裁判官の仕事だから。感情を一切抜きにして猟犬に徹していればいい。法律に触れていれば即アウト、即逮捕。単純にして明快、迷う必要一切なし。そういうところがね、僕の性にジャストフィットしている」

「その法律が正しいとか間違っているとかの考えもなしにですか」

「あのさ、法律の条文ってのはあれはあれでよく練られていて、社会秩序を維持するために精一杯の文言が駆使されている。もちろん抜け道もあるし、条文を逆手に取る悪辣《あくらつ》な弁護士もいるから完全とまでは言えないけど、少なくとも立法の精神自体は歪んでいないし、悪を奨励している訳じゃない。長年刑事を続けてきて思うのは、やっぱり犯罪者の言い分のほとんどは自己弁護と屁理屈に過ぎないんだよ。自分が生きるために他人のものを盗む、穢《けが》す。敵を討つ、雪辱を果たす、あいつは気に食わないヤツだからとことん貶《おとし》めてやりたい。みんなみいんな結局は手前の腹いせか自己満足。それに正義の御旗《みはた》を立てて悦に入っているだけさ。僕はねー、そういう勘違い野郎が大嫌いなんだよ。あ、正しいとか間違っているじゃなくて、ただ単に嫌い。ここ重要」

「それだって毒島さんの正義ですよね」

「正義なんて人の数だけ存在するしね。だけど僕のは正義なんて大層なもんじゃない。ただの好き嫌い」

「あなたみたいな刑事は初めてです」

「だろうね。僕も同族は一人か二人しか知らない」

毒島のような刑事が二人以上もいるというのが驚きだったが、口にはしなかった。

「そうだ。淡海さんもこういう場所のディナーはそうそうないでしょう」

「毒島さんみたいな人と同席なら特に」

「じゃあ記念撮影しましょう」

毒島はいきなりスマートフォンを取り出すと、こちらにレンズを向けた。

「はい、チーズ」

言われてポーズを取るはずもなく、淡海は仏頂面のまま写真に収まる。毒島の奇行を許したのは、レンズの視界に件の二人が入っているのを知ったからだ。

食事を済ませると鳥居はそそくさと席を立ち、先にレストランから出て行った。

「撮れてる撮れてる」

毒島がこちらに向けた画面には鳥居が梅野参謀から受け取った紙片が映っていた。この紙片の内容を知るために、二人とも馬鹿げた小芝居をしたのだ。

紙片をズームしてみると日時と場所が上から羅列してある表だった。

「これ、街頭演説の日程表だね。それも共民党廣瀬候補の」

「妙ですね。こんなところで会食までしておきながら街頭演説の応援を要請しただけですか」

「これが敵陣山縣候補の日程表なら、まだ話は分かるんだけど」

毒島は不服そうに呻《うめ》く。だが長続きはしなかった。

「後で考えよっと」

腰が砕けそうになった。

「今考えて分かんないなら、頭の抽斗に入れておけばいいじゃない」

淡海は混乱する。この男が仕事に熱心だかいい加減だかよく分からなくなってきた。

言葉を返そうとした時、今度は淡海のスマートフォンが着信を告げた。発信相手は浅井だった。

『今どこだ』

「対象を追っていたところです」

『ひと区切りついたら至急本部に戻れ』

浅井らしからぬ緊迫した口調だった。了解した旨を伝えると、淡海は毒島を残してレストランを飛び出した。


「鳥居が出したゴミを分類していたら、色々とんでもないものが見つかった」

小会議室の机の上に並べられているのは、くしゃくしゃになった各種包み紙とナイロン袋だった。これだけなら他愛もないただのゴミだが、見下ろす浅井の顔はひどく緊張している。

「鳥居が秋葉原で購入したのは、模型店からスチール・ウールひと巻きとアルカリ乾電池、電子部品の店から集積回路とコンデンサーだった。お前ならこの組み合わせの意味が理解できるだろう」

無論、説明されるまでもない。

スチール・ウールから細い鉄線を取り出して銅線に繋ぎ、端にマッチを束ねる。この導線に9ボルト程度の電気を流してやればマッチとの接続部分が着火する。

集積回路の包み紙には〈555タイマーIC〉と明記されている。555タイマーICは安価でサイズも小さいが最も有名な集積回路で、タイマーや発振回路など幅広く応用されている。この集積回路にコンデンサーとリレーを接続すれば、簡易ながら正確な時限起爆装置が完成するという案配だ。

「課長、これは」

「市販品もいい加減物騒な代物だが、ナイロン袋から検出された薬品は更に危険だ。一つ一つ挙げていこう。過酸化水素水、アセトン、硫酸、塩酸、硝酸。この組み合わせも分かるだろう」

「爆薬TATP（過酸化アセトン）ですね」

二〇一五年十一月十三日、パリで同時多発テロが勃発した。死者百三十人負傷者三百五十二人を出した大事件だが、このテロに使用されたのが爆薬ＴＡＴＰだった。材料が安価で入手しやすいのに、殺傷能力は甚大という点でテロリスト集団に好まれた。実際、過酸化水素水やアセトンは化粧品を併売している薬局で普通に買えるし、硫酸・塩酸・硝酸も簡便な手続きさえ踏めば入手可能だ。

「パリ同時多発テロに使用された爆薬の材料が、こうもあっさりと素人の手に入る。つくづく恐ろしい時代だ」

浅井は忌々しそうに唸る。

「爆薬もそうだが、爆弾の部品もコンビニ感覚だ。ヤツはこれだけの材料をラジオ会館だけで調達しやがった」

「鳥居は爆破テロを計画しているんですね」

「ただの爆破テロじゃない。ナイロン袋の内容量から推察すると、想像するのも嫌になるほどの破壊力になるらしい。小屋どころか映画館が丸ごと木っ端微塵になりかねない量になるそうだ。だが一番の問題は別にある」

「証拠物件がこれだけじゃ逮捕できない」

「そうだ。これらは三つのゴミ袋に分別されていた。主要部品だけを掻き集めれば爆弾だが、それぞれの部品は日用品としても通用する。硫酸・塩酸・硝酸にしても他の無関係な化学実験に使用したと言い張られたらそれまでだ。せめて完成品があれば話は別なんだが」

浅井の苛立ちは手に取るように分かる。裁判官に縷々《るる》事情を説明して家宅捜索したはいいが、それで現物が出てこなければ相手を警戒させるだけで終わってしまう。テロを未然に防止しつつ鳥居を逮捕するには、爆弾の現物もしくは鳥居本人の自供が必要になる。

「鳥居が共民党の選挙参謀と接触したらしいな」

「はい。廣瀬候補の街頭演説スケジュールを受け取っていました」

「自陣営のスケジュールを確認する意味がどこにある」

自問しながら浅井は再び呻く。

「山縣の選挙妨害くらいは仕掛けてくるだろうと予想していたが、よもや爆破テロとはな」

扱う事件が一気に拡大し、事は公安部だけで御《ぎょ》しきれる問題ではなくなってきた。それでも浅井が刑事部や警備部に連携を打診するのはもう少し先だろうと、容易に想像できた。

2

翌日、刑事部のフロアで毒島を捕まえた淡海は鳥居による爆弾テロの可能性を伝えた。

「爆薬ＴＡＴＰとはね」

詳細を聞いた毒島は少し呆れていた。

「貧乏臭い爆弾だこと」

「そういう話じゃないでしょう」

さすがに語気を荒らげてみせたが、毒島には蛙の面に小便だった。

「七〇年安保の際、極左に走った学生が作ったのがパイプ爆弾という代物でさ。使用する爆薬こそ違うけれど、基本構造はまんま一緒だよ。費用が少なくて済むお手軽さも含めてね。あれから半世紀も経とうってのに、言ってることやってること、おまけにテロの手段も変わり映えがしない。そんなんでよく革命だとか旧体制打倒だとか言ってられるもんだよ」

ここに鳥居がいれば是非とも聞かせたい台詞だと思った。

「それにしても淡海さん、違和感抱かないかい」

「何についての違和感ですか」

「鳥居の行動について。鳥居は共民党から廣瀬候補の選挙運動について何事かを依頼されている。それはレストランで渡された街頭演説のスケジュール表から推察できる。ところが一方で鳥居は爆弾製造に着手しているときた。いいかい、選挙運動と爆破テロだよ。同じ左派勢力の行動にしても方向性が違い過ぎるし、第一その二つがどこで繋がるのか皆目見当もつかない」

「確かに結びつきませんね」

「たった一つ考えられるのは、二つが全く別の命令系統じゃないかという仮説。選挙運動は共民党からの要請で、爆破テロは〈急進革マル派〉からの指令」

「ああ、それなら整合性はありますかね」

「ないよ、整合性なんか」

毒島は自説を言下に否定する。

「選挙による革命は民主的だけど、テロによる革命は暴力的だ。市民の容認の仕方も違えば、その後の展開だって違ってくる。一人の人間がこの二つに同時に関与するなんてちょっと考えられない」

指摘された内容は反論できないものだ。淡海が黙っていると、毒島はジャケットのポケットから一枚の紙片を取り出した。

「例の街頭演説スケジュールをプリントアウトしたのがこれ。公示日から投票前日まで予定びっしり」

なるほど午前八時から午後八時まで、街頭演説と選挙カーで候補者名を連呼しながらの移動が分刻みで記されている。昼食も三十分程度なので、出されたものを慌しく掻き込むといった具合なのだろう。

「スケジュールの過密さは新人も現職もあまり変わりないみたいだね。しかも午後八時を過ぎたら過ぎたで選対との打ち合わせや後援会との連絡で就寝は深夜。こういう毎日を十二日間続けるんだから大したもんだよ、候補者って」

「作家だって徹夜続きとかあるじゃないですか」

「作家は当落がない分、楽かもしれないなあ。候補者なんて落選したらただの人に戻っちゃうし、有効投票数に対して一定票に達しなかったら供託金没収されるんだもの。作家は出した本が売れなくても、印刷代返せとは言われないからね。だからさ、当選した議員さんたちが既得権益にしがみついている心情は理解できなくもない。落選した時の恐怖が保身に走らせている傾向は多分にあるよ、きっと」

「嫌に同情的なんですね」

「ううん、蔑んでいるだけ。自分の生活やエゴのために議員を続けるなんてのは政治家じゃない。ただの政治屋だよ」

爽やかに笑いながら毒を吐くのが、これほど堂に入った者はなかなかいない。

「選挙活動二日目だから、今日は西神田公園からスタートか」

「ひょっとして毒島さん、街頭演説を聞きにいくつもりですか」

「ちょっと確認したいことがあってさ」

毒島が新人候補の演説に純然たる興味を持つとは考え難い。必ず事件絡みの意図があるはずだ。

「ご一緒しますよ」

西神田公園前には結構な数の聴衆が集まっていた。公園を埋めるほどではないにせよ、二百人ほどはいるのではないか。通勤途中のサラリーマンの中にも足を止める者がいる。

選挙カーの上には廣瀬候補と党代表の辻《つじ》ユキ子が立っていた。新人候補の応援に党の代表が馳せ参じている図は、共民党が東京一区を天王山と捉えているという意思表示とも見える。

廣瀬の第一印象は神経質な事務屋というべきもので、彼が法廷で熱弁を振るう姿は想像がつきにくかった。そもそも日本の裁判は書面主義なので弁護士が能弁である必要もなく、審理は粛々と進められる。そんな環境に慣れきった弁護士がいきなり数百人の聴衆を前にマイクを握らされるのはどんな気分だろう。

廣瀬は目に見えて緊張していた。いくぶん猫背なのは生来のものだろうが、党代表の横ではどうしても見劣りしてしまう。

『みなさん、おはようございます。共民党公認候補の、廣瀬賢人です』

初日に喋り過ぎたのか声が割れている。しかも覇気がない。

「二日目だから、そろそろ初っ端《しょぱな》の挨拶くらいはびしっと決めてほしいところなんだけどねえ。あれじゃあ、とてもじゃないけど十二日間を闘えない」

毒島から早くも駄目出しが出た。

『わたしは、二〇〇〇年に登録されてから、ずっと弁護士をしておりました。その間、民事も刑事も扱いましたが、今でも誇りに、いえ、記憶に残っているのは中学校における君が代斉唱訴訟であります。思えば、あの裁判こそが、わたしを、人権問題に目覚めさせてくれた、転機ともいうべきもので』

以下、裁判の推移と結審までが語られるが、まるでこちらの胸に響いてこない。法廷で闘った廣瀬には感慨深いものもあったに違いないが、自分語りに堕しているため自慢話に聞こえてしまう。

演説の巧拙とは、内容よりも喋り方なのだと痛感する。カリスマ性を持つ人間の演説は同じ文言の繰り返しであっても耳に刺激的だ。対して訥弁の者がどれだけ理路整然と語ったところで胸に残るものはない。

「現職みたく実績がある訳じゃないから自己紹介になっちゃうのはしようがないんだけど、どうして人権派の弁護士先生はまず訴えようとするんだろうねえ」

またぞろ毒島の寸評が始まる。

「国歌斉唱問題も小さくない問題だけど、聴衆が今何を聴きたいかが分かっていない。ここにいる聴衆が聴きたがっているのは一に経済対策、二に医療と介護。喫緊の課題だし生活に密着した問題なんだから。選挙に勝つのを目的に聴く者の注意を集めたいのなら、自分が訴えたいことよりまずそっちを優先すべき」

廣瀬の話はやがて憲法九条へと移っていく。

『平成の世の中、時代、というのは戦争がなかった時代、なんです。これは世界でも、ですね、例がない。湾岸戦争に始まってアフガン攻撃、イラク戦争と続いたのですけれど、日本が、戦争に加わることは、なかった。ありませんでした。これは、そのですね。現政権の外交努力よりも、何よりも憲法九条が存在していたからに他ならないと思うんです。しかるにですよ皆さん、真垣政権は先の在アルジェリア日本大使館強行突入事件から、憲法無視の、態度を、はっきり明確にしています。閣僚の中には日本国憲法は旧態依然の遺物なので早急に改憲すべしとこえだか……声高《こわだか》に叫ぶ人もいて、本当に今が令和の時代なんだろうかなんてことを疑ってしまうんです』

「どうせ九条の話をするなら、法曹関係者として専門的なアプローチをすればもっとこちらの興味を惹くような話ができるのに。そこまで気が回らないのは護憲が共民党の党是になっていて、これ言わないと公認の意味がなくなるから無理にねじ込まれたんだろうねえ。もったいないなあ」

口調からも、演説に対しての興味が急速に薄れていくのが分かる。実際、他の聴衆の反応も似たようなもので拍手は散発的にぱらぱらと起きるだけだ。老練な現職山縣候補の対抗馬にするには力不足も甚だしいが、それでも廣瀬を擁立するしかなかった共民党の人材不足が窺える。

「淡海さん、見掛けたかい」

訊かれるまでもない。現場に到着した時から聴衆の一人一人に目を配っていたのだ。だが二百人近くの聴衆の中に鳥居らしき人物は未だ確認できていない。

「いいえ」

「僕も。スケジュール表を受け取るくらいだから顔くらい見せてもおかしくないんだけど」

毒島の目から光が消える。最近気づいたことだが、毒島の目から光が失せるのは決まって彼が沈思黙考に入った時だった。

「鉦《かね》と太鼓を叩いて探した対抗馬があの体《てい》たらくじゃ投票前から負けたようなものだ。劣勢を撥ね返そうにも本人にそれだけの地力も魅力もない。じゃあどうやって票を集めるかというと……」

珍しく独り言を呟いていた次の瞬間、毒島の目が妖しく輝き出した。

「ああ、そうか。うんうん、それなら勝ちの目も出てくる。鳥居の役割も納得できる……いや、そうなると量が……」

「どうかしましたか」

「辻褄が合わない」

毒島は納得できないというように首を傾げる。

「主要なピースは揃っていると思ったんだけど、まだ何か足んない。ひょっとしたらピースの置く位置を間違えたのかもしれない」

「いったいどんな仮説を立てているんですか」

「やだよ。教えてあげない」

「そんな子どもみたいなことを」

「確信が持てないうちに、そんなことバラしたって誰も得しないよ……え。ちょっと待って」

再び目から輝きが失せる。

「毒島さん」

「ヤだなあ、今とんでもなく不吉なこと考えちゃったよ」

　こちらが内容を尋ねると、毒島は大袈裟に首を振る。

「ぶるぶるぶる。あのね、言霊《ことだま》といって言葉には口に出した途端、妄想を具現化する力があるんだよ。言えない言えない」

「毒島さんの妄想には少し興味がありますね」

「やめとこうよ。物書きの妄想なんて大抵は反社会的なんだから」

　そう言うと毒島はくるりと向きを変えた。

「毒島、離脱しまーす。後はよろしく」

「よろしくってちょっと。廣瀬の街頭演説を聴きたいって言い出したのは毒島さんじゃないですか」

「だから後はよろしく。急用を思い出しちゃってさ」

「同行しますよ」

「いい、いい。淡海さんはＴＡＴＰ抱えた鳥居がそこらに潜んでないかを見張ってて」

　言い残し、毒島は器用に人波を掻き分けて姿を消してしまった。

3

毒島と別れた淡海は、いったん本部のある警視庁に戻った。

「収穫なしか」

浅井の非情な声も、そろそろ子守唄のように耳に馴染み始めた。

「鳥居が行方を晦《くら》ましました」

「監視要員を増員する」

浅井の言葉にいつもの不機嫌に加えて焦燥も聞き取れるのは、浅井もまた鳥居が選挙期間中に仕掛けてくるのを想定しているからだろう。

「お前がいながら、どうして対象を見失った」

「毒島さんに引っ張り回されたというのが正直なところです」

「見ろ、言わんこっちゃない。それが既にあいつに毒されている証拠だ」

「この件が片付いたら、もう二度と近づきませんよ」

浅井に告げた段階で、それは誓約になるが致し方ない。元々、公安部と刑事部の人間が合同で捜査に当たることに無理がある。

課長室を出てからも毒島の顔が脳裏にちらつく。廣瀬の演説中に思い出した急用とはいったい何だったのか。改新社の出火から行動をともにしてきたが、未だにあの男の動きは予想がつかない。少なくとも凡百の警察官と同様に捉えていてはうっちゃりをかまされる。

毒島が鳥居を追跡しているのはほぼ間違いない。つまり毒島の行動を追えば、自ずと鳥居の背中が見えてくるかもしれなかった。

浅井は増援部隊に鳥居の探索を命じている。それなら自分は毒島を追えばいい。

淡海はスマートフォンでニュースサイトを検索する。選挙に特化したネットニュースが、主要な選挙区にクルーを送り込んでいる。

東京一区の動向を報じる動画はすぐにヒットした。最初に映し出されたのは靖国神社前だった。

『こちら靖国神社前からお送りしています、帝都《ていと》テレビアナウンサーのてらしまじゅんです。今回の選挙で最も注目されている選挙区の一つが東京一区な訳ですが、既報の通り、国民党現職の山縣三郎候補と共民党新人廣瀬賢人候補の一騎討ちの様相を呈しています。公示から二日目の今日、廣瀬候補は何とここ靖国神社前で演説を行う予定になっているのですが、解説の伊藤《いとう》さん。これはかなり珍しいことではないでしょうか』

『そうですね。ご存じの通り、昨今靖国というのは保守系の象徴のような捉え方がされていて、靖国神社前で街頭演説を行うのは、もっぱら国民党、それもガチガチのタカ派が第一声を上げる場所として定着した感があります。その場所で革新系の候補が街頭演説をするというのは異例中の異例と言って差し支えないと思います』

『敢えてその異例を選択した理由は何なのでしょう』

『それはもちろん靖国を象徴とする保守陣営への牽制でしょうね。対立候補の言わば牙城で宣戦布告することによって、選挙の争点が右傾化の抑止であるのを有権者に印象づけているんです』

『なるほど。しかし廣瀬候補がこの地で選挙運動をすることについて、保守陣営からは強い反発が予想されますね』

『ええ、しかし所謂辻立《つじだ》ちはどこで行おうとも自由なので保守陣営も妨害は難しいでしょうね』

『さて、そろそろ廣瀬候補の街頭演説が始まる頃ですが……おかしいですね。予定の時刻を五分も過ぎましたが、廣瀬候補はまだ登壇していません……えっ、ちょっと待って……まさか、そんな』

現場を中継しているアナウンサーが俄に慌て出し、スタッフと何やらやり取りをしている。どうやら突発事が発生したらしい。

登壇する者もない選挙カーだけが映し出され、見ている淡海も次第に落ち着かなくなってきた。

『ただ今入りましたニュースです。登壇予定だった共民党廣瀬候補が何者かによって拉致《らち》された模様です。繰り返します。登壇予定だった共民党廣瀬候補が何者かによって拉致された模様です』

拉致だと。

思わずスマートフォンを握る手に力が加わる。

『運動員からの証言が取れました。登壇しようとした廣瀬候補を、寸前で男が連れ去ったとのことです。男は中肉中背で四十歳代、紺色のジャケットに白いパンツを着用していたとのことです』

紺色のジャケットに白のパンツ。

さっき別れた毒島の服装そのままではないか。

淡海は予定を変更して庁舎を出る。

紺色のジャケットに白のパンツを着用した四十代の男なら、いくらでもいる。だが淡海には毒島しか思い浮かばない。

あの男はいったい何を考えているのか。

様々な可能性を検討してみるが、どれも帯に短し襷《たすき》に長しでこれはというものに思い至らない。

考えているうちに愕然とする。あれだけ二人で同じ現場に臨場し同じ証人たちと会ったというのに、淡海は毒島の行動パターンをまるで把握できていない。いくら神出鬼没が身上の男が対象だとしても、これでは公安刑事の名折れではないか。

とにかく、今は一刻も早く毒島と廣瀬の行方を追うことだ。淡海は覆面パトカーに乗り込んで靖国神社へと向かう。

運転中もスマートフォンでニュースの続報を待つ。そして廣瀬の拉致が伝えられた約五分後のことだった。

どおんっ。

突然、画面の中で選挙カーが爆発した。

画像が激しく揺れる。

車体が浮き上がるのとドアやボンネットが四散するのが、ほぼ同時だった。

ＴＡＴＰが爆発したのだ。

落下した衝撃とともに選挙カーは、ガソリンが引火したのかもう一度爆発して炎に包まれる。周囲の空気が熱で歪み、おまけに黒煙が発生したので車体が見えなくなる。

聴衆の悲鳴が聞こえる。

選挙カーを捉えているカメラが上下にぶれ、撮影スタッフの狼狽ぶりを伝えている。

『何が起きた』

『爆弾テロか』

『死傷者は』

『それより距離を取れ』

『馬鹿、一刻も早く逃げるんだ。二発目がくるぞ』

カメラの方向が選挙カーに固定されていたために一連の動きは隈《くま》なく記録され、爆破テロの瞬間が全世界に公開された。

黒煙と炎に包まれ、選挙カーはそのかたちすら見えない。中にいる人間を救出するには手遅れに過ぎる。

やがて黒煙がカメラにも迫ってきたらしく、画面には黒い靄《もや》がかかる。

爆発の規模といい、場所といい、共和党の関係者とその支持者の死傷者はとんでもない数になるだろう。例のカルト教団が引き起こしたテロ事件と同等か、あるいはもっと甚大な被害が出る。

淡海の興奮をよそに、画面の中では阿鼻叫喚の光景が広がっている。炎上し続ける車体とそれを遠巻きに眺めている群衆――。

待て、遠巻きだと。

淡海は画面を具《つぶさ》に見る。選挙カーは無残な姿を晒しているものの、その周囲に群がっていた聴衆の被害は何も伝えられていない。これは現場が混乱しているのか、あるいは聴衆に被害が出なかったのか。

逸《はや》る気持ちを抑えて靖国神社へと急行する。そこに待つのは果たして悲劇か、それとも喜劇か。

靖国通りに入ると、彼方に白煙が立ち上るのが見えた。黒煙から白煙に変わったのは、選挙カーが鎮火の方向にあることを示している。

それでも現場は混乱の極みだった。神社から避難する人々と彼らを整理する警官たちが押し合いへし合いしている。

「退け、退いてくれ。道を空けてくれえっ」

「押さないで。警察の指示に従って、順番に」

「俺が押してるんじゃない。後ろから押されてるんだって」

「安心してください。火は消えています。爆発も収まりました」

警察車両だけではなく消防車両も続々と到着している。群衆を整理している警官には気の毒だが、混乱はまだまだ続きそうな雰囲気だ。

淡海は警察手帳を提示して人ごみを掻き分けていく。炎上現場に近づくにつれ、消火剤と煙、そして火薬の燃焼臭が鼻の粘膜に突き刺さる。

犠牲者はいるのか。いるとしたら何人なのか。

しばらく進むと、消火剤と煤《すす》で黒白のツートンカラーになった選挙カーが視界に入ってきた。

更に近づいた時、背後から声を掛けられた。

「淡海さーん」

こちらの神経を逆撫でするような声に振り向くと、そこに毒島と廣瀬候補が立っていた。

「やっほー」

「何がやっほーですか。それにしても毒島さん、どうして廣瀬候補がここに」

「だって僕が廣瀬候補を保護していたんだもの。一緒にいて当然じゃん」

「じゃあ、廣瀬候補が拉致されたというのは」

「登壇直前に、運動員ともども選挙カーから遠ざけた。多分に無理やりだったから、傍目には拉致するように見えたんだろうねえ。あ、ついでに言っとくけど、集まっていた聴衆も爆破寸前に避難させたから怪我人もゼロ。被害に遭ったのは共民党所有の選挙カーのみ。もっともあれだけ派手に爆発、炎上したなら宣伝効果も抜群だから、実質共民党も得したことになる。まあ、焼け太りみたいなものだけど」

「選挙カーがテロの対象になっているのを、どうやって看破したんですか」

「前にも少し触れたけど共民党から選挙協力を依頼された鳥居が、一方では爆弾製造に着手している。二つの矛盾した行為を合理的に解釈すると、ある狂言が連想される。つまり共民党の若き闘士が街頭演説中にテロに遭遇するが、それをものともせずに選挙運動を完遂するというストーリー」

「でも、それだけの憶測で日時まで当てるなんて」

「廣瀬候補のスケジュールを拾っていったら靖国神社前の辻立ちというのがあってさ。左派政党の候補者が選りに選って靖国神社前で街頭演説するんだよ。ここで何かが起きれば訴求効果は抜群だ。ていうよりここを措《お》いて他にないじゃないの。爆破テロの効果を最大限に生かすにはさ。こういうのは万人受けするし、テロを起こしたのは当然対立候補側だろうから批判票がこちらに流れてくる。地力も魅力もない新人に追い風が吹く。一石二鳥だよ」

「だからって、あんな大爆発、一つ間違えれば狂言で済まなくなる」

「うん、その通り。狂言では済まされなくなったのさ」

毒島は、最前《さいぜん》からぶるぶると震えている廣瀬を憐憫《れんびん》の目で見る。

「彼も、こんな規模の爆発だとは想像もしていなかったらしいね。だから実際に選挙カーが吹っ飛んだ時には腰が抜けたんだってさ」

「あんな風になるなんて聞いてなかった」

廣瀬はまだ震えが収まらない様子だった。

「選挙参謀の梅野さんからは、選挙カーの下から発煙する程度だと聞いていたのに」

「だから、途中で計画が変更になったのさ。それは選挙参謀でも、ましてや共民党の思惑でもない」

「鳥居ですか」

「十中八九、そうだろうね。彼は廣瀬候補を人身御供《ひとみごくう》に一番派手なテロを引き起こそうと目論んだ。選挙カー爆破による左派政党候補者の死。しかも場所は靖国神社前。タイミングもシチュエーションも申し分なし」

「鳥居を追いましょう」

「もうとっくに捜査一課が動いている。公安一課も同様でしょ」

毒島は大きく背伸びをする。

「爆弾は時限式だったけど、おそらくそれほど遠くじゃない。爆発の様子が分かる程度には近くにいたはずだ。過去に遡っても鳥居が爆弾製造に手を出すのはこれが初めてだったから、成功するかどうか不安だったはずだ。そういう場合、大抵の爆弾犯は現場近くをうろついている。捕まるのは時間の問題だよ」

その時、毒島の胸元から着信音が響いた。

「はい、毒島。ああそう。それはよかった。ご苦労様」

会話を終えた毒島は淡海に向かってピースサインを掲げた。

「たった今、鳥居の身柄を確保した。一件落着……じゃなかったね」

毒島は隣で悄然としている廣瀬の肩をぽんと叩く。

「あなたにも色々と話を聞かないとねえ。少なくともしばらく街頭演説はできないと覚悟しといてよね」


鳥居の身柄を確保したのは捜査一課だったので、取り調べも彼ら主導で行われた。

鳥居の供述内容は毒島が推理していたこととほぼ同一だった。共民党の梅野から選挙協力を依頼された鳥居は、狂言の企てに乗じて大規模な爆破テロを画策、廣瀬と運動員を生贄《いけにえ》にして、靖国神社という象徴的な場所で極左復活の狼煙を上げる予定だったという。

鳥居が入手していた材料からは映画館一つ吹き飛ばすほどの爆弾が作れたはずだが、それが選挙カー一台の被害に留まったのは、偏に鳥居の知識不足によるものだった。もしも鳥居に爆薬の知識が備わっていたら、選挙カーどころか半径二十メートル全域が灰燼《かいじん》に帰していただろう。

失敗に終わった爆破テロは早速マスコミによって報じられ、狂言を計画した廣瀬陣営と共民党は非難の的となった。公職選挙法違反の疑いも濃厚であり、選挙期間中であるにも拘わらず廣瀬候補の選挙事務所と共民党本部には強制捜査の手が入った。いかに狂言だったとはいえ、公衆の面前で爆破を目論んだ事実にかわりはなく、憲政史上最悪のスキャンダルと罵る声が大多数だった。

共民党代表は開票日まで明確な態度を表明しなかったが、どのみち今回の不祥事で共民党が大きく議席を減らすのは自明の理だった。どちらにせよ代表の辞任は確定事項であり、真垣政権に吹いていた逆風は、この事件を機に追い風になった感がある。

八月三十日の選挙当日に開票が行われると、午後八時の段階で早くも大勢が判明した。大方の予測通り、共民党のスキャンダルが災いして野党陣営は総崩れ、結局は与党の一方的な勝利で選挙戦は終わりを告げた。

だが、本格的な粛清の嵐はその翌日から吹き荒れた。〈急進革マル派〉は鳥居である可能性が濃厚という報道が火に油を注ぎ、共民党をはじめとした左派政党および団体は軒並み非難の嵐に晒されたのだ。

無論、日頃から真っ当な主張をし、真っ当な政治活動をしている団体もあったが左派勢力というだけで槍玉に上げられた。風評被害以外の何物でもないが、花火が大きければスキャンダル報道は感情的になっていく。靖国神社前の爆破テロには、日本国民の奥底に眠る感情を不必要に刺激する作用があった。

公職選挙法違反で選挙参謀の梅野が逮捕され、共民党の代表は騒動の責任を取って辞任。多くの議席と当面のリーダーを失った共民党はもはや死《し》に体《たい》といえた。蓋を開けてみれば、鳥居の爆破テロは自陣ばかりに犠牲を強いる自爆テロでしかなかったのだ。

4

淡海のスマートフォンに毒島からのメールが入ったのは、ちょうどその頃だった。

『二人だけで祝勝会します。拒否権はないので、そのつもりで』

文章の最後には店のアドレスが貼りつけてある。淡海とて暇ではないが、爆破テロを未然に防いでくれた人間の誘いを断る訳にもいかない。何とか仕事を定時で終わらせ、指定された場所へと赴いた。

大手町の日比谷通りを北に直進し、靖国通りの手前に立つ古いビルの地下が件の場所だった。事前にネットで調べたので、どんな店なのかは承知している。イタリア人シェフとその家族が切り盛りする、創作イタリアンの店だった。

店内では既に毒島が待っていた。

「お誘いいただき、ありがとうございます。しかし色々な捜査をやっていますけど祝勝会というのは初めてですよ」

「気にしない、気にしない。祝勝会というのは建前で、こうして淡海さんとテーブルを囲みたかっただけなんだもの。鳥居が逮捕されたら、もう顔を合わせる機会なんてないからさ」

「そういうことなら、ご一緒します」

それぞれ好みのワインを注文して乾杯する。正直、正面に座るのが毒島ではムードもへったくれもないが、折角の好意を無視もできず、店のホームページに紹介されていた料理はどれも美味そうなので断る理由も特にない。

「そう言えばさ、鳥居はまだ自分が〈急進革マル派〉だと認めていないそうだよ」

「みたいですね。こっちにも話が流れてきています」

「確かに〈急進革マル派〉を名乗る組織から資金援助を受けていたし、今回の爆弾テロについても材料の入手方法や製造方法をレクチャーしてもらった。だけど、絶対に自分が〈急進革マル派〉を名乗ったことはないと言い張っている」

「なかなか強情ですね」

二人が喋る間にも次々と料理が運ばれてくる。イイダコのピリ辛炒め、ジャーマンポテト、シーザーサラダ、タンシチュー。どれも素朴でありながら、しっかりとした味付けが好ましかった。

「強情というか、鳥居も答えようがないと思うよ。良かれと思ってした行為が結局は左派の首を絞めるどころか、総本山の共民党を死に体にまで追い込んだんだもの。ネットもひどい有様なんだよ。ついこの間までフェミニストや新左翼を気取っていた人たちが完全に封殺されてさ。ちょっとでも左がかったことを呟こうものなら集中砲火。まあ、日本人とかネット住民には元々極端な傾向があるんだけど、鳥居もまさかこんな風に状況が逆転するなんて想像もしなかっただろうし」

「自業自得だと思いますよ」

淡海はイカ墨のパスタに舌鼓を打ちながら平然と答える。

「元より革命なんて七〇年代の幻想でしかなかったんです。それを無理やり時代を逆戻りさせようとしたけど、結局時代錯誤は時代錯誤でしかなかった。鳥居や多くの左派運動家が火だるまになっているのは、歴史から報復されているんだと思いますよ」

「歴史からの報復ね。淡海さんたら意外にロマンチストなんだ」

「からかわないでください」

「でも鳥居に唯一同情する点があるとしたら、彼ではいかにも力不足なところかしらん。地下アイドルがいきなり武道館のステージに立たされておろおろしているようなものだよ。見ていて痛々しいったらない」

「地下アイドルですか。ひどい言われようだ」

「だって鳥居のしたことなんて他人の指示に従っただけだからねえ」

「でも鳥居は事実〈急進革マル派〉として」

「いいや、彼は一度だってそんな大物じゃなかった。精々、子どもの使いっ走り程度。人を使役できる器量じゃない」

毒島はワインをひと口含んでから、告げる。

「〈急進革マル派〉はあなただよ、淡海さん」

一瞬、毒島の顔が凶悪に歪んだように見えた。

「笑えない冗談ですね。いや、あなたの冗談はいつも笑えないものばかりですが」

「別に笑わなくてもいいよ。僕も冗談のつもりで言ったんじゃないから」

淡海はグラスに残っていたワインを一気に呷った。

「冗談でないなら、説明を願えますか」

「説明も何も、今言ったことが全て。あなたが〈急進革マル派〉を名乗り、時には犯行を仄めかし、時には鳥居を操り、あたかもこの世に〈急進革マル派〉なる極左集団が存在し、労働問題や思想、社会的な問題について抗議活動を煽動し、挙句の果てに爆破テロを起こしたと世間に思わせた。しかし実際にそんな組織は存在せず、鳥居を含めて世間もマスコミも公安部もただ踊らされていただけ」

「それは毒島さんの妄想でしょう。第一、どうして公安に身を置くわたしが左翼を煽動し、テロを誘発させなきゃならないんですか。矛盾しているでしょう」

「全然、矛盾していない。結果を見てご覧なさいよ。共民党をはじめとした左派勢力は壊滅状態、世間もマスコミもネットも左と見るや袋叩き。戦後、これほど左翼運動が民意によって抑圧されたことはないんじゃないかしら。左翼を取り締まり対象とする公安には、願ってもない状況でしょ」

「こうなったのは結果論ですよ」

「いいや、違うね。もし僕が事件を解決しなくても、あなたは同じ状況を作り出す計画だった」

毒島は穏やかな笑みを浮かべながらグラスワインの追加を注文する。

「現代日本で鳥居のような活動をしていたら、いずれ保守の奔流に呑まれるのは自明の理だった。たとえば国民の半数近くが現政権に不審を抱き本気で社会を革新しようとしていても、暴力を伴った革命、人命を蔑《ないがし》ろにするテロ活動は生理的に受け付けない。そんなことは公安で飯を食ってきたあなたなら先刻ご承知のはずでしょ。きっと自分の行動が明日の革命に繋がると信じていたのは鳥居だけだったと思う。哀れなピエロだよ」

「まだ矛盾点が解決できていませんよ。わたしが鳥居を操って左派の連中を煽動した動機は何だったというんですか」

「今言ったじゃん。時代に逆行するような過激な行動に走らせて、極左暴力集団に代表される左翼に壊滅的な打撃を与えるため」

「極めて回りくどいやり方だ」

「でも従来の公安みたく、監視し情報収集するだけでは絶対になし得ないことでしょ。そして現にそうなっている」

「わたしが公安で働いていたから、そんなやり方で左派勢力を一掃しようとしたんですか。ははっ、わたしはどれだけ仕事熱心なんですか」

「それも違う。あなたは公安の刑事を続けたから左翼を憎んだんじゃない。逆だ。あなたは左翼とその運動が憎かったから公安の刑事を目指したんです」

「小説家、見てきたような嘘を吐き、ですか」

「二〇一〇年、沖縄知事選」

自分もワインの追加を注文しようとしたが、上げかけた手が止まった。

「投票三日前、保守系候補の女性運動員が、対立候補の支援団体数人による選挙妨害をやめさせようとした時、妨害者側の一人が血相を変えて彼女に襲い掛かった。彼女と揉み合いになり、これに他の運動員と対立候補の支援者たちが入り乱れ、間もなく騒乱状態となった。何者かが放った一撃が女性運動員の顔面を捕らえ、殴打された女性は縁石の上に転倒。その上を何人もの人間が踏みつけにしていく。女性は最寄りの病院に緊急搬送されたけれど、救急車の中で心肺が停止。後頭部陥没による脳挫傷。搬送先の病院で蘇生術が行われたけど医師たちの努力も空しく、二日後に女性は息を引き取った」

辺野古に出張した際に所轄署の金城が毒島に伝えた、〈美ら海保存会〉の前身が引き起こした事件だ。

「直ちに殺人の容疑で騒乱に加わった者たちが取り調べを受けたけど、現場を捉えた映像もなく、騒乱に加わった者や目撃者の証言が交錯し、結局は彼女を殴った男が傷害致死罪で送検されるに至った。一審では五年の懲役。ところが二審では三年の懲役、おまけに執行猶予までついた」

淡海は二の句が継げずにいた。

「金城さんから説明されている時に変だと思ったんだよ。いつもなら他人の顔を見て謹聴する態度のあなたが、その時に限ってそっぽを向いていたからね。で、気になって昔の新聞記事を漁っていたら、亡くなった女性運動員の名前が分かった。淡海郁佳《ふみか》、あなたの三つ違いの妹でした」

淡海が上げかけた手を見たカメリエーレが淡海の横に歩み寄る。

「何か追加のオーダーでございますか」

「いや……いい」

「さて、話の続き。妹さんの事件から数年後、あなたは見事公安部の刑事になる。大したものだよ。普通、公安の刑事なんて、なろうと思ってなれるものじゃないからね。それだけあなたの執念が強かった証明かもしれない。あなたは公安の刑事として実績を積む一方で、自分の手足となって働いてくれる人形を探し続けた。そしてようやく見つけた人形が鳥居拓也という男だった。後はさっき僕が妄想した通り」

淡海はやっと唇を開いた。唇がかさかさに乾いていて、開くのに抵抗があった。

「十年前の選挙戦のさ中に死んだのがわたしの妹であったのは認めます。しかし、それでわたしが左翼全般に恨みを抱き、長期展望で彼らの壊滅を図ったというのはどうでしょうね。第一、物的証拠があるんですか」

「消極的な物的証拠ならいくつかあるよ。たとえばあなたの預金口座。定期的に五十万とか百万円が引き出されているけど、これが鳥居および東朋大〈邦画倶楽部〉の預金口座への入金と一致している。送金事実を残したくなくて、いったん現金で引き出したんだろうけど相手側に送金するなら同じことだよ。二つの口座を照合すれば、あなたが鳥居や〈邦画倶楽部〉の資金援助をしていたのは一目瞭然」

「……いつの間に調べていたんですか」

「沖縄から帰った直後。あと証拠となるのはねえ、鳥居の所有していたスマホには〈急進革マル派〉からの指示がメールで届けられている。いくつかのサーバを経由して攪乱《かくらん》されてたけど、やっと先方のＩＰアドレスが判明した。淡海さんのスマホのＩＰアドレスと照合してみようか」

「それが消極的な物的証拠ですか」

「またまたあ、知ってる癖に。この二つは淡海さんが鳥居に資金援助をし、鳥居があなたを〈急進革マル派〉と認識しているという事実を裏付けるだけであって、あなたが〈急進革マル派〉であることそのものを証明する証拠じゃない。ちょいと賢い弁護士ならそれくらいの抗弁はする。第一、〈急進革マル派〉が世間に対して行ったのは自分の手を汚してもいない犯行の声明か、さもなけりゃ誇大広告だ。あなたを逮捕したところで、問えるのは偽計業務妨害罪くらいじゃないのかな。こんな消極的な物的証拠では、あなたに業務妨害の意思があったのかどうかが立証できない、検察官は二の足を踏んで不起訴処分を決定する。多分、あなたはそこまで見込んだ上で鳥居を誘導している」

ようやく呪縛の解けた淡海は首を二、三度回した。

初めて知った。

これだけ完璧に暴かれると、落胆よりも爽快感の方が先にくるものらしい。鳥居の逮捕によって左派勢力が壊滅的なダメージを受け、共民党が解党間際に迫られた時も快感を覚えたが、それは密かに昏く愉しむ性質のものだったので大っぴらに快哉を叫ぶことはできなかった。しかし今、淡海は高らかに勝利宣言したい気分だった。

「毒島さん、やはりあなたを警戒していて正解だった。上司の浅井課長はあなたをひどく怖れていたが、今やっとその理由が皮膚感覚で納得できた」

「どうもどうも」

「あなたの話を信じれば、わたしを逮捕して送検する気もなさそうだ」

「うん。ないよ。あなたを罰するのはとても難しい」

「賢明な判断です」

「ただし、それは警察官として。物書きとしてなら、あなたを世に訴えることができる」

「何ですって」

「フィクションでもノンフィクションでも構わない。あなたがしてきた悪行の数々を余すところなく、微《さい》に入り細を穿《うが》ち描写した小説を実名で書いて出版する。淡海さんも調べただろうけど、今の僕なら初版数万部で版元さんが刷ってくれる。それだけの人間が読んでくれれば、当然淡海奨務の名前が取り沙汰され、〈急進革マル派〉を巡る世論および裁判にも何らかの影響が出てくる」

「実名入りの小説だって。そんなことをしたらこちらだって黙っちゃいない。民事に訴えてでも」

言いかけて、淡海は凍りつく。

「どうやら分かったみたいだね。うふ、うふふふふ」

毒島は底意地の悪そうな顔で低く笑い始める。

「民事裁判。オーケー、オーケー。どうぞどうぞいくらでも訴えて。そうしてくれれば、ますます世間とマスコミがあなたに注目してくれる。積極的な物的証拠がないにも拘わらず、あなたを〈急進革マル派〉と認定した上で存分に叩いてくれる。仮に裁判に勝ったところで、あなたが手にする慰謝料は精々五十万から百万円程度。そんなもの、初版の印税分だけで充分おつりがくる。裁判の行方が取り沙汰されればされるほど本は売れる。それが名声かどうかはともかくとして、僕の名は上がる。逆にあなたは警察からも世間からも指弾される。裁判があなたを裁けなくても、世間が裁いてくれる。下手したら、そっちの裁きの方が苛烈かもしれない。こちらに関して、あなたの勝ち目はゼロなんだよ」

喋りながらも結構な早さで料理を平らげ、毒島の皿にはほとんど何も残っていない。グラスに残っていたワインを一気に飲み干すと、満腹だというように腹を叩いてみせた。

「ただし、その最悪な結末を回避する方法が一つだけある」

「……大体予想はつきますが、一応聞きましょう」

「あなたが自首するか、さもなければ進んでマスコミ各社に真相を告げること。警察と世間から糾弾されるのは一緒だけど、少なくとも僕の書いた小説で暴露されるよりは数段心証がましになる。でもまあ、それも本人の受け取り方次第だから熱心には勧めない。あなたが決めればいいことだからね」

毒島はそれだけ言うと、さっさと席を立った。

「お招きしたのは僕だから、ここの支払いは心配なく。って言うか、あなたは他のことで心配するだろうしね。それじゃあ」

毒島は会計を済ませると、一度もこちらを振り返ることなく店を出ていった。

後に残された淡海は深く物思いに沈む。

今夜のワインほど悪酔いしそうなワインはなかった。おそらく、自分はこの味を一生忘れられないだろうと思った。

解説

斜線堂有紀

私にとって、中山七里というのは特別な作家である。直接お会いしたことはない。言葉を交わしたこともない。今回解説をご依頼頂いて、初めて中山先生が私のことを認識していることに驚いたくらいだ。大変光栄である。その程度の関係で、一体何故『中山七里』が特別なのか。それは私が「作家」であるからだ。

私は二〇二四年現在八年目の、業界から見ればまだまだひよっこの、明日は——来年は——三年後はどうなっているかを想像するだに恐ろしい作家である。けれど若手という肩書きを盾に許してもらうには歴を重ねてしまった作家である。

本書には以下のような言葉がある。

「作家って肩書じゃないんだよ。強いて言うなら状態。原稿を書かなくなったら作家じゃない。」(「四　英雄」)

恐ろしい。けれどその通りだ。作家はすぐに消える。書いていないと消える。何にせよ、原稿を書き続け前へ前へと進んでいる時に初めて、私達は作家という状態であり得るのだ。この言葉にいたく共鳴をするせいか、私はかなりのワーカホリックである。仕事自体が好きなのもあるが、何より作家という状態でありたい。そう思って、日夜必死に働いているのである。

頂いた依頼を断らず、他に何をするでもなく必死に仕事だけに集中していると、それなりに著作数や連載本数が増えてくる。すると、私のような木っ端作家を奮い立たせる為か、編集者の方が「すごいペースで働いていますね」と褒めてくださる時がある。そんな時、私は決まってこう答えるようにしている。

「中山七里先生に比べれば、私なんてまだまだですよ」

確かに私は筆が早い方である。だが、中山先生はそれを遥かに凌駕する。業界内でも仕事量が多い、はずの私の五倍は働いている。仕事が早いだとかそういう系の賛辞は、中山七里の前では空虚なフェイクと化してしまうので、言われると恥ずかしくなるくらいだ。私は幾度となく「中山先生に比べたら全然で……」と力無く返す。編集さんには「中山先生は特別ですから」としれっと返される。中山先生は特別。本当にそうなのだ。

けれど、徒《いたずら》に挫折と敗北を味わせるだけでなく、中山七里は作家を勇気づける星でもある。〈作家刑事毒島〉シリーズをこの三作目まで追ってきた読者であれば理解して頂けるだろうが、作家というものは結構地味で辛い仕事である。

仕事が辛い時、私はエッセイ『中山七転八倒』や文芸界での生き残り術を新人作家に教示するという趣旨の知念実希人先生と葉真中顕先生との共著『作家　超サバイバル術！』を読む。そこには中山七里という作家の苛烈で美しい生き様が描かれている。『中山七転八倒』の「小説は書けば書くほど上手くなるのが当然、出せば出すほど薄まるなんてのは怠け者の言い訳」という言葉を見て、どんどん仕事をしなければ、作品を世に送り出さねばという気持ちでいっぱいになる。

辛い、眠い、サボりたい。そういったありとあらゆる煩悩を鎮め、静かに仕事に向かわせる力が中山七里の存在にはある。仕事が辛い時、その背を見てどれだけ勝手に励まされたことか。だからこそ、中山七里は私にとって特別な作家なのだ。

そういうわけで、この解説をご依頼頂いた時にはお引き受けするかで悩んだ。自分の目標とする特別な作家の解説、しかも他ならぬ〈作家刑事毒島〉シリーズ！……毒島真理。作者である中山七里と重ねて読まれることを想定していながら、容赦無く造形された悪夢めいた作家刑事。解説という形で毒島に向き合うことが怖かった。断言するが、毒島が私を認知したら絶対に小馬鹿にするだろう。下手な解説を書いてうふふふ……と笑われるところを想像するだけで恐ろしい。そのくらい、毒島は作家の天敵であるのだ！

だが、結局引き受けてしまった。中山先生の名前を方々で出していることへの罪滅ぼしの意味もあるが、この巻がシリーズの中で最も印象深い、毒島の「作家」としての面を垣間見ることが出来る大好きな一冊だからである。

※ここからは各話の後半の展開、最終話の結末に触れます。未読の方はご注意ください。

〈作家刑事毒島〉シリーズに登場する犯人は、一作目の『作家刑事毒島』の頃から変わらず鬱屈としたコンプレックスを抱え、肥大する自我を歪ませてしまった人間達である。本作では、望んだ自己実現が叶わなかった人間達がより大きな「思想」に自我を託して、怒りの刃を振るう様が描かれる。それ故に、彼らの「思想」は蓋を開けてみれば空虚なものばかりだ。

そんな犯人達に対し毒島はいつものように鋭い舌鋒を浴びせかけ、その空虚さを暴く。その最中、毒島は自身の作家としての「思想」に触れる。

彼は「一つの思想に縛られるなんて物語を構築する上では邪魔でしかない」とばっさり言い切り、思想信条で腹は膨れないと笑ってみせる。なんとも彼らしい言い分だ。ビジネスライク極まれりだが、毒島の言だと思えば納得もいく。

だが、物語が進んでいくにつれ、毒島の本当の「思想」とも言えるべきものが出てくる。

それは、プロ市民である鳥居を丸め込む為に言ったこの言葉だ。


「物書き全員が左翼思想の持ち主とは限らないけど共通点もある。それは立場の弱いものやマイノリティに寄り添いたいという精神。」(「三　されど私の人生」)

同行していた淡海は抱き込みの詭弁と呆れているが、私はこの言葉は毒島の作家としてのスタンスの深部にあるものなのではないか、とも思った。毒島は刑事としては異端の存在であるが、彼なりの矜持を持って悪に相対している存在でもある。同様の矜持が、確固たる「思想」が作家としての毒島にもあるのではないか、と今巻ではひしひしと感じられる。

その思想は、実は他ならぬ中山七里に共鳴するところがあるのだ。

「作家に何ができるかといったら、事実を広く知らしめることしかないんです。（中略）物書きの仕事の一つは『記憶させること』、もう一つは『皆さんが思っていてもなかなか形にしづらいものを文章化すること』だと思います。テレビは『記録』してくれるんですね。だからこっちは記憶させたい、それをどこまで人の心に刻み付けられるか、ということを考えてやっているということはありますね」

これは『ハーメルンの誘拐魔』刊行時のインタビューにて、中山七里が語った言葉だ。これと似たようなことを、作中で毒島が口にする。

「いくら優秀なハンドマイクでも声が届くのは数百人程度。だけど小説にして発表したら少なくとも数万人の目に留まる。アジは一度聞けば残るのは要旨と印象だけだけど、物語はテーマとともに読者の魂の一部になる」（「四　英雄」）

言った直後に、毒島はすぐ煙に巻くようなことを口にする。だが、全く毒島にそぐわないこの言葉は、毒島の作家としての強固な思想を感じさせる。そして最終的にこの物語は、毒島のこの思想に基づく、作家ならではの方法で幕が引かれるのだ。

ありとあらゆる思想がツールとして使われるこの小説の中では、真犯人である淡海の思想ですら復讐心から生まれ出た呪縛でしかない。それらを、作家としての思想が打ち砕く――という構造の物語と読めるのが『作家刑事毒島の嘲笑』なのである。シリーズ三作目にして、彼の作家の側面が大きく出た事件と解決が描かれたのは、明確な転換点とも言える。とはいえ、次に読者の前に現れる時にはこういった側面が全く陰に隠れてしまいそうなのも我らが毒島刑事であるのだが……。

さておき、この一冊を読んで私が毒島真理に抱いていた途方も無い恐怖が軽減したのは言うまでもない。思えば毒島は『作家刑事毒島』でも、書き続ける意思を持つものには微かにエールを送ってくれていたのだ。そんな毒島が、読者の魂の一部となる物語の力について言及することの意味はこの上なく重い。

毒島真理は――その裏に見え隠れする中山七里の姿は、全ての作家を奮い立たせる存在なのだと思う。驕りを打ち砕き、怠惰を蔑み、卑屈を許さないが、書き続ける者の情熱と物語の力を否定しないトップランナー。そんな人間が業界にいてくれることこそが僥倖《ぎょうこう》だ。

これからも私は中山先生の背が完全に見えなくならない程度には喰らいついていきたいと

思う。いずれ振り落とされてしまう日もくるかもしれないが、やるだけやって転げた私のことを、案外毒島は嘲笑しないでいてくれるのではないか、なんてことも思っている。

——作家

この作品は二〇二二年七月小社より刊行されたものです。

作家《さっか》刑事《けいじ》毒島《ぶすじま》の嘲笑《ちょうしょう》

中山七里《なかやましちり》

令和6年9月5日　初版発行

発行人――石原正康
編集人――高部真人
発行所――株式会社幻冬舎
〒151-0051東京都渋谷区千駄ヶ谷4-9-7
電話　03(5411)6222(営業)
　　　03(5411)6211(編集)
公式HP　https://www.gentosha.co.jp/

印刷・製本―中央精版印刷株式会社
装丁者――高橋雅之

検印廃止

幻冬舎文庫

ISBN978-4-344-43412-7　C0193　な-31-7